爺兒休不掉 3

容箏 著

風文創 437

目錄

第六十四章　採菱

謝通第二次送蚯蚓過來，這次送了將近一百來斤，又興致勃勃地和青竹說他多挖了一畝地來養殖，雖然被蔡氏說了一頓，不過卻樂在其中。他雄心壯志，一心想要做大，讓方圓百里的魚塘都知道他的名聲，主動上門來買蚯蚓，甚至賣些到藥店裡去，或是餵雞，正兒八經地將這件事當成一條財路來做。

聽了謝通的話，青竹也很讚許，告訴他，說不定還真是條路子，又不需什麼成本。

眼見已經緩慢入秋了，今年雨水調勻，收成還不錯，玉米也多收了一擔。

收了玉米後，魚塘裡的菱角也大都成熟了，眼見著就到了採菱的時節。

說起採菱，明霞就來了精神，她多想坐在小船上晃悠悠地在水上飄蕩著，因此連忙說她要跟著下塘。

白氏生怕她落到水裡去，一直攔著不答應。「妳又是個潑猴的性子，和那些搗蛋的男孩沒兩樣，我可不放心！」

「娘，就讓我去嘛！好不好？我什麼都聽妳的！」明霞撒起嬌來，家裡沒幾人能承受得住。

白氏也沒法子，只好叮囑她。「行，讓妳下水。不過那麼深的池塘可不是鬧著玩的，妳給我當心點兒。」

「是！」明霞愉快地答應了。

這裡鐵蛋兒和白英也說要去，鐵蛋兒能幫著撐船，而白英畢竟要稍微年長一些，能真正幫忙做些事，讓他們兩個帶著明霞，白氏多少放些心。

少東找來兩隻蚱蜢舟，菱角種得不少，就一條船的話，還不知要採到什麼時候。

青竹沒體驗過這種生活，便說她也願意去採，只是沒有幫忙撐船的人。

賀鈞突然道：「我也去吧，撐船這點小事還是能做的。」

兩條船就分派定了。

魚塘裡的藕種得不多，不過菱角之類的卻不少。時值初秋，天氣還十分炎熱，樹上的蟬鳴也絲毫沒有減弱的跡象。此時早開的荷花已經謝了，冒出一枝枝還有些脆嫩的蓮蓬來，不過那荷葉卻接天連碧，密密匝匝的有些不大透風。

鐵蛋兒先上了船，手中握著枝長篙，白英拉著明霞也上了船。

賀鈞和青竹卻從池塘的另一端下水，兩隻船分行在不同的角落裡。

「賀哥以前也下過水嗎？」青竹見他撐船技術很嫻熟。

賀鈞輕鬆地說：「這有什麼難的？以前住在雙龍的時候，家對面就有一條大河，起初還沒有搭橋，只好乘船過往，也算是打小就習水性。」

青竹道：「如此的話我就放心了。」

船晃悠悠地在寂靜的水面上行駛，穿過了幾片荷葉，菱角就長在那下面。去年她沒有親自坐船來採，因此沒有經驗，將一帶的菱角藤拉住便要去找下面結著的果實，然而幾下不得要領，拉斷了好些掉進水裡去了，撈也撈不著。

賀鈞在旁邊說：「這個極容易的，我教妳一個口訣——提盤輕，摘角輕，放盤輕，老嫩要分清。」

「還真是句口訣呢！」青竹依言，力道也放輕不少，慢慢地扯起一把來，慢慢地將上面已經老掉的菱角摘下來，就勢扔進艙內。

這一帶水淺，賀鈞也不怕，穩穩地停住船，便也幫忙採摘起來。

青竹見他動作熟練又很麻利，便笑道：「還真看不出來，做得真不錯。」

「姑娘忘了嗎，去年不是我和項大哥一起，將這塘裡的菱角給全部摘下來的嗎？這些都是小意思。」

青竹便也幫著去採，不過沒採多少，那菱角的刺突然扎進手指裡，立即就冒出殷紅的鮮血來，青竹輕吟一聲，賀鈞忙問怎麼了，青竹卻掩飾道：「沒什麼。」

賀鈞見狀，對青竹道：「被扎了吧？給我瞧瞧。」

青竹卻藏著不給他看，可惜身上沒有帶手帕，也不能簡單地包一下。她背過頭去吸吮著手指，過了好一會兒那血還是止不住。

賀鈞忙道：「要不我們上岸去，妳找點藥包一下吧？」

「哪就那麼嬌氣呢？不妨事的。」青竹淡淡一笑。

賀鈞心想，她還真是固執呀！往懷裡一掏，拿出一條舊手帕來，忙道：「妳手伸過來，我幫妳包。」

青竹卻說：「不煩勞你了。」

「哎呀，妳這人怎麼和我客氣起來？我好歹也是在醫館裡做夥計的，這點小傷難道還處理不了嗎？分明就是不信任我嘛！」

聽見賀鈞這樣說，青竹只好將被刺的手伸過去。

賀鈞皺眉看了看，這手指被水一泡，還真是白嫩誘人，宛如蔥管一般，看著便入了神，他多想替她吸吮一下，關切地詢問她疼不疼？可最終，他也只是怔了怔，不敢那樣做。「刺有沒有扎進去？」

青竹搖頭說：「沒有。也不算很疼。」

賀鈞也放了心，這才慢騰騰地替青竹包紮起來，目光一直落在青竹的手指上，壓根兒不敢去看她的臉。

等到賀鈞替她包好了，青竹忙說：「謝謝！」

賀鈞也只莞爾一笑，接著又去採菱角。

青竹也要接著去採，卻被賀鈞阻攔了。

「既然被刺了，才包好，妳就別做了。」

「怎麼能讓你一人做呢？」青竹有些過意不去。

「這有什麼？」要說經驗，賀鈞可比她豐富，做事又很麻利。

青竹只好坐在船頭，眼望著賀鈞忙碌，感覺自己好像是給他增添了麻煩。青竹握著那枝長篙，突然對賀鈞一笑。「不如你教我怎麼划船吧？」

「行呀，這個也簡單，掌握好平衡就行。」

青竹慢慢地站起來，握著長篙，慢慢地在水上一划，波紋就漸漸地擴大了，船兒也跟著動了動。不過第一次划，她也掌握不了平衡，感覺船有些歪斜。

賀鈞忙站在她身後，雙手穿過她的肋下，握住了那枝篙，親手教她如何熟練地用力、掌握方向等等。

和異性如此近距離的接觸，讓青竹明顯覺得有些不大適應，忙道：「你說的我知道了，我試著慢慢地划吧。我們都擠到這裡更掌握不好平衡和重量了，要是翻了怎麼辦？」

賀鈞戲謔道：「怕什麼？我會游水，翻了的話，到時候定會救妳上去的。」

青竹試著自己慢慢地划，慢慢地掌握應用，而賀鈞依舊幫著採菱。

此刻卻聽見另一條船上熱鬧了起來，竟然還飄來了歌聲，聽這聲音好像是白英在唱。青竹側耳聆聽，覺得白英這小丫頭的嗓子不錯呀，渾然天成。只聽她唱的是——

「採菱人語隔秋煙，波靜如橫練。入手風光莫流轉，共留連，畫船一笑春風面。江山信美，終非吾土，問何日是歸年？」

青竹忍不住誇讚道：「沒想到她還能唱，且唱得竟不錯。」

「嗯，還有點意思，沒想到她口中竟然還能隨口跑出元人王惲的句子來。」

青竹時不時地划一下船，見那西邊的雲彩甚美，白英時不時高歌幾句，又見這荷葉田田，那晚開的荷花正是綻放清姿的時候，微風過處，送來陣陣的香氣。青竹頓時覺得這樣的日子沒有那麼多的紛擾，過得還真是閒適，所謂的恬淡生活，應該就是如此吧？

賀鈞聽著白英的歌聲，也來了興趣，雖然他不擅吟唱，不過卻順口唸了幾句前人的句子。「玉漵花爭發，金塘水亂流。相逢畏相失，並著木蘭舟。」

青竹聽罷笑道：「不愧是考了第二名的賀相公，才思果真與眾不同，我算是信服了。」

那條船上又傳來歡笑聲，明霞似乎很高興，又纏著白英要她唱歌。

賀鈞便向那條船上看去，愣了愣。

這一幕被青竹瞧在眼裡，笑說道：「賀哥莫非對那船上的某人有意？是不是看中了剛才唱歌的那名女子？告訴我，我替你說去！」

賀鈞立即紅了臉，急忙否認道：「沒有的事，別瞎說！」

青竹忙問：「當真？」

賀鈞正色地看了青竹一眼，微微有些惱意，心想：我的心思妳如今不明白，但遲早有一天我會讓妳都知道的。

青竹見一枝荷花伸了出來，白色的花骨朵大大的一枝，伸手就將它給摘下來，放到了船艙裡。

兩條船，五個人，忙碌了大半下午，最終還是青竹他們這條船裡採下的菱角多一些，不過大都是賀鈞的功勞；明霞他們船上只顧著胡鬧罷了。

青竹見賀鈞曬得滿頭的汗，正找著手絹要擦汗，青竹突然想到，他的帕子不是給了自己包手指嗎？於是連忙回房找了塊嶄新的絹子遞給他。「喏，這個給你吧！」

賀鈞先是愣了一下，這才接過，訕笑道：「多謝。」

那邊明霞正纏著鐵蛋兒說話。「我英姊的嗓子好不好？」

鐵蛋兒紅著臉說：「當然好。」

明霞又回頭和白英說：「妳看他也說好來著，回頭再唱給我們聽好不好？」

白英卻含羞道：「你們就別打趣我了。」

鐵蛋兒扭頭，不禁多看了白英兩眼，欲言又止，見天色不早就說要回去了。

白英卻不走，晚上也和明霞睡一處。

這裡賀鈞也說要走，永柱忙讓青竹幫忙裝些菱角，帶回去給賀鈞他母親吃。

頭天沒有採完，第二天又採了一下午，才總算將塘裡的菱角給全部採了，不過第二日青竹沒有再下水去。

後來過了秤，新鮮的菱角一共有七十七斤，找了買家來，算一斤三分，也賣了二兩多的銀子。

今年中秋各處的節禮除了白氏自己做的餑餑以外，另外菱角、蓮子、鮮魚、脆藕等也每家搭配著送了些，算是十分豐盛了。

中秋那日明春回來了，不過臉上卻沒什麼歡喜的神情，她不向翠枝和青竹吐露自己的事，不過明眼人一眼就能看出來她是在馬家受了委屈。回來住了兩日，沒和青竹說過一句話，連自己的房門也沒出，到十七這天就自己回去了。

少東說，塘裡的魚大抵都是兩、三斤以上，要打的話也應該能打了。頭一回打魚，都沒什麼經驗，永柱說該把田老爺子請過來，讓他們找個好點的買家，看能不能賣個好價？

田老爺聽說項家有請，連忙就來了，辦起事來也比以前勤快許多。聽說項家要找買家，二話不說，拍著胸口保證道：「這平昌鎮沒什麼好的，我讓住在縣城裡的大兒子幫你們打聽一下！」

過了幾日，果然來了位買家，少東帶著他到魚塘去看了看，還撐了船自己撈了幾條魚上來。那買家姓房，是個四十幾歲的粗黑漢子，個子生得高高的，臂膀渾圓，雙目炯炯，精明都寫在臉上。他什麼買賣都做，手上也有幾個閒錢，若不是田家人請他來，他才不把項家這點東西看在眼裡呢！

「都養什麼魚呀？」

少東一一介紹道：「花鰱魚、白鰱魚、草魚、鯽魚，那地裡還有泥鰍和黃鱔，今年又剛養了青蝦。」

老房頷首道：「花樣名目倒還多，不過只能以雜魚的價格來算。要是還賣其他的，價格另計。」

少東道：「當然要賣。」

老房道：「雜魚每斤二分。」

少東心想，這價格也太低了點吧？忙道：「您老看看能不能再給高一點？」

老房說：「我轉手出去的話，頂多每斤掙你五、六個銅板，利潤很小。」

少東才不相信他這套說詞，先和老房迂迴道：「這個價還是低了些，你看著再給一點兒吧。你也知道，這養魚可不比種藕，長得慢，我們還特別買蟲線來餵牠們呢，這些都是成本。」

老房笑道：「我還從未聽過有人買蟲線餵魚的，你們項家果然大方。這樣吧，我頂多再多給半分，不能再多了。」

少東心想，這個價格不知家裡人能不能接受？還得和他們商量，因此便道：「我回去問問他們吧。」

老房卻想，聽說這個人是家裡的長子，莫非還作不了主？

後來少東回家將老房的事說給永柱和青竹聽。

永柱也說價格上是給低了點。

青竹想了想，這市場上不同的魚，價格差得太多了，總不能讓鯽魚的價格賣得和白鰱一樣吧？便道：「我看不能這麼賣，得不同的魚分開，讓給不同的價。」

白氏聽了也贊同青竹的話。「我也這麼認為，胡亂給一個總價的話，我們虧得也太多了。」

當少東將這些話再轉給老房時，老房卻不幹了。

「我幫人買了也有幾年的魚，都是算雜魚的，你們還要分開來賣，真要堅持的話，這個生意我可沒法兒做！」

項家人也不讓步，最後只得又煩勞田家人重新幫忙找買家上門來看。

第二個來買魚的姓黃，倒還算爽快，也願意分開算，不過白鰱只給一斤一分，鯽魚給三分，草魚和花鰱的價格一樣，都給二分。

能夠分開算，每一樣出多少、賣多少，倒明明白白的。

找好了買家，還得去買漁網、請人工，又找了兩條蚱蜢舟，總共四條小船。這次賀鈞沒過來，因為醫館裡也忙，他走不開，畢竟還在給人家當夥計。白顯、永榍、謝通外，還請了谷雨過來幫忙拉網，鐵蛋兒幫著撒網，又請了兩個幫工，七個人也能忙活過來了。

聽說項家要打魚了，那聞聲而來看熱鬧的村民擠了半堤埂。

白氏和青竹守著秤，青竹幫忙管帳和計數。

來拉魚的板車就停放了十幾輛，車上綁的全是用木板紮成嚴嚴實實的長箱子，裡面灌了水也不會滲出來，專門用來運送鮮魚。

榔頭村民見這陣仗，紛紛在旁邊議論，這項家看來是做了大買賣，真的要發達了。閒話的不少，不過好些都說要買魚，青竹也一口答應下來，還承諾價格可以給優惠一些。

起第一網時，岸上的白顯和另一個粗壯的漢子險些拉不上來，這裡少東也連忙過去幫忙，合力拉著，好不容易才拖上來。青竹見網子裡已經有不少大小各異的魚，心想耗了這麼久，真的要收穫了，突然有些激動和感慨。

白英和明霞還有一個任務，就是幫忙分魚，好在都認得也分得清。分好以後，村民們來買的不少。

買家老黃在跟前說：「你們後面再買吧，我們這裡算好秤了重，還得立刻拉走呢！」

第一天總共撒了四網，打了三百來斤的魚，讓老黃拉了二百五十斤走，最後再賣給村民們。

眼前的情況讓青竹有些始料未及，她猜到肯定會有人來看熱鬧，不過沒想到竟然會有這麼多人來買。

白氏回去拿了些銅板來，方便找錢，甚至將秤銀兩的戥子也拿來了。

那五十斤魚賣到最後，只剩下了三五條太小、不好秤的。

第六十五章　分家

晚上青竹幫忙算了一遍帳，二百五十斤，白鰱七十一斤四兩，草魚八十斤二兩、鯽魚六十三斤四兩，剩餘的全是花鰱的重量，裡面竟然還有幾條鯉魚，加起來也有十幾斤重。

少東道：「明天應該還能再撒兩網，這一打裡面應該就沒剩下什麼了，兩網應該還有一百多斤吧？今年又多了門青蝦，這老黃說蝦他也要。」

「那敢情好，不用再找別的買家了。泥鰍、黃鱔之類想來他都要吧？等賣了藕，今年說不定有個突破，能有一百兩的進帳呢！」

永柱很滿意了，這比他們種地強了好幾倍。

翠枝在旁邊聽他們算帳，自己也有打算，等他們都算清了，也不管別人怎麼想，她開口就道：「公爹，媳婦想，等冬天沒什麼事了，我和少東還是分出去吧。」

「什麼？分家？」永柱一愣。

白氏皺眉道：「好好的幹麼要分家？」

少東暗暗地拉了拉翠枝的衣裳，示意她別說。

但翠枝可不管這些，心想好不容易開了口，哪有收回去的道理？忙道：「少東也要三十歲了，這裡豆豆和靜婷也漸漸大了，哪有一輩子在父母的翅膀下過日子的道理？要是當年少東出去做買賣的話，只怕早已經分了。」

白氏冷不防地斥責道：「這個我不同意，好好的分什麼家？兩個孫女都還小，大家幫忙照看著也好。再有，妳公爹如今腿腳不便，家裡又這麼大一個攤子，不多虧了少東幫忙跑東跑西，你們再不管的話，靠哪個去？」

翠枝忙要開口，卻被少東阻攔了。「娘，翠枝是鬧著玩的，不分，不分家。」

翠枝卻冷著臉說：「又不是小孩子，什麼鬧著玩？這個家是分定了！」

白氏滿心不情願。「這個家還輪不到妳來作主，我不同意！」

永柱見他們三個你一言、我一語的，半晌沒有插上嘴。

青竹則完全是個局外人，她來回地看了一遍帳目，心想難怪這些日子大嫂對自己很冷淡，原來是惦記著分家的事啊！不過他們要分家與自己又何干？最多是她少煮三口人的飯，略輕鬆些罷了，別的事她又管不著，真不明白翠枝和她鬧的是哪門子的彆扭？不過見翠枝雖然爭得面紅脖子粗，卻是一臉堅定的樣子，心想看來她是真的鐵了心。

白氏堅決不答應，翠枝卻死賴著要分，少東處在中間不是辦法，眼見又要鬧起來了。

白氏這才問永柱。「當家的，你倒是開口說句話呀！」

永柱沈穩地說道：「等這攤子事完了再說吧。再說，非要分的話，你們四個住哪裡去？」

翠枝撇嘴說：「住哪裡都行。」

「等到結了帳，趁著冬天沒什麼事，先蓋了房子再說吧。不過是分開煮飯而已，沒什麼不答應的。少東照樣還得幫我的忙，我和青竹實在應付不過來。別的事，你們小倆口自己拿主意吧。」

翠枝聽見公公答應了，不禁歡喜起來，不過又聽說不讓他們住遠了，不免有些失落，她想的可是要離了白氏的眼皮！

白氏見永柱竟然答應了，有些不依，忙和他理論。「一大家子過得好好的，說什麼分家呀？你還真是老糊塗了，你不靠兒子靠誰去？」

永柱道：「分開過也好，我可不想聽妳們再生什麼口角是非，還想過幾天清靜日子。」

白氏索性不管不問，氣呼呼地進屋去了。

翠枝臉上的笑意瞬間又冷下去了，心想不成，還得慢慢地謀劃著，住得越遠越好，她可不想再受閒氣了。

第二日又撒了兩網，撈上來的魚只有一百二十幾斤，還有好些不成器的小魚，所以又放回了不少。打了魚，青蝦也差不多都長大，能賣錢了。這是第一年養牠們，還沒什麼經驗，但也收了大大的三筐，總共一百來斤。黃鱔今年出得還不錯，加上泥鰍也有接近一百五十來斤。這幾樣所賣，總共得了差不多三十七兩左右。

蓮藕是大宗，還未挖，蓮子今年價格好，曬出來應該也有三、四十來斤。帶殼的蓮米都能賣到兩分一斤，也是筆收入。再加上以前的菱角、芡實等所得的幾兩銀子，加起來也夠四十兩了。距離青竹想的收入百兩似乎又進了一步，不過人工成本之類的還沒剔除。

接連地忙了好幾天，個個累得腰瘦背疼。後來賀鈞甚至放下醫館裡的事，天天往這邊跑，幹得很賣力，項家人都很感動，白氏也暗想，這個姓賀的還算有點良心，當初沒有白幫他。

永柱和少東商量，這些來幫忙的人，除卻算工錢的幾個幫工外，像是鐵蛋兒、謝通是自家人，他們都不要工錢，而賀鈞非親非故的還幫了那麼大的忙，怎麼著也該將這幾個人再單獨請一請。

現成的雞鴨魚，新鮮的藕，永柱讓白氏再去街上買了五、六斤的羊肉，配了些小菜，家裡還有滿滿一罈拐棗酒，備個兩、三桌的酒席是足夠了。

賀鈞聽說項家請吃飯，二話不說就答應了，囑咐朴氏看好家門，別等他等太久。

朴氏答應道：「雖是人家一片好意請你去，但也別喝得太多了。」

賀鈞笑說：「我知道的，娘放心吧。」

朴氏又說：「我好久沒見過項家那位姑娘了，你約她來我們家坐坐吧。」

賀鈞有些靦覥地笑道：「這個叫兒子怎麼開口呢？」

「兩人都是相熟的，況且她又不是沒來過我們家。我知道你的心事，等過陣子我替你上門求去。姑娘人好，只怕晚了就錯過了，你自己也要上進一些才能配得上人家姑娘。」朴氏作夢都想娶媳婦，賀鈞也老大不小了，總不能這麼一直耗著吧？家裡冷冷清清的，她也想多個說話的人。

賀鈞有些煩惱，忙道：「娘暫且不要操這個心，她年紀還小，只怕他們家還要留她幾年。況且，娘沒見現在他們項家都是她在作主嗎？」再者，賀鈞心底隱隱有些不安，他從來不敢往那方面去想，只覺得青竹是個遙不可及的夢，或許他並沒有那個緣分。

賀鈞回自己房裡換了身出門的衣裳，漿洗得有些發白的茶褐色直裰。綰了頭髮，正要走時，突然看見小格子裡整整齊齊地疊放著一張手帕，他拿來細細地看了一番，這張帕子是青竹給他擦汗的，他並沒有立即還給她。現在雖然清洗乾淨了，不過卻靜靜地躺在他的屋子裡。賀鈞想，要不要送還給她呢？遲疑一陣時，朴氏走過來。

「我兒，你還不去嗎？當心晚了。」

「喔，馬上。」賀鈞將那塊手絹迅速放進衣袖裡籠著，便出門了。

賀鈞慢慢地往項家的方向走去，心事滿滿，不曾留意身邊。直到身後有人拍了他的背一下，賀鈞忙回頭去看，卻見是左森。

賀鈞連忙滿臉堆笑，又趕著作揖。「原來是左相公，倒讓我一驚。」

左森嘲笑著他。「我都跟了你快半條街了，你竟然沒有發現！這是上哪裡去呀？」

賀鈞笑笑。「項伯伯請吃飯，這不正趕去嗎？」

左森道：「如今你和他們家倒是走得很近。」

賀鈞忙說：「若不是項伯伯他們一家子，我們娘兒倆在平昌鎮也無法立足。再說，又是我的恩人，三番兩次的照顧，真是回報不過來了。」

左森笑道：「他們家現在是漸漸地富貴了，可少南不在家，我也不方便走動。」

兩人一路走一路說。賀鈞見左森一身天青的繭綢圓領大衫，儀表堂堂，頗有些儒雅斯文。如今同是生員，但相比左森，自己還是一股窮酸味洗不淨，家裡只勉強能吃飽飯，又沒個依靠，這樣不堪的他，如何能與青竹相配呢？不禁生出一股深深的自卑來。

左森問道：「賀老弟為何不去縣學唸幾年書，也好正兒八經地準備鄉試？這鄉試可不比府試、院試呀！名額有限，參考的人又那麼多，不努力是不行的。」

賀鈞面有愧色，低了頭說：「我們家的情況左兄是見了的，現在好不容易安定下來，我哪裡還敢說去外面唸書的事來？家裡就一個寡母，我如何放心得下？再有，家裡又沒什麼經濟來源，早些年家母還能做些針線活來賣，可如今老人家身子不大好，眼睛也不是很好使了。哪有只顧自己的前程，不問萱親的道理。」

左森點頭道：「這便是你的難處了，但也總得想個法子才是。」看了賀鈞，又笑道：「倒也有個法子能讓老弟擺脫眼前的窘境。」

「喔？什麼法子？還要請教左兄。」

左森含笑說：「就是賀老弟趕快成個家，有了依託，也就能放心去讀書考試了。辛苦個兩、三年，說不定就一舉成名，等有了功名便什麼都有了。」

賀鈞卻未跟著附和左森，心想他現在這樣的境遇，如何談成家的事？再有，他一心掛著的那個人只怕是瞧不上自己的，心裡更加有些抑鬱不快。

兩人一路相談著走了好長一段路，直到岔路口要分別行事，這才道了別。

左森見他一臉陰鬱的樣子，便又笑著鼓勵他。「老弟別灰心。先成家也沒什麼不好，我們村裡也有不少好姑娘，回頭我去問問我娘，讓她幫你打聽一下，幫忙留意一門親事如何？」

賀鈞一怔，嘴唇略動了動，將要說的話都嚥了回去，強顏歡笑道：「此乃終身大事，馬虎不得，還是以後再說吧。再說我也怕耽擱了人家好姑娘，左兄的這片心意兄弟領了。」

作揖道別後，賀鈞抬腳便往項家的方向而去。

第六十六章　原來如此

等賀鈞趕到項家時，外面的院子裡歡聲笑語一片。白英和鐵蛋兒站在棗樹下說話；明霞跑進跑出的；少東和白顯不知在屋簷下嘮叨什麼。

賀鈞習慣了去找青竹的身影，卻沒發現她，心裡有些小小的失望。

少東一眼看見賀鈞站在院門口，忙走來迎接，滿臉都是笑意。「賀兄弟怎麼來這麼晚？」

賀鈞如實答道：「路上遇見左相公，聊了半晌，沒想到竟耽擱了。」

少東忙請賀鈞屋裡坐。

賀鈞走到屋簷下，目光習慣地往灶房的方向一瞥，果然見青竹端著簸箕走出來，兩人目光一接，青竹微笑著，友好地向他點點頭，賀鈞忙回應了。

也只這一瞥，連句話都顧不上說，他就被少東推搡著進了堂屋。

堂屋裡坐了好幾人，田老爺也過來了，永柱正陪著他說話，永棡則安安靜靜地坐在旁邊。

且說灶間此刻也是一片忙碌，翠枝在幫忙燒火，白氏趕著切菜，幸好永棡媳婦陳氏也在幫忙料理，青竹則是進進出出地幫忙取東西。今天做飯的事輪不到她，她也樂得圖個輕鬆。

豆豆跟著明霞屁股後面轉悠，哪知走路不穩，跌了一跤，興許是摔疼了，張口就哭。

青竹見狀，忙走去拉她起來，又給她擦擦小臉，笑著安慰她。「別哭，哭花了臉可不好看。」

豆豆撒嬌道：「二嬸，疼……」說著將小胳膊伸出去，讓青竹幫忙給揉揉。

青竹一面給她揉，一面糾正道：「我都說了，別叫我二嬸。也叫我姑姑吧，我聽著也順耳一些。」

「可娘說妳就是二嬸，怎麼又變成姑姑呢？」又去看明霞，指著明霞說：「她才是姑姑。」

青竹不習慣這個稱呼，再說她還沒完全成為項家的人呢，這個稱呼很令人彆扭，因此又糾正她。「好豆豆，記住叫我姑姑，要不叫我小姨也行，我回頭買糖給妳吃。」

豆豆立刻笑道：「好呀好呀，小姨！」或許這麼叫是為了區別她和明霞的關係。

青竹安慰了豆豆一陣後，少東走來和青竹說話。

「爹叫妳去，問妳話。」

「喔，馬上就來。」青竹揉了揉豆豆的頭髮，笑說道：「去吧，別再摔了。」

「謝謝小姨！」豆豆甜甜地說道。

少東有些納悶，怎麼連「小姨」也叫出來了？

忙活了一陣後，飯菜已經備好了。

這裡正在調停桌椅，賀鈞是個勤快的人，並不把自己當客人，忙幫著移桌子、移板凳；青竹去幫忙端菜；少東便去請了各位來入座。

上面一桌，請了田老爺上座。

田老爺推辭道：「我還是算了吧，項老上座，你是主人。」

兩人謙讓了一番，最終還是讓田老爺上座了，又請了白顯過來。

本來也要拉賀鈞一起陪坐的，賀鈞見那一桌的人都要喝酒，忙推辭道：「晚輩不敢，再者也不善飲，還是坐這邊吧。」

上一桌就變成了田老爺上首，永柱、白顯打橫，永榈和永柱坐在一條板凳上，少東和謝通在最下首。

這邊一桌鐵蛋兒、賀鈞、白英和明霞，豆豆跟著明霞，五人湊了一桌。

東面還有一桌是翠枝、白氏、陳氏和青竹，翠枝懷裡還抱著靜婷。

少東讓賀鈞過去坐，賀鈞不願意，最後只好將鐵蛋兒給拉去了。

滿滿一桌子的菜，雖然大都是自家地裡出的，但也十分豐盛了。蝦丸湯、青椒蒜米燒鱔段、酸辣泥鰍湯、燉得滾熱的羊肉、粉絲拌雞塊、豇豆乾燉的鴨湯、酸辣爽脆的醋汁藕片、素炒灰條菜等，滿滿地擺了一桌，還不包括之前上的蓮子和煮菱角兩色乾果。

看著一桌子豐盛的菜餚，賀鈞心想，項家人果然大方，這些上好的菜式，一般農戶家過年也不見得能吃得上。鐵蛋兒被拉走後，這一桌就剩下賀鈞一個男的，多少有些不大好意思。不過好在席上沒人喝酒，就此躲過了一劫。

正當賀鈞得意時，少東卻過來拉他。「賀兄弟怎麼這樣客氣？你和幾個娘兒們吃什麼飯呢？快到這邊來！」

賀鈞原本不答應的，卻被這邊桌上的白英和明霞兩人取笑，他面子薄，只得硬著頭皮上了。他才坐下，白顯就拿了只碗來，鐵蛋兒則趕著給他倒了大半碗酒。

青竹見那一桌的人都捉弄賀鈞，只微微一笑，不曾在意。

這邊桌上也不寧靜。陳氏一個勁兒地向白氏打聽她娘家的事，白氏覺得有些納悶，心想這妯娌是要做什麼呢？她不好兜攬，畢竟她兄弟還有姪女都在這裡呢！

翠枝和青竹兩人心裡明白，心想莫非這陳家是想將白英說去給鐵蛋兒當媳婦不成？青竹將兩人來回看了一遍，倒還算相配，又沒有血緣關係，年紀也還相當，就是不知這兩個當事人是怎麼想的？不過也不關她什麼事，青竹更不願意去兜攬這事。

陳氏倒還瞧得上白英，雖然早些年有耳聞她父親不是個成器的人，不過養的女兒卻還不錯。這一、兩年白顯隨著大哥家慢慢地壯立起來了，也讓人有些改觀，且白英和鐵蛋兒呢倒還配得上，她是滿心的喜歡。說來也相互有親，趁著熱乎勁兒定下來才是正經，不過這事還得慢慢地謀劃，心急不得。

豆豆吃飯本來就不大安分，在這邊桌上明霞還能照顧一二，可才沒吃幾口，又立刻下了桌，到翠枝這桌來看妹妹。小靜婷已經熟睡了，豆豆又嚷著要吃的。

白氏有些心煩，心想有這麼多客人在呢，還是一點都不安靜，因此沈著一張臉。

翠枝心下明白，也不吃了，說要抱小靜婷去睡覺。

「讓妳嬸子給妳餵飯吧。」翠枝便將豆豆拜託給青竹。

青竹也答應下來，端了豆豆的碗來，挾了些她愛吃的菜，對她道：「我們去別的房裡吃好不好？」

豆豆立即笑逐顏開。「好呀，二嬸！」

正在這邊桌上吃飯的賀鈞猛然聽見這一句，當場就愣怔住了，手中的筷子不知怎的就掉到了地上，覺得眼前有些迷迷糊糊的。這到底是怎麼一回事？他不由得回頭去看了眼青竹，卻見青竹拉著豆豆，已經跨出了門檻。

二嬸？賀鈞心想，以前彷彿也聽見豆豆這麼喚過她，可他卻自動地忽略掉這層。青竹到底是項家的什麼人？好像不是少南的妹妹，因為從來沒有聽見她喚過一聲「哥」。莫非和少南有什麼關係嗎？賀鈞以前就察覺到一些了，不過他從來沒有去細想過，只一廂情願地認為青竹是這家的人，是他中意的女子罷了。賀鈞分明感受到這其中有讓他一直逃避的原因，而這原因竟讓他如此不安和苦惱。

賀鈞忘了要如何思考，直到鐵蛋兒晃了晃賀鈞的胳膊，取笑著他。

「賀相公莫非喝醉了不成？這才沒喝多少呢！」又見賀鈞的筷子掉在地上，忙去幫他撿。

賀鈞忙說謝謝，拿了筷子就說要去洗一下。

少東扭頭叫明霞幫忙重新換雙筷子，明霞卻坐著不願動。

賀鈞忙道：「我還是自己去沖一下就好，不敢煩勞妹妹。」

賀鈞拿著筷子，渾渾噩噩地出了堂屋，才跨出門檻，卻見青竹正坐在東面房間門口的小墩上給豆豆餵飯。

賀鈞有些出神地看了她一眼，又狠下心來掉頭就走。

青竹只顧著給豆豆餵飯，壓根兒沒注意到這些。

這頓飯吃得賀鈞內心五味雜陳，也喝了不少酒，腦袋有些暈沈沈的。不過總算都應付過去了，好在沒有露出更大的難堪來讓別人懷疑。

青竹在灶間幫忙收拾碗筷，突然聽見外面賀鈞說要走，連忙出去叫住他。「賀哥，你先等等！我有東西要捎給你，等會兒好不好？」

賀鈞有些木訥地點頭答應了。

原來是青竹說家裡剩下這麼多的菜沒吃完，又想到朴氏一人在家，也不願意上門來，心想讓賀鈞捎些好菜回去。

白氏沒說什麼，由著青竹去了。

家裡沒有食盒，青竹只好去借，趕著將那些沒動過的、乾乾淨淨的菜每一樣都裝了些，然後蓋得嚴嚴實實的，不至於滲出湯水來。

白氏道：「妳對賀家還真是上心，自家親戚也沒見妳殷勤到這個分兒上。」

青竹卻淡然道：「這有什麼關係呢？反正又吃不完，難不成要倒掉嗎？他家就他母親一人在家，還想著別人不嫌棄才好呢。再說，賀哥幫我們家的忙幫少了不成？哪次不是說一聲就來？有時候甚至連醫館的事也不顧呢。」

白氏撇撇嘴，心想她是說不過青竹，也不願意多管，只是見青竹這麼熱心，不免有些討厭罷了。

收拾好食盒後，青竹又記起上次他給自己包手指的帕子來，早已洗得乾乾淨淨、收得好好的，剛好還給他，便回屋取了來。

青竹提著食盒，見賀鈞站在棗樹下等她，便趕緊走上前去，卻聞見賀鈞身上一股濃烈的酒味，滿臉的紅暈也未散，心想他還真是喝得不少。

「喏，這是給賀嬸嬸的，你幫忙給帶回去吧。」

賀鈞也不敢去看青竹的臉，訕訕地接過了。

青竹又將手帕還給他。「前幾次你來我都忘了，多謝你。」

賀鈞也接了過來，微微地垂了頭，不敢隨便開口說話，比他第一次來項家時還要拘謹。

兩樣東西都給賀鈞後，青竹便準備走了，賀鈞卻突然叫住她。

「項姑娘，我有些話想和項姑娘說，項姑娘願不願意陪我走走？」

青竹一笑。「好啊，才吃了飯就坐著也不好，你略等等，我去打聲招呼就來。」

賀鈞點點頭，他雖然喝了幾碗酒，不過此刻腦子卻十分清醒，只是那些話他都說得出口嗎？可如果錯過了今日這個時機，他又要誤會多少呢？

賀鈞拿定了主意，不管答案是什麼，他必須得問個明白，不想再做糊塗人了。

等到青竹過來與他同行，兩人便一前一後地出了院門。

青竹走在賀鈞後面，見他走路有些踉踉蹌蹌的，心想還真是喝醉了，走路也不穩，要是摔了如何是好？忙道：「賀哥，我幫你提盒子吧？」

「不用煩勞項姑娘。」

青竹心想他到底要說什麼話？見他喝了不少，腦子也不知是否清楚？

兩人走了好長一段路，最後賀鈞在一棵大樹下站定了，正好樹下有一顆大石頭，他就地坐了下來。

青竹站在他跟前，有些摸不著頭腦。

賀鈞又忙起身，請青竹先坐了，順勢將食盒放到地上。

青竹仰臉含笑著問他。「賀哥有什麼話請直說，我一定洗耳恭聽。」

賀鈞略一頓，開口便問：「姑娘當真是姓項嗎？」

青竹想，怎麼突然問起這個來？心想到底還是沒瞞過去。雖然她不願意別人提及她的身分，可賀鈞也算是朋友，沒有欺瞞朋友的道理，因此便答道：「賀哥一直以為我姓項，我卻從未解釋過什麼，還真是對不住。其實我是夏家的人，不是他們項家的。」

「姓夏?!」原來她叫夏青竹！賀鈞心想，還真是弄了個天大的笑話！又接著問道：「可是妳長年住在項家，我見他們拿妳當他們家的女兒也沒兩樣。」

青竹聞言冷笑道：「女兒？沒兩樣？那是賀哥不知道罷了。算了，這些不提也罷，畢竟眼前的日子比起以前要好過了許多。」

「我聽見項大哥的閨女喊妳二嬸，這又是怎麼回事呢？」

青竹微怔，心想這叫她怎麼說出口呢？她一臉的窘然，滿是尷尬地說道：「當初因為家裡窮，又欠項家債務，所以才讓我做他們項家的童養媳，這都好幾年的事了。」

聽到這裡時，賀鈞才明白原來是這麼一回事！他是一點兒也看不出青竹像個童養媳，項家就兩個兒子，少東已經娶妻生女，那麼青竹只可能是少南的童養媳。

頓時一切都豁然開朗了，可是弄清真相的賀鈞卻覺得好氣又好笑。他這點心思算什麼？到頭來不過是場笑話！所幸他從未和她說過什麼過分的話。

青竹眼見賀鈞這些異常的反應，心想他醉得還真不輕，便忙讓他坐下，靠著樹歇會兒。

賀鈞卻執拗著要回去。

青竹道：「賀哥要問我的，就是這個嗎？」

「是呀，足夠了……」賀鈞喃喃自語著。

青竹卻一臉凝重，嘆口氣說：「這些事我不習慣說給別人聽，以前瞞了賀哥，還請多包涵。」

賀鈞忙道：「沒什麼，這些都是我自作自受罷了，也該清醒了。」

青竹不明白他說的是什麼話，想到自己也沒多少朋友，此刻她是真拿賀鈞當成可以傾訴的知己，因此緩緩說道：「我總想著有一天要改變這個現狀，在少南回來之前，自己能得自由，脫離了這裡才好。賀哥，你說我是不是有些癡人說夢？明知道自己是走不了了，卻還妄想著能夠走出去。」

賀鈞覺得頭疼得有些厲害，青竹說什麼他有些不大明白，忙問：「妳這話的意思是？」

青竹道：「一直以來我都想退婚，自始至終都沒放棄過。」

賀鈞滿心疑惑，又追問道：「為何這麼想？是項家的人不好，還是項兄弟嫌棄妳？」

青竹搖搖頭。「以前是不好，現在也不見得會好到哪兒去。我過得不自在，只想追求一種更自在舒適的生活而已，我想自己是有這個權利的。少南他……」青竹腦中突然浮現出少南臨走前的舉動來，又喃喃道：「他還只是個未長大的孩子而已。」

賀鈞深深地看了青竹一眼，他是個聰明人，聽出來青竹對這門親事不滿意，她不想過這樣的日子。但他也確定了一件事，青竹在項家的身分和地位，不容得他對她再有半點唐突和失禮，他所有的情愫都該好好地藏著掖著，不叫旁人看出一絲來。

「我曾經為這個身分苦惱過很長一段時間，還請你不要嘲笑我。」

賀鈞怔怔地說道：「我怎麼會嘲笑妳呢？永遠也不會。」

第六十七章　計議

等到塘裡的藕開挖的時候，照舊忙碌了好幾天。今年的藕產量還行，就是價格比去年還要略低一些。

加上前面賣魚等所得的錢，這一年下來總共也有一百多兩的收入，除去人工開銷，還剩餘八十多兩。白顯當初入了夥，因此也少不得要給他分紅，給了二十四兩，並地裡出的一些產物；田家那邊支付了十八兩；自己還得四十幾兩。

以為多一項的收益會比去年好許多，看來還是太樂觀了。

可給田家送錢去的第二天，田老爺竟派了個家僕，將十八兩銀子又原封不動地退還了。

項家人很是納悶。

少東沈吟道：「莫非是老爺子嫌少不成？」

家僕說：「項大爺，我們老爺說這是他該幫忙的，還請項老爺和項大爺別客氣。再有，項二爺中了相公，我家老爺一直沒有來道賀，這錢就算是給項二爺的賀禮。」

少東和永柱面面相覷，心想還有這個說法嗎？

永柱怕後面有什麼麻煩事，又怕以後田家人不肯幫忙，便讓少東再跑一趟，將這筆錢給送過去。

後來少東回來，說田老爺堅持不要，永柱想了想也只好作罷。

冬天裡，漸漸地活兒就少下來，因為在這之前就決定等到這些出了錢後便準備建房，因此這幾日，此事也漸漸地納上了日程。

現有的八間半屋子，似乎有些不夠住了，再有，翠枝鬧著要分家，永柱也點頭答應了的，建房這筆錢永柱說該他出。可是到底該怎麼建、建多寬，都還沒個主意。

翠枝堅持要將房子修出去，想四口人自在地過日子，不再看白氏的臉色，但永柱卻擋著不讓。「外面找地可不是件容易的事，還得看風水，還得買地。想來想去，也只有右邊的這塊地還合適，修個四、五間房子應該不成問題，將東面的院牆給開扇門就能往來。錢本來就不多，何必再去花那個冤枉錢？我本來還想修個四合院來著，我們住前面，你們住後面，但想想這和沒分家好像也沒什麼區別。」

翠枝小聲嘀咕道：「四合院只怕還是不夠住。」

永柱分明也聽見了，看了翠枝一眼，繼續道：「修好後，你們一家四口住新房，另起爐灶，我也不管你們的吃喝開銷，到時候再過糧食給你們。」

翠枝張了張嘴，還想說什麼，卻被少東拉了拉衣袖，示意她別再亂開口。

少東說：「這邊的房子也修建好些年了，我看也該翻新翻新，不如這次都重修一遍吧？爹要住四合院也行，建個小小的四合院應該還成。」

永柱想了想，道：「只怕錢不夠，莫非又要拉外債不成？」

少東道：「我明兒找人去打聽一下，再讓弟妹給算算，看要多少費用。再說我那裡也還存了點錢，既然要興土木，不如就一次修好了，能管個幾年，爹，你說對不對？」

永柱望了望房梁，心想這都要翻修的話，瓦、木頭也都要不少，還有大石頭、土、人工等等，加起來只怕是筆不小的開銷。雖然家裡現在有點錢，可這是一家子的開銷。

青竹坐在角落裡靜靜地做針線，自始至終沒有發過一句話，也沒什麼見解要表述。她心想，既然打算離開這個家，那麼不管房子修成哪樣，都與她沒多大的干係，算是個冷靜的旁觀者。

明霞可是一心想要住嶄新的大房子，最嚮往的自然是南口那些偌大的庭院，不過那只是夢想罷了，庭院住不起，怎麼著房子也要有大姊家的那麼氣派吧？

第二日，少東便去找村裡幫人修房子的人打聽了，回來又和永柱合計了一回後，讓青竹幫忙算了下造價，算來算去，想要將所有屋子都重新修一遍的話，得花四、五十兩銀子不止。

永柱說：「難道要將掙的這些都花出去嗎？眼見就要過年了，過年吃什麼？明年吃什麼？」

少東也沒想到要這麼大的花銷，本以為花個二、三十兩就足夠了。木料這一項還得去買，用來做檁子的可都要生長了幾十年的大樹。不過他也是鐵了心，既然要動土，不如就一併修好了，老爹辛苦了半輩子，總得讓他住得舒適些。於是他咬咬牙，堅定地說道：「我那裡還存了些錢，一併加上，要是還不夠的話，再去小叔叔家借一點。」

「你是打定主意了嗎？」

「是呀！一會兒吃了飯，我再讓人幫忙將圖紙繪出來，就去打聽哪裡的木頭好。」

永柱想了想便道：「你拿主意吧，我也不攔著你。」

修房子的事就正式地納上日程了，也成了少東主要忙碌的一件大事。

明春回來了。這次回來的動靜倒小，不過卻帶了好些衣裳，看樣子似乎要在家裡長住下來，只是臉上依舊沒有什麼笑容。白氏看在眼裡，疼在心上，關心備至。

「難道妳又和姑爺鬧彆扭了？」

明春沒好氣地說：「我都麻木了，不想再和他鬧。愛怎樣就怎樣吧，我眼不見，心不煩。離了誰不能過？我就不信。」

白氏勸道：「妳也別說這樣的喪氣話，他要是敢欺負妳，我就讓妳爹好好地教訓他一頓。」

「算了吧，我可不想成為別人眼中的笑話。身上不大舒服，娘，妳給我做碗薑湯吧？」

「妳是著了涼嗎？怎麼要喝薑湯？」

「感覺鼻子有點塞，頭也有些暈。」明春覺得身上一點力氣也沒有。

白氏覺得女兒的氣色不大好，似乎比上次來家時消瘦了些，莫非在馬家的日子真不能過了？但也不能苛待媳婦吧？她憋著一口悶氣，只得親自下廚去給明春弄吃的。

明霞回家時見大姊回來了，便要去翻明春的包袱，明春覺得心煩，喝斥道：「妳也不小了，怎麼這麼喜歡翻別人的東西？裡面沒有給妳的東西，妳別亂動！」

明霞訕訕地住了手，撇撇嘴，一臉不高興地說道：「幹麼發這樣大的火呀？不過看看而已，又不是要拿妳的東西！」

「十來歲的人了，一點教養也沒有，將來也是被人嫌棄的分兒，我勸妳還是趁早改改吧！」

「什麼？」明霞這個年紀已經很敏感了，聽見自家大姊這樣說她，頓時覺得面子掛不住，連忙爭論道：「大姊呢？大姊自以為嫁了個好人家，不還是被夫家嫌棄的分兒，有什麼資格來說我？有本事妳別睡在這張床上！既然嫁出去了，幹麼還要回來？」

明春更覺得頭暈，明霞的這番話徹底讓她火了，忙翻身下來要去拉明霞，打算好好地教訓一下這個妹妹。

明霞瞅著明春怒氣沖沖的樣子，心想真把她惹急了，於是拔腿就要跑，結果才跨出門檻卻撞著了一個人，身上被什麼東西一澆，燙得明霞「哎喲」地叫了一聲。

「作死呢！慌慌張張的幹什麼？鬼在攆妳不成？」

明春氣急敗壞地站在門口對白氏說：「娘，妳也不教教明霞，她都這麼大了，還像個小孩子，做事說話都讓人討厭，一點教養也沒有！」

白氏才知道明霞將明春給惹火了，便拉住明霞質問道：「好端端的，妳這又是怎麼了？妳大姊難得回來一次，妳還不讓她好過，成心找碴是不？」

明霞卻道：「自己沒本事留住男人，衝我發火做什麼！」

白氏伸手就給了明霞一個耳刮子，斥責道：「是誰教妳的？白白長了這麼高的個子，竟然一點也不長心！快去給妳大姊道歉！」

明春的臉上一陣紅、一陣白，又羞又怒。曾幾何時，連妹妹也敢用這種口吻來教訓她了？明春氣不過，哇的一聲就哭出來，也不教訓明霞了，轉頭回床上和衣躺著。

且說青竹正坐在簷下做針線，瞅見這一幕幕的鬧劇則十分淡定，反正又與她無關，她才不願意去摻和。

白氏氣不過，對著明霞的腿就狠狠地踢了兩腳，明霞吃痛地坐在地上打滾撒潑，白氏懶得理她，交代青竹再去幫忙熬碗薑湯。

青竹答應一聲，放下針線就去了。

白氏又忙去安撫明春。「孩子呀，妳別只是哭。妳妹妹實在不好，我也打了，她還小，口無遮攔的，妳別太往心裡去。」

明春哽咽道：「娘，妳說我的命怎麼就這麼苦呀？偏偏遇見了他這樣的冤家！」

「還說享福呢，哪知卻讓妳受了這麼大的氣。妳也忍忍吧，做媳婦的，哪個不是這樣過來的？再說你們都還年輕，血氣方剛的，妳也別說氣話。且在家安心地住幾天，姑爺定會來接妳回去的，明霞我會教訓她。」

明春抹了抹眼淚說道：「那挨千刀的，明知道我小產了，背地裡還幹那些讓人不齒的齷齪事，這不是給我添堵嗎？」

「小產?!幾月沒的？上次妳來家怎麼沒聽妳說起過？」

明春低聲道：「還未滿三個月呢，他喝了酒回來，我說了幾句，他伸手推了我一把，在桌子上磕了一下，後來見紅就沒了……」

白氏瞪大了眼，滿是心痛，摟著明春苦澀地說道：「還真是罪孽呀！孩子呀，沒想到妳竟然吃了這麼多苦！我讓青竹去殺雞，燉了雞湯來好好地給妳補一補，身子弄虛了可不行！」

白氏讓青竹給明春熬雞湯，青竹也沒說什麼。大鐵鍋燒了開水，磨好了刀，開了雞籠，捉出一隻肥大的母雞來。

這會兒瓷碗裡已經撒了些鹽，將雞脖子上的毛扯落了些後，手起刀落，快速麻利地在脖子上劃了道口子，倒提著雞抖了一下，鮮血便順著往瓷碗裡流，接著將雞丟進一個木桶裡，注入滾熱的開水，準備開始去毛。

剛開始讓青竹殺雞的時候，她怎麼都克服不了心理恐懼，拿著刀也不敢下手，再加上雞會亂動，實在是一點辦法也沒，後來白氏硬逼著她，漸漸地才敢做。這些事做熟了後，對青竹來說也沒什麼大不了的。

處理好雞，便要去找柴禾開始燉煮。走到後面的屋簷下，不禁想起那次的幾隻小貓來，那時她好意地給小貓做了個窩，沒想到過不了兩天，她再來看時，一隻小貓也沒了。她心想，必定是母貓發現了，連忙將牠們轉移到別的地方去了。

瓦罐裡正燉著雞時，少東回來了，四處找青竹要幫忙算筆帳，青竹便讓明霞幫忙看火，自己去找了算盤和紙張。

「李木匠家說賣給我們家二十根碗口大的木頭，我去看過了，品種雖然雜了些，但用來做椽子的話，應該是用得上。妳幫忙算算買這些木頭要多少錢？還差多少木頭？」

青竹來回估算了一回，又撥了一回算盤，最後得出了結論。「椽子的話，只怕還差些，再說不是還要檁子嗎？」

少東道：「這檁子將現有的拆下來，也夠一半了，我的意思，是要上好的松木，也不知能不能買到？椽子不夠的話，到時找竹子纏了稻草也一樣。」

翠枝走出來說道：「用稻草的話，屋裡的灰塵可是多得很，也不好看，都要換成木椽子才行。」

少東皺眉說：「錢只怕不夠，能省一點是一點。」

翠枝卻堅持道：「我不管，我都要木頭的椽子！」

少東不想理會翠枝，繼續和青竹商議著。

翠枝便冷著臉坐在靠門口的小凳子上，給小靜婷餵開水。

過不多時，突然聞見一股嗆人的煙味飄進來，空氣中也瀰漫著些煙霧，青竹心想，是誰在燒什麼嗎？

正在疑惑時，突然聽見明霞大喊一聲——「不好啦，火燒著房子了！」

坐在堂屋裡的人聞言，登時全愣住了。

第六十八章 著火

少東和青竹忙忙地丟開手中的事出去看情況；翠枝也不給女兒餵水了，抱了女兒站在門口向灶房張望。

白氏正在房裡和明春說話來著，聞聲也都出來了。

青竹傻了眼，果然濃煙滾滾地從灶間冒出來，再看了一眼她託付幫忙照看火的明霞，卻見她此刻正站在菜地的位置上，緊緊地拉著豆豆。

「惹事了，惹大事了！怎麼就燒著了房子？」白氏神色慌張。

只見少東已經衝進灶房，白氏連忙找了桶子去打井水，青竹先找塊濕帕子捂住臉，也趕著去救火。

等趕到灶間門口時，煙滾滾的一片，根本看不清方向，少東被嗆得直咳嗽，青竹趕緊將濕帕子遞給他。

這裡白氏已經提了水來，明霞和豆豆早就驚住了，明春見狀也趕著幫忙打井水、救火。

眾人忙活了一陣，可是杯水車薪，作用並不大，那裡面的溫度又高，不能輕易進入，然而灶房後面連著的屋子可是糧倉，要是著了火那還得了？且幾間房屋都連成一排，要真燒著了，都會遭殃。

一家子齊上陣，七手八腳。小靜婷被煙霧燻得直哭，翠枝只好抱著她遠離這裡。青竹覺得自己快要受不了了，又燻又熱，又辨不清方向，只好憑著感覺亂灑一通水。

在大家累得快直不起腰時，火勢漸漸地控制下來了，只是依舊濃煙滾滾的，輕易進不得，只好門窗大開。

住在後面的章家見項家突然著火了，章大娘和韓露也趕緊跑來說要幫忙救火。

白氏擺擺手說：「勞妳們掛記，老天保佑，總算是救下來了。」來回提了多少桶水她也不記得了，見沒有大礙，頓時一屁股就坐在地上，大口大口地喘氣，衣服、鞋子都濕透了。

青竹和少東還在灶間忙碌著，確定沒有著火點了，這才出來。青竹的臉已經燻得黑抹抹，一身的煙火味；少東更甚，頭髮也有被火苗給燒著的地方，發出一股臭味。

兩人都像黑人一般，很是狼狽，明霞見了他們這樣，想笑卻拚命地忍住了。

少東就著桶裡的水，痛快地洗了一把臉，可畢竟是深秋了，水有些冰涼。

青竹覺得喉嚨裡難受，也不知道到底吸入多少煙塵。她一手扶著牆，猛烈地咳嗽了好一會兒。幸好發現得早，還沒有引著房子，不然就靠家裡這幾人是救不下這火的。

白氏驚魂未定地說：「看來不修房子是不行了。」

等到事態漸漸平息下來後，少東這才來追問。「到底是怎麼燃起來的？」

青竹猜道：「因為爐子上燉著湯，可能是灶裡的柴禾掉出來，引著了旁邊的柴草堆。」

白氏聽見了，厲聲斥責道：「我讓妳幫著燉雞湯，好端端的，怎麼會著了火？是不是想將這個家給燒光，將我們給燒死妳才樂意呀？真是好歹毒的心！」

青竹覺得肺部難受，聽見白氏如此誣衊她，只好起身辯解道：「我是在燉雞湯，可大哥又讓我幫忙算帳，所以我吩咐了明霞，讓她幫忙看著的，哪知她在做什麼，憑什麼都是我的錯？」

少東見狀，也替青竹解釋。「娘，妳就別責怪弟妹了，這火也不是由她引起的，況且我確實有事找她商量，哪裡料到會變成這樣。」

白氏冷冷地瞟了青竹一眼，又喊了明霞來。

明霞心想，燉雞必定燒的都是好柴禾，一時半會兒沒守在跟前也不會出什麼事，沒料到竟會惹出禍事來！此時聽見母親叫她，便戰戰兢兢地說：「火不是我放的，真的不是我！」

「諒妳也沒這麼大的膽子！為何不守在跟前？」

明霞道：「是豆豆，豆豆讓我幫她摘開在牆角的小菊花。」

白氏這才瞪了豆豆幾眼，氣不打一處來，又見翠枝抱著孩子站在門口，想起剛才她躲得遠遠的，也不上來幫忙。明春的身子還很虛弱，翠枝也不知來搭把手！白氏心裡憋著火，生硬地說道：「這個家是該分了，早分早解脫！」

翠枝一怔，心想這是衝著自己來的，她何等冤枉，連忙辯解道：「說話不用夾槍帶棒的，難道是我放的火不成？還是我讓豆豆去將小姑給叫出來的？」

白氏罵咧咧地說道：「妳也不用狡辯，反正我們是八字不合，趁早離了眼皮底下才是乾淨！」說著就進裡屋去了。

翠枝只覺得委屈，心想她有什麼錯，憑什麼揪著她不放？鼻子一酸，差點就掉下淚來，將小靜婷塞給豆豆，便一頭走了出去。

少東有些摸不著頭腦，好端端的這又是鬧什麼彆扭呢？沒釀成什麼事就是萬幸了。他也累了，難道就不能消停一下？

青竹是個明白人，想著灶房還得去收拾，便對少東道：「你去勸勸大嫂吧。」

明春一副事不關己的樣子，也不吱聲，冷漠地看著這一切。

煙霧漸漸消散開來，屋裡不嗆人也不燙了，只剩下一屋子的狼藉，堆放的那些柴草燒得沒剩下多少，到處都落滿了黑乎乎的灰塵，被水澆濕後，沾在各處，很是難看。爐子上燉煮的雞湯是要不得了。

青竹挽了衣袖，挽了褲腳，趕著收拾清理。

明霞知道自己做錯了事，以為要狠狠地挨一頓打罵，哪知卻無人來過問。或許是心虛的緣故，她慢慢地走進來問青竹。「我能幫著做點什麼？」

青竹道：「去拿掃帚幫忙掃掃屋子吧。」

兩人趕著打掃屋子，先掃了一遍地，將那些草木灰都清理出去，接著青竹又打了水來，將灶臺、案板都細細地擦過。

兩人清理了好一陣後，白氏走進來，見損失不算大，這才放了些心。

白氏將爐子搬出去，清理乾淨了，重新燉上雞湯，口中卻唸唸有詞。「真是上輩子的冤家！天天唆使著男人，就不幹一件正經事，生不出兒子來還有理呢！」

明霞有些不大清楚，便問青竹。「這大嫂又是怎麼了？」

青竹淡淡地道：「不該問的妳別問，妳娘正不高興呢，想逮人撒氣。」

明霞張了張嘴，將要說的話都嚥了回去，撇了撇嘴。

忙活完了後，青竹身上的衣服也不能看了，便說要回房換身衣服。她想痛快地洗個澡，但也只有等到晚上再說了。跟著忙碌了一通後，身子有些受不住，又覺得胸口悶，喉嚨感覺有異物，還發出聲響，因此她狠狠地咳嗽了一通。

等到永柱趕了鴨子回來時，見灶房的房門燻得烏黑，白氏才將下午發生的事和他說了。永柱甚是驚訝，心想他沒在家，怎麼就發生了如此大事？又唸道：「好在沒有闖下大禍。」

翠枝晚飯沒吃，連女兒也不願管，正倒在床上生悶氣呢！

少東本來勸了幾句，見她並不解氣，還是一味地執拗，也不好再說什麼，心想過陣子就好了。

第二日天剛朦朦亮，青竹聽見雞叫時很想起身，卻覺得腦袋暈沈沈的，胸口越發的難受起來，喉嚨裡總覺得堵了什麼東西，便用手帕捂著咳嗽了一陣，後來看那帕子赫然有幾縷血絲，青竹登時驚出一身冷汗，心涼了半截。

她不想再出被窩，緊緊地裹了被子，心想再躺一會兒興許就好了。怎麼會咳出血呢？莫非是昨天吸入過多的煙霧所致，夜裡還沖了澡，所以感冒了嗎？青竹用手測了一下額頭的溫度，的確有些燙，看來是感冒了。身子軟軟的，一點力氣也沒有。

躺了一上午，中途翠枝給她送了碗稀粥來，青竹懶懶地吃了些，依舊不大想動。

翠枝見她病怏怏的樣子也替她心疼。「妳怎麼就病了呢？妳大哥還說要找妳幫忙記帳呢。」

青竹覺得不舒服，又咳嗽了一陣子，依舊帶出星星點點的血絲來，翠枝看了一驚一乍的，說道：「好端端的怎麼就咳血了？妳年紀不大，平時底子也還好，怎麼就染上這個來？快去找大夫看看吧，不然的話只怕要落下什麼大病根，這可不是鬧著玩的！」

青竹原本想只是一般的感冒，歇幾天就好了，沒想到翠枝的反應竟然這麼大，她的心當下就涼了半截，心想當真就這樣躺下了嗎？她看了翠枝一眼，又道：「妳還和老婆子賭氣嗎？」

翠枝道：「也沒什麼好氣的，分了家就好了。」見青竹病得不輕，又怕她過給自己，不敢停留太久，這便出去了。

永柱聽說青竹病了，雖然不方便親自過來問東問西，但也遣了少東去請大夫來給青竹瞧瞧，少東滿口答應了，可一心都在修房子的事上，忙得腳不沾地。

永柱腿腳不大方便，又擔心青竹的身子，只好讓白氏去請。

白氏道：「小小的年紀，身子骨這麼弱，你還說留著當兒媳，以後可生得出兒子？」

永柱有些惱怒，訓斥道：「妳現在滿心想的都是生兒子，已將大媳婦給得罪了，如今連青竹也要牽連上嗎？我讓妳去請個大夫來，怎麼那麼多事呀！」

「好好好，我去請，成了吧？」白氏回屋去添件厚衣裳，嘀咕道：「真不知上輩子造了什麼孽，遇見了這兩個不省心的冤家，一輩子都是受氣的命！」

白氏換好衣裳準備出門時，明春走了來。

「娘，妳替我買斤線頭吧，我把錢給妳。」

「要什麼錢呢，我幫妳帶回來就好。我要去請大夫，正好也給妳瞧瞧，治好了我也放心。」

白氏去請了大夫，可那大夫直到傍晚才得空過來給青竹瞧病，一併來的還有賀鈞。郝大夫負責診治，賀鈞在一旁幫忙打下手。

郝大夫說只是受了寒涼，沒有多大問題。

青竹說：「咳得有些厲害，還帶著血絲，是不是因為吸入過多的煙霧影響了肺部？」

郝大夫聽說，神色立刻就凝重了，緩緩說道：「果真如此的話，姑娘這病也就難好了，只怕到老還會咳，而且會越來越厲害。」

青竹心想，果然是這麼不濟嗎？就因為一次救火而落下病根，以後該怎麼辦？

賀鈞在一旁聽了也是一震，心想他們不過數日沒見，青竹就病得這樣厲害了，不免很是為她擔心著急。

郝大夫寫了藥方，讓明日到醫館去拿藥，接著又去看明春。

明春也沒什麼病症，不過是小產過後畏寒，容易頭暈而已。

郝大夫說：「這是氣滯，要放開心，慢慢地調養。」寫了幾味滋陰的補藥。

白氏對明春卻甚是擔憂，忙追問道：「以後生育應該沒什麼問題吧？」

郝大夫有些不大好開口，畢竟婦科上的事他不是很熟練，只道：「先養養看吧，體質偏寒了些。」

永柱留郝大夫喝茶，賀鈞偷空到青竹這邊來看望，雖然擅自闖入女子的閨房有些不妥，不過如今他是關心則亂，已經顧不得那麼多了。

「好好的，怎麼就病了呢？身上是不是很難受？」

青竹微微搖頭說：「沒關係的，多謝賀哥關心。」

賀鈞站在床邊細細地瞧過，卻見青竹臉上怏怏的樣子，氣若游絲，心想他不能就近照顧她，又道：「我這就回醫館去幫妳揀藥，馬上就送過來，妳可要按時吃。」

青竹忙說：「不勞賀哥來回地跑了，明兒一早我讓大伯娘去拿也一樣。」

「妳的身體要緊，不能耽擱。好好養著吧，我不方便多留。」說著就出去了。

青竹目送他的身影離開，直到他帶上了房門。青竹躺在被窩裡依舊不大自在，心想賀鈞真是個好人，又那麼細心體貼，要是少南能像他就好了……青竹胡亂地想了一通，可能是未退燒的緣故，昏昏沈沈的就睡著了。

白氏顯然更擔心明春以後還能不能再生育的事，坐在女兒的房裡，親眼看她喝完一大碗紅棗當歸雞湯，這才略安了些心。

「我看後日妳還是回去吧，這樣鬧著總不是辦法。」

明春歪著身子，正剝著一顆紅彤彤的橘子，怏怏地說道：「娘就讓我多住些日子吧，在家裡也安心，回那邊就是給自己添堵，他要在外面胡來，我眼不見還能靜靜心。莫非娘是嫌棄我在家吃白飯了不成？」

「妳是我親生的，難道還會嫌棄妳？這不是替妳著急嘛！再說家裡又忙著修房子的事，怕顧不上妳。妳和姑爺總不能一直這樣鬧著，他不來接妳，妳難道就不回去了嗎？」

明春臉色一沈，心想還真是嫁出去的女兒潑出去的水，只當親娘貼心，沒想到住久了什麼話都出來了。她明顯有些不高興，撇嘴說道：「娘也不用趕我，過兩天我自然會回去。」

白氏一笑。「這就對了，年輕夫妻哪有不拌嘴的道理？」

快到掌燈時分少東才回來，這會兒和永柱商議道：「木頭和石料都有了，這個季節請人工也容易。我請教了劉石匠，他說後日就是好日子，可以動工了。」

永柱道：「還有兩個多月才過年，加點工，說不定能趕在年前修好，但是錢方面只怕還不夠。可惜青竹又病了，還不輕，想要她幫忙管下帳，只怕有些困難。」

少東這才記起早起的時候父親讓他幫忙找大夫的事，見夜色快要降臨了，忙道：「我往醫館去一趟，弟妹的病耽擱不得！」

「你娘已經請來看過了，我看還是讓她好好地休息一陣子吧。」

白氏和明霞在廚下弄晚飯，爺兒倆在堂屋裡說著話，翠枝在自己房裡做針線。

突然聽見有人叫門，狗也跟著叫，少東疑惑地道：「都這時候了誰會登門？我去瞧瞧。」少東大步流星地走去開門，赫然見賀鈞站在門外，少東一愣，忙問：「賀兄弟有什麼事嗎？」

賀鈞急匆匆地趕來，一手提著幾包藥說：「郝大夫讓我送藥來。」

「這麼晚了還勞你跑一趟，正好要開晚飯了，不如請裡面坐，吃了晚飯再回去吧！」

賀鈞雖然掛念青竹的病，但又想到母親一人在家必定要擔心他，且自從知道青竹的真實身分後，他有了更多顧慮，能避著的地方都儘量避著了，生怕項家人看出一絲端倪來，於是堅持說要回去了。

少東倒能體會他的著急，道了謝後也不強留，由著賀鈞走了。

「這個姓賀的還真是有心，天都黑了還幫著送藥來。」

永柱道：「你怎麼不留他吃飯再走？」

「賀兄弟這人還是很客氣，說惦念家裡的老母親，怕耽擱久了天更晚，不好趕路。」

「他這人還真是實誠。」

也不知睡了多久，直到有人叫她起來喝藥，青竹才迷迷糊糊地睜開眼。口渴得厲害，依舊感覺到喉嚨裡像是沙沙地響。

「不是說明天去拿藥嗎？這藥哪兒來的？」

「剛才小賀摸黑送來的。妳喝了快些好吧，家裡還有一堆事等著妳做呢！」白氏板著一張臉，說不出任何關心青竹的話。不過青竹病了，做什麼都不方便。

沒想到賀鈞還真把藥送來了。青竹屏住了氣，大口大口地喝完了藥，實在有些苦，青竹吐了吐舌頭，又說要喝水，白氏忙倒了半碗白水給她。

青竹躺了大半天，身子有些乏，想要起來走走，白氏卻攔住她。

「妳還是別動吧，當心病又加重了。明知道家裡事多，就會添亂！」

「我這病真不能好了嗎？」青竹不免有些悲涼。

「病了就給妳醫治，別想太多了，我又不是大夫，哪裡知道。」白氏的態度顯得有些生硬，不過她已經將被褥搬來，打算今晚和青竹作伴，怕青竹夜裡要水喝，也好給她倒水。

青竹忙說不用，白氏卻道：「妳還倔強什麼呢？我不是那般尖酸刻薄的人。妳要是覺得心裡過意不去，就趕快好了，給我幹活。」

青竹微微垂眉道：「我知道了。」

這是青竹第一次和白氏睡一床，不久後便聽見白氏傳來陣陣的鼾聲。由於白天睡得太多的關係，青竹此刻並沒什麼睡意。

夜靜悄悄的，天氣漸漸地轉涼了，不過此刻青竹覺得很是溫暖……

第六十九章　和離

接連吃了將近半個來月的藥，以至於青竹聞到那刺鼻的藥味就會覺得噁心反感。頭疼腦熱的症狀漸漸減輕了，咳血的現象也漸漸沒了，不過咳嗽卻一直沒好。後來青竹驚訝地發現，病了這一場，竟然生理期也出現了，不過她表現得很淡定，一樁心事總算可以放下，她的身體沒有缺陷，發育也還正常。

家裡的事挺多的，如今已經打了地基，正式開始建房了。白氏也每天腳不沾地的忙碌，饒是如此也過來和青竹伴宿了幾晚。雖然言語依舊冷漠，不過青竹心裡明白，有些關心是說不出口的。

建房的人就十來個，項家要管一頓飯，每日吃飯的人就三、四桌，光是做飯買菜就夠忙碌了。青竹病著，無法出來打點；明春來家住了幾日，因為不自在，也回去了；本來說請白顯家的來幫忙做飯，可才做了兩天又說膀子疼，便回去了；永柱說將蔡氏請過來幫一段時間，哪知蔡氏每到冬季就患風濕，一直在將養。

後來請了村裡一個姓宋的婆子來幫忙，這個宋婆子年紀四十左右，背有些駝，因此顯得個子也不高，去年才死了丈夫，身邊又沒個兒女照顧，算是個孤老婆子，一身打了幾層補丁的破舊灰白夾襖，鬢角也漸漸發白了。言語雖然不多，不過做事卻很麻利爽快，又燒得一手好菜。她來家幫忙後，白氏立刻覺得輕鬆了許多，每天只需上街買菜，將菜買回來以後就不

點。

管別的事了。

做飯的事有人幫忙，可管帳的事沒人幫，因此儘管青竹身子不適，也得強撐著出來打

建新房，拆舊房，再建房，前後忙完已經到臘月底了。

東面的圍牆開了個月洞門，可以直通新房那邊，而那邊又有單獨進出的院門。

翠枝一心想在過年前搬過去，這幾日都在那邊收拾打掃，又和少東說院子裡要多栽幾棵石榴樹，還要養些花草。

左面的空地上新修了五間房子，還沒來得及修圍牆，少東說等正月裡再弄。這邊原來的住所格局大致未變，不過以前的菜地是完全平了；有單獨的蠶房；青竹的屋子和灶房連在一處；以前少東的屋子給了少南；牲口棚建在角落裡，看上去緊密了不少。

等到完工，少東各處去結帳，又忙碌了好幾日，待到一起查帳時，青竹幫忙算了一回，新修的五間房和這邊幾間屋子的改建，一共花了五十二兩銀子，好在少東也拿了二十幾兩銀子出來，永柱再添了些，各處的帳總算結清，也並未留下什麼欠款。

雖然翠枝一心想趕在年前搬到新屋去住，不過那邊連灶都還沒來得及打，又眼見到了年底，不大好請人，鍋灶都沒，是無法生火的，再說還等著過糧食給他們。

因為修房子花了不少錢，這個年也只好勉強過。年貨什麼的都來不及準備，白氏說再怎麼著也該去買幾斤羊肉回來，準備包餃子用。

可到了年末，羊肉賣得實在很火，價格不說，就是想買也不是很容易，只好讓少東去養

羊的人家打聽，後來聽說左家那邊有幾十斤的羊肉，便去買了七、八斤左右，算是勉強應付了過去。

因為分家的瑣碎事情，翠枝和白氏大大吵了一架，不過總算是各過生活，不在一口鍋裡吃飯了。

雖然分了家，但明霞還是成日帶著豆豆和剛學會走路不久的小靜婷玩，兩個小姑娘也經常在這邊吃飯。

差不多快十二歲的明霞和以前似乎沒什麼兩樣，依舊貪玩任性，有時候又大剌剌的，像個頑劣的少年。白氏不高興的時候教訓幾句，高興的時候也就由她去了。

年還沒過完，明春又從馬家跑了回來。此次鬧得比起往回似乎都要厲害，當她將衣服挽起來，露出被馬元打得紫青的胳膊時，永柱和白氏都驚了一跳。

永柱咬牙說：「我看也不用在一處過日子了，這樣將就下去，遲早不會有什麼好下場！家裡多妳一個人吃飯又不是養不起。」

明春聽見父親如此說，緊緊地拽著永柱的衣角，緩緩地跪下，未語淚先流，苦苦哀求道：「到底是爹心疼我，我實在不想再回那個家了，請爹收留我，斷了這樁孽緣吧！」

永柱頓足嘆道：「兒呀，妳且安心吧！」

白氏在一旁看見也覺得心酸，可心裡想的卻是——這都怪明春的命不好，哪有不一起過的道理？只要她再忍忍，就一定能守得雲開見月明。白氏讓明霞收拾一下屋子，讓明春暫時和她擠在一處。

這裡永柱和白氏商議道：「這事我看也不能再拖延下去了，女兒被打成那樣，這口氣我實在嚥不下去。妳讓少東跑一趟，請了他馬元來，最好將馬家太太也請來，我要做個了斷。我們項家的女兒還沒有卑賤到任人欺凌的地步，我活了五十幾年，這張老臉也不要了！」

白氏驚訝地望著丈夫，忙問：「你打算怎麼做？」

永柱斬釘截鐵地說道：「都走到這一步了，還能怎樣？好在明春還沒替他們家養下兒女，要和離也沒那麼多顧慮，以後兩家再也不要來往了。」

白氏猶不大相信，又勸解道：「你不要老臉，可明春還年輕，還要臉面呀！這樣離了，村裡人難保不說三道四的，你讓她怎麼活？依我看，將親家母和女婿請來，當面說清楚，也勸勸明春，還是在一處過日子吧。大家都忍讓些，沒有過不去的坎，何必鬧得這樣僵？再說離了馬家，以後誰還敢要明春？就是有人肯要的話，也不見得能找到馬家這樣好的人家……」

「我曉得的，當初妳就是看上了馬家的錢財，所以讓女兒往火坑裡跳，如今她想要出來，妳還在惦記著那點錢財！我們家現在的日子又不是不能過，妳怎麼就忍心看著明春被他們馬家的人給活活地折磨死？」

「你說的這是什麼話？什麼都怪我，當初要結這門親事，還不是你作的主，如今都賴在我的頭上……」白氏氣憤不過。

老倆口為了明春的事，拌了一會兒的嘴。永柱知道自己爭吵是爭不過白氏的，只好偃旗息鼓地離開；白氏也憋了一肚子的火，暗罵馬家的人不是東西，好好的一個閨女，這才幾年時間就讓他們給糟蹋成這樣！

明春姊妹和青竹都聽見了上房屋裡的爭吵，直到永柱出去了，明春才走到白氏的房裡，見母親正坐在床沿抹眼淚，明春頓時覺得很過意不去，忙上前說：「娘，對不住，都是我太軟弱了，讓妳和爹為我操心。」

白氏哽咽道：「這以後可該怎麼辦呀……」

明春蹲下身子，頭埋在白氏的腿上，輕聲說道：「只求後半輩子能給二老送終，別的我也都不在乎了。」

「傻閨女，妳爹的意思是想一拍兩散，以後項、馬兩家再也不要來往了。妳是怎麼想的？能放下嗎？」

明春抬眼望著白氏，帶著哭腔說：「我作夢都想離開那個魔鬼！娘，妳就別和爹吵了，也讓我過幾天自在日子吧。以後不再嫁人，就陪在你們面前，我也是甘願的。」

看著女兒一臉委屈嬌弱的樣子，白氏也很心疼。想想還沒出嫁的時候，女兒生得面龐豐潤，一看就是個有福氣的人，如今臉上顴骨高凸、眼窩深陷，這到他們馬家不過幾年的時間，模樣已經大改了，心裡不禁陣陣地酸疼，喊一聲「苦命的兒」，便將明春緊緊地摟在懷裡，母女倆抱頭痛哭。

明霞站在門口看見這一幕，心想大姊果然是被夫家給打怕了，以後都要回來住了嗎？不免覺得大姊的性子可真是軟弱，竟被欺負到這個地步，頗有幾分瞧不上的意思。

永柱讓少東去捎話，果然第二日一大早，馬家太太帶著馬元和一個還未出嫁的女兒登門了。永柱和白氏也都做好了應對的準備，白氏讓青竹幫忙弄一桌像樣的飯菜，明霞幫著青竹打下手。明春躲在房裡不肯出來，任由父母替她作主。

堂屋裡的氣氛有些壓抑，馬元原本就有些懼怕他這個岳父，因此也有些坐不住，說要去找明春說話，卻被永柱厲聲喝止住了。

「你找她做什麼？還要去折磨她不成？這是項家，由不得你姓馬的胡來！」

「不是的，爹，我是想和明春好好說會兒話。」馬元一個激靈，當真有些怕這個岳父。

馬家太太在旁見了，臉上可沒什麼好臉色，當即冷笑道：「親家這說的是什麼話？小倆口的連見一面也不行嗎？我們都上門了，那明春還躲著，也不出來見見我這個婆婆，項家的禮數可真是好呀！」

白氏的臉上一陣紅、一陣白，忙遞了茶碗過去，賠笑道：「親家太太別生氣，喝口水暖暖身子。」

馬家太太卻只低頭擺弄著手腕上一對金燦燦的金鑲玉鐲子，壓根兒不理會白氏。

白氏見狀，只好訕訕地放下茶碗。自討了沒趣，尷尬地坐了一陣子，後來藉口要去灶房裡看看，便出去了。

這裡永柱已經喝了半盞茶，見時機差不多了，才開口說道：「明春是我們親生的女兒，好不容易養了十幾年，嫁給你們馬家，我們也沒求她以後尊享榮華富貴，不過平安地過一輩子就是她最大的福氣。以前祖上也有往來的情分，有些話實在不大好說出口，不過事情已經到了如今這地步，我當爹的也不得不替女兒著想，因此請了親家母和女婿來，是有一事要告訴二位知道。」

馬家太太見永柱說話還順耳，便看了他一眼，緩緩說道：「願聞其詳。」

永柱看了馬元一眼，此刻這個女婿在眼裡竟是那麼刺眼、讓人討厭。他語氣不卑不亢地說道：「為了我們明春的未來著想，也為了女婿以後著想，我看這樁姻緣還是和離算了。」

「什麼？和離?!」馬家太太剛捧了茶要喝，才揭開蓋子，還沒喝到嘴裡，突然聽見永柱這一說，甚是驚訝，動作一大，碗裡滾燙的茶水頓時就灑了出來，正好灑在她新做的鴛鴦緞子的撒花大襖上，她一連驚叫道：「呀呀呀，這衣裳可沒法兒穿了！」

馬家小女兒忙掏了手絹替母親擦水漬。

馬元生怕母親被燙著了，趕著上前去看。

馬家太太如此狼狽尷尬的樣子，永柱只淡漠地瞟了一眼。

正好青竹和白氏端了飯菜來，要請馬家人一處用飯。

馬家太太哪裡還顧得上吃東西？再說也沒胃口。

白氏忙請馬家太太到裡屋去換衣裳。

馬家太太哪裡有備換的衣裳？因此板著臉說：「你們項家可真會辦事！」

馬元又拉著永柱的衣袖說：「岳父大人，我會和明春和好的，讓她跟我們回去吧。」

「你打了她多少次，只怕你自己也忘了吧？我是斷不會讓她跟你回去的，那麼做無異於再讓她往火坑裡跳。說出去的話猶如潑出去的水，哪裡有再收回來的道理？你最好去找人修一封文書送來，我也好遣人去將明春的東西給搬回來。離了誰不能過活？我們項家也還吃得起這碗飯！」

「岳父大人！」馬元心想，難道真的要走到這一步嗎？又想請母親幫忙說幾句話，卻見母親怒氣沖沖地起身，就要往外走。

「你給我有骨氣一點，別在這裡丟臉！這樣的媳婦不要也罷，我就不信除了項明春，你就娶不到別的老婆！要文書有，回去讓人寫好了送來！我倒要看看你們明春以後還怎麼嫁人？就當一輩子的下堂婦好了！」馬家太太撂完話，又忙拉了馬元就要回去。

永柱心想，這樣說破了也好，便別過頭去，不願看見這一幕。

白氏忙追上去，挽留道：「親家太太，用了飯再走吧？再好好地商量商量啊！」

馬家太太帶著兒女，氣呼呼地走了，今生今世再也不想踏進項家一步！

白氏站在院門張望了一會兒，遙遙地見馬家人走遠了，回頭時，卻見明春呆呆地立在簷下，正拿著手絹抹眼淚，白氏頓時覺得心酸，幾步走了過去，拉著明春的手說：「孩子呀，讓妳受委屈了。回來也好，只有爹娘才會真正地心疼妳！」

永柱憋著悶氣，叫青竹擺飯菜。

青竹答應一聲，心想做了好些菜呢，如今馬家人都走了，如何吃得了？不禁又回憶起明春出嫁時的情景來，那麼熱鬧的場面，這才幾年光景，卻是這樣的收場，還真是冷清啊……

第七十章　蜚語

拿到了文書後，永柱找人將當初明春陪嫁打的幾套家具都搬回來，馬家人雖然不滿，但這些都是明春的嫁妝，他們也沒權利處置，只好眼巴巴地看著，任由人搬走。

重新回到從小長大的地方，雖然住的不是以前的舊屋子，但對明春來說能夠擺脫馬元那個魔鬼，頓時覺得重生了一般。

明春來家沒幾日，村裡那些傳言就漸漸地擴散開來，有的傳言明春是個掃把星，去了馬家沒幾日，馬家的運勢就越來越不好；有的是說明春生不出兒子來，被夫家嫌棄才被送回來的；也有人說是她撞見馬元偷腥，氣不過跑回來的……種種傳言，瞬間就在椰頭村蔓延開來。漸漸的，這些話自然也傳到了項家人耳朵裡。

白氏憤憤不平，心想明春這以後該如何過日子呢？明春更是連院門也不曾出，整日在家不是睡覺就是悶坐，諸事不管。

「這是要鬧哪樣？大姑子過得不好她很開心嗎？整天大嘴巴似的，就在外面傳明春的事，真是的，看來是得給她點教訓看看，別以為分了家我就管不著了！」當白氏知道是翠枝在背後傳明春的事後，立即氣紅了臉，直說要去找翠枝理論。

翠枝正在自家院子的石板上洗衣服，突然見白氏怒氣沖沖地走來，心想必定沒什麼好事找上門，遂緩緩站起身來，問道：「娘有什麼事嗎？」

「當然是有事要找妳！」白氏站在院子裡挽好了衣袖，大聲嚷嚷道：「我說妳這個人怎地就那麼嘴賤？明春她哪點礙著妳了，憑什麼到處去傳她的話？如今被外面議論成什麼樣了！妳這個爛嘴巴，能不能給我消停一點！」

「什麼？爛嘴巴？娘嘴裡當真不會跑出什麼好話！妳的意思是，外面傳大姑子的那些話都是我說出去的？」

「不是妳還能有誰？外面都說是妳傳的！我只問妳，是不是想大家都沒好日子過？是不是？怎麼這麼狠心呀，明春礙著妳哪點呀？吃了妳的？還是穿了妳的？妳就這麼不待見她？」

面對婆婆的聲聲責罵，翠枝總算明白過來，為何婆婆會生這麼大的氣了。但她幾時出去傳過明春的事？明春過得好不好又與她屁相干啊？

「為什麼口口聲聲說是我傳那些話的？娘也不用衝我大吼大叫的，弄清楚真相再來吧！」

「不是妳，那麼是如何傳到我耳朵裡的？別人都說是妳傳的，妳還不承認？我知道妳討厭我這個老婆子，想要分開過，好，現在也如妳的願了，可明春又什麼地方得罪妳了，妳要這麼作踐她？難道她的命還不夠苦嗎？」

翠枝氣得面如金紙，身子哆嗦著，想要解釋一番，結果突然想到好像有那麼一次和棗花她娘提過一句關於明春的事，那個棗花娘又是個愛搬弄是非的，哪知就傳成了這樣！

「上次棗花她娘來這裡玩，問起大姑子的事來，我只提過一、兩句，哪知她會拿出去亂說啊！娘不相信我，就去問棗花她娘。」

白氏氣不打一處來，一腳踢翻了桶裡才洗好的衣裳，似乎還不解氣，對翠枝吼道：「還說不是妳傳出去的，只嘴硬！妳給我安分一點，我還想過幾天清靜日子，別再給我添亂了！」說完扭頭就走了。

翠枝彎腰去拾衣裳，罵罵咧咧地道：「還真是晦氣！這日子過得和以前有什麼差別？憑什麼有事就來問我？哪個爛了舌頭的臭娼婦才愛傳這些！」

白氏發了一通火回來，青竹正坐在灶房的門檻上理菜，見她氣呼呼的樣子，心想這又是怎麼了？

白氏氣得口乾舌燥，要找水喝，見青竹坐在那裡便支使她。「去給我倒碗茶來。」

青竹正在削紅薯皮，弄得一手的泥，也不願起身，忙說：「我這裡不得空，大伯娘自己去倒吧，我還得去洗手，不是耽誤了您老人家喝水嗎？」

「妳……」白氏待要衝青竹發火，可又心想，真是要在一天之內將兩個兒媳婦都給得罪了不成？忍了忍，倒沒敢怎樣，自己去找水喝了。

青竹依舊忙著手上的事，心想這明春和離回來住著，彷彿給家裡添了不少麻煩，不僅成為村民們議論紛紛的對象，如今就是她出門也總會有人來找她問話，真是吃飽了撐著，沒事幹。

明春此時睡醒才起來，身上的衣服鬆鬆垮垮的，一副海棠春睡的模樣，拿把梳子站在對面的簷下梳著頭，青竹只淡淡地掃了她一眼。明春來家多日，兩人之間也沒說上什麼話，各自生活，互不干擾。

對於明春來說，對青竹的印象還保持在幾年前，她心裡是非常討厭，因此頗瞧不上青竹。

青竹削好了紅薯便準備去做飯了。

白氏一頭走來，和青竹商量道：「妳小叔叔的那筆錢，妳算算該給多少，明天我讓妳大哥送去。」

「好，吃了飯我就算。」

白氏卻說：「我來做飯，妳去算吧。明芳這會兒要出嫁了，想來他們家會缺錢用，再不拿去實在說不過去了。」

「那好，大伯娘忙吧。」青竹解下圍裙就離開了。

白氏便洗了手準備剁紅薯、淘米。明春進來了，說要幫著燒火，白氏倒沒別的話。

「剛才我在屋裡聽見娘去找大嫂理論呢？」

「我不去找她找誰呢？成天吃飽了沒事幹，怎麼養了個長舌婦！」白氏一提起這事就火大。

「以前大嫂倒還安靜，怎麼變成現在這樣了？我才在家住了幾天，沒想到就有人這麼不待見我，看來這個家是不能住了——」

白氏生硬地打斷她的話。「妳說的都是些什麼？現在妳不住家裡，還能住哪兒？想過以後怎麼辦嗎？」

「我哪管得到以後呢？就這樣混著吧……」明春再也沒想過要嫁人。

白氏不由得有些火大，因為明春，項家成了村裡被指點的對象，她現在出門都不大好意思了，畢竟被夫家嫌棄不是什麼光彩的事。當初她就該攔著不讓永柱作這個主的，現在這樣不是害了明春一輩子嗎？

「娘現在對青竹倒越發的好了，我看妳在她面前怎麼像是矮了一頭似的？難道妳還怕她不成？」

「什麼叫矮了一頭？妳知道什麼！」白氏忍不住衝明春吼道。

明春撇撇嘴道：「難道我說錯了嗎？以前娘可不是這樣的。我說二弟年紀也不小了，是不是該給他說門親事？趁著有什麼好人家的姑娘，趕緊給定下來，免得將來後悔。」

明春的話白氏以前不是沒想過，只是現在的情勢和幾年前大不相同了，青竹給這個家帶來多少收益，家裡人都看得明明白白的，要不是多虧了青竹，現在也修不起這房，只怕還欠著一屁股的債呢！這時候她再提重新給少南找個媳婦的話，別的不說，就是永柱必定是不會答應的。

明春見母親一臉沈默的樣子，不禁冷笑道：「看吧，娘的主意又變了。妳莫非真要將那個不知好歹的死丫頭當兒媳婦不成？」

「燒妳的火，別管那麼多閒事，先顧好妳自己吧！」白氏只覺得心煩。

明春心想，果然就變了，姓夏的那個丫頭哪點配得上項家的人？家底、樣貌、學識，通通都趕不上！這樣沒背景的人，以後能幫少南做什麼？總不可能讓少南跟著種一輩子的藕、養一輩子的魚，永遠也熬不出頭吧？

這時青竹算好了錢，走來和白氏說：「大伯娘，總共十八兩二錢七分，妳看這個數目對不對？」

白氏不識字，又不是很會算帳，而青竹幫著管了這麼久的帳，從來沒出過什麼差錯，她自然是相信青竹的，因此忙道：「好，如此我也就放心了。還要再給明芳買點什麼好添箱，等妳大伯回來再一起商量吧。」

「明芳嫁得真不錯，我還以為小叔叔會捨不得明芳，要招個女婿上門呢，沒想到竟然同意她嫁到縣城裡去。」

白氏道：「明芳從小就拔尖，長得是一等一的標致，能嫁個好人家自然是沒話說，以後可是當家少奶奶的命呢！」

明春燒著火，見這婆媳倆有說有笑的，不免有些賭氣。剛才母親和自己說話還發火來著，怎麼見了青竹就立即換了副嘴臉？真是讓人不爽！

白氏又和青竹說：「少南有好幾個月沒有往家裡寫信了，也不知他過得怎樣？我這些天都夢見他，真不知要等到哪一年他才會回來。」

青竹本來想勸白氏幾句，讓她別擔心的，但見明春在，心想這些話由女兒來說更合適，便道：「我脖子有些疼，進屋去歇會兒，有什麼事大伯娘再叫我。」

「好，妳去吧。」

「娘還真是的，難道妳真的打算以後讓那個丫頭來當家不成？」

白氏道：「還沒到那一步，這些閒心妳不用操。我說，要不託人留意一下有什麼合適的人家吧？妳也老大不小了。」

明春的臉頓時拉得老長，不滿地道：「這輩子我不嫁人了，娘也不用為我操心！要是嫌我吃白食，明天我就幫爹守魚塘、放鴨子去！」

「妳……叫我說什麼好啊！二十歲的人了，和明霞竟沒兩樣！」白氏氣不打一處來。

第七十一章 祝壽

三月十七日白氏滿五十，這可是必須得過的大壽。年前新修了房子，也沒好好地請一請，正好趕上這個時機，必定是要大辦一回了。

不說其他人，就是在外唸書的項少南也惦記著母親五十大壽的事，特意早早地讓田家人幫忙給捎回了一疋福壽綿長的大紅潞綢。

白氏摸著那光滑順溜的布料，眼睛都看潤了，口中一直念叨。「這傻小子買這麼貴的東西做什麼？這麼一疋布得花幾兩銀子啊！」

明春在旁邊看著也替母親高興。「二弟是買來孝敬娘的，娘這回高興了吧？」

「亂花錢，自己又還不能掙，若是沒錢使了又得餓肚皮，豈不是更讓我操心？再說，這樣鮮紅的顏色，哪裡是我們莊戶人家能穿的？我給他收著吧。」

正好左王氏帶著媳婦來送壽禮，又誇讚項家的房子修得好，家裡日子過得紅火，一席話讓白氏十分受用。

到了三月十七這一天，遠親近鄰都趕來給白氏上壽。院子裡壘了臨時的灶，大鐵鍋裡汩汩地燒著水，上面是蒸籠，蒸籠裡放的是幾道大菜，有清蒸雞、燒白、梅菜扣肉等等。

來往穿梭的都是人，預備了二十來桌，家裡是做不了這麼大席面的，因此請了人專門來幫忙做廚。

夏家來的是青梅、青蘭姊妹，青梅將快滿一歲的兒子小吉祥也帶來了。

夏家如今最主要是養雞，兼養蚯蚓。蚯蚓除了賣給幾家魚塘，還能用來餵雞，慢慢的也有了自己的產業。這裡聽說項家要做壽，蔡氏便讓謝通給項家送了十幾隻五、六斤重的雞來，當然項家也給算了銀錢，不過比外面買的要便宜些。

青竹見夏家的日子慢慢地好起來，青梅、青蘭身上的衣服也比以前光鮮不少，也就沒那麼擔心夏家的事了。看來自從大姊夫上了門後，夏家也就慢慢地轉好了，這實在是件好事，一來母親不用再背那麼重的負擔，二來謝通是個溫厚的人，待青梅也還不錯。

只是青竹事多，沒那閒工夫陪姊妹們閒聊，只好讓她們自便了。

小小的院落裡根本擺不下二十桌，桌子已經擺到翠枝的院落，好在開了月洞門，來往很是方便。

朴氏和賀鈞也來了，青竹拉著朴氏的手笑說：「嬸子屋裡請。」

朴氏不住地打量著青竹，出落得越發好了，只是她已經從賀鈞那裡聽說了關於青竹的事，不免心生遺憾，白白可惜了這麼大好的姑娘，可恨兒子沒這個福分。

賀鈞比起母親來，倒能大大方方地和青竹說話。

青竹見他今天十分難得地穿了身簇新的灰褐色圓領直裰，有些意外。

「夏姑娘不用招呼我，我隨意。」

青竹含笑答道：「那也正好，還有事忙呢，還請賀哥多喝兩杯酒！」

賀鈞微微一笑地答應了，其實他哪能多喝酒呢？見青竹轉身忙別的事去了，他一直追隨著她的身影，直到再也看不見。

賀鈞已經定了八月十七帶著母親上縣城去，只是城裡的房子還未找好，日需用度又比這邊貴，過去了能不能生活下來還是個問題。他倒沒什麼，只是不能苦了母親，因此這事還得慢慢籌備，等到一切安定下來再說。

田老爺和田老太太坐了轎子來了，少東忙迎上去，陪著笑臉說：「田老爺今天到得有些遲了。」

田老爺說：「家裡有事耽擱了一下，幸好趕上了。對了，我送了戲班來，據說他們下午才來，也沒能提早告訴你們，怕是冒失了。」

相比起田老爺的謙和，田老太太則一直板著張臉，又怕吹了風頭暈，由兩個婆子攙扶著。她覺得項家地太小，人員來往也混亂，連個下腳處都沒有，直到白氏親自迎出來，這才請了田老太太至內房裡坐。

這房裡的女眷都是些親近之人，眾人見了田老太太都忙起身。永𣗳媳婦陳氏直盯著田老太太那身華麗的錦緞衣裳看，心想這樣好的衣料，只怕她這輩子也難穿上。

白氏趕著將自己常坐的一張鋪了褥子的藤椅挪來，請田老太太坐。

田老太太顫巍巍地坐了，斜靠著身子，此時這副模樣倒有幾分像是當家女主人，白氏在跟前，倒成了個服侍的僕婦。

田老太太覺得這屋裡的光線不大好，覷著眼看了一回後，搖了搖頭。

明春坐在角落裡，心想這個老太太的譜擺得比馬家太太還大。

翠枝幫忙倒茶水、端點心，明春卻是坐著一動也不動的，繼續當她的大小姐。這姑嫂倆不對盤，明春回來這麼久了，兩人之間根本沒說上什麼話，反正是互瞧不上眼。對兩個姪女豆豆和靜婷，明春根本是理也不理。

一般的女客都在少南的屋子裡，那屋裡還沒安床，不過擺了張桌子，放了些長條凳子，相識的、不相識的，坐在一處閒話家常，倒也其樂融融。

青竹忙著招呼這邊的女客，來往傳話、送茶水。

青梅姊妹則在青竹的屋裡安靜地坐著，這裡倒比別處都安靜。

青蘭打量著這間屋子，還寬敞明亮，便笑說：「這房間好，比我住的那間都大。」

青梅不禁回想起青竹以前住的地方，和眼前一對比，還真是天差地別，不免想到青竹在項家也漸漸地有身分、有地位，總算混出個名堂來，不用再挨打受氣，不用再熬煎。

青竹走過來，端來兩盤茶食，又給小吉祥抓了一把放在他的荷包裡，逗了逗他。

青梅教他喊「二姨」，但小吉祥有些怕生，轉過臉去不敢看青竹。

青蘭去拉他的小手說：「怎麼就怕成這樣了？一點出息也沒有。」

青梅賠笑道：「二妹勿怪，他膽小，一到人多的地方就往我懷裡鑽，像個小丫頭。」

青竹莞爾道：「我和他計較什麼呢？你們好好坐著，我還得去前面。」

青梅、青蘭便由著青竹去了。

過沒多久，便說要安座傳飯，人語嘈雜，鬧得有些頭暈。

新房那邊的院子大，宴席後，翠枝忙帶著人打掃起來，戲班就上門了。他們自己搭戲臺、起棚子，倒還算方便。鄉下人看戲的機會是少之又少，特別是一些年輕的女孩子，聽說有唱戲的，連忙搬了凳子要去看。

青蘭也說要去看，還要拉青梅去，青梅倒是想去，可還得照顧小吉祥，只好作罷。

青竹忙了一圈出來，心想看來晚上還得擺幾桌，要請唱戲的人，這親友中沒走的也還不少，而那田老太太，用了點飯後，不等席散就說要回去了。

白氏倒想痛痛快快地看幾齣戲，長這麼大，感覺頭一回如此熱鬧，雖說是田家人送的人情，但白氏的臉上還是覺得分外有光彩。當人將戲本子遞到跟前要她點戲時，白氏不識字，又沒看過幾齣，實在不懂，只好硬著頭皮說：「揀那熱鬧的、喜慶的好戲文唱幾齣來聽吧。」

又聽永林媳婦說還要給賞錢的，白氏也不知該賞多少，只好讓青竹備下了。

第一齣唱的是《八仙賀壽》，座上的人個個伸長腦袋，目不轉睛地望著臺上那些扮成各種角色的伶人。那曹國舅走得太快，踩著了前面何仙姑的裙襬，差點讓何仙姑跌了一跤，惹得滿院子的笑聲。

翠枝和青竹可顧不得看戲，兩人正幫忙收拾東西，還得給幾家親近之人準備回禮。

「他們倒是熱鬧高興了，辛苦的還是我們倆！」翠枝抱怨道。

青竹見眼前也沒多少活兒了，便和翠枝說：「大嫂也想去看戲吧？」

「誰不想呢？家裡從來沒有這麼熱鬧過。」

青竹笑說：「那麼大嫂不用管這些，都交給我，妳過去痛快地看兩齣吧。」

翠枝看了看青竹，心想難道她就不想去看嗎？便道：「得了吧，要是老太婆見我清閒，只怕又沒什麼好話。妹妹就不想看戲嗎？」

青竹的回答倒也直截了當。「不感興趣。」

翠枝有些意外。

青竹清點了一下。「二叔家、小叔叔家、舅舅家，這三家都有了，都是同等的核桃、大棗和燻魚。其餘的也都差不多了。」

翠枝見青竹給夏家和林家裝的東西都一樣，心想她做事還算公道。

青竹見翠枝有些心不在焉的，忙推她。「要看戲就去看吧，別一會兒演完了又後悔，這樣的機會可不是很常見的。」

翠枝這才起身道：「妳真的不想去看嗎？那我真走了。」

「去吧去吧！」

青竹將禮單拿出來，和各種禮對照了一遍，正好永柱進來了。

「妳怎麼在這兒？不去看戲嗎？」

青竹道：「太吵了，不喜歡。大伯有什麼事嗎？」

永柱道：「妳將禮單給我看看。」

青竹便遞了上去。

永柱大致能識幾個字，看不大明白，只是問青竹。「都對得上嗎？」

青竹點點頭。

永柱見這些禮中有一架繡圍屏，在一堆俗物中很顯眼，便指著它說：「這是誰送來的？」

青竹笑答道：「是大哥以前鋪子上的區掌櫃送的。」

永柱覷著眼細看了一回，只見白綾子上面繡的是一幅五彩賀壽圖，上面人物的衣褶、頭髮也都清晰可見，鑲著樟木底座和框架，有四扇開，不禁頷首稱讚道：「還真是件好東西！只是我們家怕沒地方擺，太顯眼了些。怎麼送這麼貴重的東西來？倒讓人不好消受。」

青竹說：「聽說是以前大哥幫了他們家的大忙，又都是相互來往的，所以趕著送了份大禮來。剛才大伯娘也說呢，只怕不好消受。」

不過在青竹看來，這架繡屏多少還是有些俗豔。在配色上用了不少大紅大紫大綠之類的顏色，看久了就會覺得眼花撩亂，而且層次感也不強。估計繡這幅圖的人本身沒什麼審美能力，不過是技法嫻熟而已。

永柱進來一趟，找了件褂子披上便又出去了。

青竹清點了一番，見沒什麼事，便將房門拉上，出到外面來。隔壁院子裡的吹打吟唱之聲已經傳了過來，鑼鼓鐃鈸，覺得太吵了些。

走到自己房裡一看，見青梅還坐在那裡，小吉祥已經睡了，正躺在青竹的床上呢！

「大姊，我幫妳守著孩子，妳去看會兒戲吧！」

青梅也有些犯睏，昏昏欲睡的樣子，聽見青竹如此說，倒也歡喜。「那敢情好，我還得去叫青蘭早些回去，妳幫我看著他。」

青竹便搬了張椅子在床前坐下來，這個季節已經有蚊蟲了，好在放下了蚊帳。青竹前些日子抽空給小吉祥做了件小披風，想著該找出來，讓大姊帶回去。

開了箱籠找了好一陣子，才帶出一件寶藍色細棉布的小披風，串上了一條同色的緞帶，打結什麼的也挺方便，但仔細一看，還有不少線頭沒處理乾淨。

青竹坐在窗下整理小披風，不時地瞧一眼睡在帳子裡的小吉祥。小吉祥睡得正香，青梅過去有一會兒了，看來也是看戲看入迷了吧？

也不知過了多久，青竹突然聽見有人在簷下叫她。

「夏姑娘在房裡嗎？」

青竹忙抬頭往窗外一看，卻見原來是賀鈞站在窗下，青竹放下手中的針線，起身隔著窗戶和賀鈞說：「賀哥有什麼事嗎？」

「夏姑娘怎麼不去看戲？」

青竹搖搖頭，微笑著說：「每個人都來問我，不過我對那些東西實在不感興趣，又嫌吵。賀哥怎麼不去？」

賀鈞道：「才喝了些酒，聽著那些鑼鼓聲更覺得聒噪。」

青竹回頭看了眼睡在床上的小吉祥，好像沒什麼動靜，便走出房門來和賀鈞說：「我去給你倒杯水。」

賀鈞答應了。

青竹去調了杯蜂蜜水來，賀鈞雙手捧過，欠著身子道謝。

青竹知道賀鈞之所以還沒走是在等他母親，又不好請他到自己房裡坐，只好搬了張椅子放在靠牆的位置請他坐了，她自己則拾了張小凳子坐在門檻邊，兩人相隔不到十步的距離，都坐著說話，也好照顧床上的小吉祥。

賀鈞忍不住暗地裡打量青竹，見她今天穿了身銀紅色的通袖襖，配著柳黃色的挑線裙子，裙子下面微微露出一隻藍色鞋面來。烏黑的頭髮又濃又密，結成了一根辮子垂於腦後，清清爽爽的臉蛋並沒塗什麼紅豔的脂粉，雖然是這般的樸素無華，卻更加顯出她的雅致宜人來。

賀鈞微微地偏了頭，握著水杯，怕青竹發現他打量的目光。

青竹倒顯得十分自在，一面理著小披風，一面和他說：「賀哥說要去縣城，可定了什麼時候走呢？」

賀鈞道：「打算過了中秋就走，八月十七左右吧。」

「那還有幾個月，還能攢些錢。別的可都安排好了？要帶上賀嬸嬸一塊兒去嗎？」

「是呢，我只這麼一個寡母，自然得帶著她。不過那邊住的地方還未搞定，只怕有些麻煩，都還沒敢和母親講，姑娘是第一個知道我要走的日子的人。」

「是嗎？」青竹微微一笑。

「今年又閏四月，眼見還有半年呢，可這一旦說要走，還真有點捨不得。多虧了遇見項家一家人，也多虧遇見了夏姑娘妳，不然只怕我們母子還在雙龍出不來……不，或許更不樂觀，可能我早就病死在外面了。」

「我又沒做過什麼，還是賀哥的福氣好，所謂時運相濟，以後一定都是一片坦途。」

賀鈞略靦覥地笑了笑，心裡多想問問她，要是有一天他功成名就了，願不願意同他一道走？只是這話只敢在腦子裡打轉。少南算是他的恩人，在還沒確定項少南的態度前，他做不出這等損人之事。

這時明春正走過來，打算去小解，見這兩人坐在一處說話，心裡有些疑惑，但因為內急，也管不了那麼多，忙忙地進屋去了。當她出來時，見賀鈞還在那裡同青竹說話，兩人倒有說有笑的，明春心裡更加疑惑了，因此留了心，又折回少南的空屋子裡，走到靠牆根處，她倒想聽聽這兩人到底有什麼名堂。

這裡賀鈞和青竹倒不曾留意這些，談笑依舊。

「賀哥有什麼難處只管告訴我，我替你想法子。」

賀鈞笑道：「我知道妳主意多，腦子活，眼下除了找房子一事犯愁外，別的倒沒什麼。」

青竹點頭道：「嗯，我幫你留意一下，看能不能託人幫忙。」

賀鈞道：「那麼實在是要感謝夏姑娘了。我也不知如何報答夏姑娘，只希望夏姑娘能得償所願，若這裡實在過不下去了，要走的話……」賀鈞急紅了臉，吞吞吐吐好一陣子。

青竹瞅見他這囧樣，似乎能猜到他要說什麼，也微紅了臉，乘機說道：「不管在哪兒，希望賀哥能過得好。」

「我也是，真心真意地希望夏姑娘能得一個美滿的未來。」

明春聽得一愣一愣的，心想這說的都是些什麼？什麼房子？什麼要走之類的話？她突然覺得腦子不夠用，想了好一陣子才明白這是什麼意思，難道那個姓賀的想要將姓夏的丫頭給拐走不成？當她出來時，見這兩人臉色都紅紅的，更加確定了他們之間必定有鬼，不由得暗喜。好呀，下作的小娼婦，還真會勾男人，總算是被我拿住了把柄，看我怎麼來收拾妳！

明春神色匆匆地要去那邊接著看戲，卻和迎面走來的青梅撞了個正著，頓時駭了一跳。

青梅拉著青蘭，忙給她讓路，賠笑道：「項大姊先請吧！」

「哼！」明春揚著頭，神色怪異地走開了。

第七十二章　把柄

青竹一身疲憊地躺在床上，聽見明春和明霞在外面的院子裡高聲說話，吵得她不能好睡，腦中突然浮現出青梅走前在她耳邊說的一通話——

「這項家大姊有些怪怪的，妳防著些，我看她不是個善茬。」

青竹並不在意她，笑了笑。「她是沒什麼好事，如今在家天天當大小姐呢，我倒不會去招惹她。」

「反正我感覺她怪怪的，妳多留點意不會有錯。」

青竹心想，這青梅為何要和她說這麼一通？莫非自己有什麼短處被明春握在手裡不成？青竹仔細想了一通，好像又沒什麼事，看來是青梅多心了。

白氏正在盤點收來的那些禮，堆了一桌子，地上也放了不少，大都是些蛋呀、麵呀、尺頭之類，要不就是些乾果、衣服鞋帽之類，雖然收了不少上來，可這些以後都是要還的。她將那扇圍屏來回地看了好幾遍，心想家裡用不著，只好收起來。

白氏將那些尺頭都收撿到一起，正好明春進來了，白氏便道：「妳選塊布做身衣裳穿吧。」

明春在馬家穿好衣服都穿慣了，現在回了項家來，自然不好意思將馬家的衣服都搬過來，瞧了一回，顏色倒還花花綠綠的，但布料實在不怎樣，有好些土布，好一些的就是那三梭布、染了色的闊白布之類，瞧了一回，都不怎麼看得上眼。不過她還惦記著少南給買的那疋大紅潞綢，忙笑道：「這些尺頭娘就留著吧！我也想做身衣服，前些天二弟捎回來的那塊潞綢就不錯，娘要是捨得，就給了我，我也好做件夾襖冬天穿，還想再做件披風。」

「那顏色太正，妳穿不了。」

「不過就是大紅嘛，我怎麼穿不了？還這麼年輕。」

白氏不大想給明春，心想她倒會惦記這些，便拿其他話搪塞過去了。「妳去將青竹叫來，我要問問帳的事。」

明春蹬著門檻說：「要不明日起我也開始學著算帳吧？管帳可是天大的事，交給一個外人，娘也放心嗎？」

「妳連字都不識幾個，會算什麼帳？她從來沒出過差錯，我有什麼不放心的？這兩天也忙夠了，總該結一結帳，我心裡也有數。」

明春便出去了，到了青竹房前，也不敲門，徑直推開門。

青竹驚了一跳，她正換衣裳呢，回頭看見是明春站在門口，臉上可不怎麼好看。

明春冷冰冰地說：「娘叫妳過去結一下這幾天的帳。」

「就來。」青竹背過身去整理衣裳，繫好帶子、盤扣之類。

明春一腳踩在門檻上，突然笑問道：「妹妹有錢嗎？」

青竹便問：「做什麼使？」

「想買盒好胭脂，問妹妹借兩個錢花。」

聽她那語氣是不會再還的，自己又不是什麼有錢人，就是有錢也不是慈善堂，因此直截了當地拒絕了。「沒有。」

明春拉著老長的臉，心想還真是摳門，青竹私底下攢錢的事她是聽明霞說了的，會沒有？氣呼呼的一甩帕子便走開了。

青竹想，這人又發什麼神經了？懶得理會她。

白氏讓青竹先將各處的用度再結算一次，青竹拿來算盤和紙筆，將帳本也搬出來，低頭看了一回，手指熟練地撥弄著算盤珠子，一臉的嚴肅。

白氏坐在一旁，靜靜地瞧著青竹。別的不說，這個丫頭做起事來的努力勁還真沒幾個人能比得上，每次都是又快又準，她不免想，要是個男娃兒，只怕也是個狠角色。

正當白氏胡亂想的時候，青竹已經算好了，將單子遞給白氏，又解說道：「酒水一共三十斤，還剩下有幾斤吧……」青竹一一詳述著，說得很明白。

白氏點頭道：「也就是說，總共花了二十二兩銀子。」

青竹點點頭。

「花費還真不小，換來了這麼一堆東西，我還想著將它們變成錢呢，不過這些尺頭只怕是賣不了，留著給你們做衣裳吧，以後去別家也好捎帶一些。不過我數了數，有幾百個雞蛋，只怕會放壞了，要不明天我們一道上街賣到糧油店去吧？」

「這個大伯娘自己拿主意吧。」

「這些麵就留著慢慢吃吧，只是得小心收拾，別長蟲了。」

「大伯娘給戲班子賞了多少？」

白氏道：「給了三兩，我還想會不會給少了？畢竟又從來沒遇到過。」

青竹也沒底。不過看上去白氏是真高興，過了這麼熱鬧的一個生日，掙夠了臉面，如今連田家都來奉承，還有什麼不滿足的呢？

白氏又道：「我見妳這些日子都在教豆豆識字，雖是個姑娘家，讀再多的書也沒什麼用，但總比什麼都不知道的好。剛才明春和我說呢，也想學著算帳，要不妳也教教她吧？多少有事做，總好過天天在家無聊。」

「啊？」青竹有些詫異，心想明春都二十歲的人了，自己如何教她？再說又是個大小姐的脾氣，她可伺候不了。

白氏瞅著她不大樂意的樣子，便又道：「我知道明春的性子不太好，以前在家就不怎樣，自從嫁到馬家去了以後更是如此，要是知道收斂一些，也不會落得如此下場。唉，我也想找個事給她做，前些天我提了一句關於親事的話，她立刻就不高興了，還說一輩子都不嫁人！妳說我怎麼就盡遇到一些冤家？還真是前世欠下的孽債啊！」

白氏都說到了這分兒上，青竹只好硬著頭皮答應了，心想教一個是教，教兩個也是教，二十歲的人了，還得當小學生一般的教，只希望明春能知難而退，她也圖個輕鬆。

回過頭，白氏就將此事告訴明春了。「我和青竹說過了，妳願意跟著她學點東西也好，她也答應要教妳。」

明春並沒顯出多麼濃厚的興致，只淡淡地說：「好呀，我倒要看看她到底有何等的本事。」

白氏卻說：「要學就認真學，她也教豆豆識字，妳跟著一道吧。」

明春還在為剛才青竹不肯借錢給她的事而生氣，心想她只願學如何算帳，才不願學那勞什子的識字呢，字識得再多又怎樣？

到了第二日早飯後，青竹忙完了自己的事，豆豆便帶著紙筆過來了。青竹坐在堂屋裡，也等明春來一道教，可等了好一陣子也不見她來，便讓豆豆去瞧瞧她起床沒有。

豆豆放下紙筆，搖搖晃晃地來到明春和明霞住的屋子。

「大姑媽，二嬸叫妳過去呢！」豆豆站在門口，偏著頭看了一下，卻見她大姑躺在床上，像是有氣無力的樣子，心想大姑這是病了不成？「大姑媽？」豆豆試著又喚了一聲。

明春這才回答道：「我肚子疼，妳去告訴妳二嬸，我今天是不行了。」

「喔。」豆豆看了看，又回去了。

聽說明春不來，青竹則是鬆了一口氣，又看著豆豆習字，這小丫頭倒還聰明，沒教幾次就會了。

才教豆豆沒多久，少東便走來和青竹說話。

「要放魚苗了，我想就單餵草魚，妳說怎樣？」

青竹道：「草魚的價比白鰱的要好一些，前些日子我還在想鱔魚來著，只是那種魚不好養，外面賣的又都以野生的為主。去年的魚也還沒捕撈完，今年就不用放太多的苗了。」

「見我們開魚塘賺了點錢，又修了房子，這蔣家好像也要動工了，據說已經在丈量土地了。那村口的劉石匠家，聽說也在打聽這方面的事。」

青竹想，還真是跟風呀！她想了想才道：「看來我們這個魚塘自己再餵一年後，要不就承包給別人，或許就轉出去吧。」

少東有些疑惑地道：「這是為何？做得好好的，為何要給別人？」

青竹輕笑道：「跟風的人多了，都想賺這個錢的也多，我看這價錢會一年不如一年，還不如趁早收手，謀點別的生路吧，何苦要在一棵樹上吊死呢？」

少東讚許道：「妳說得有道理，再慢慢的尋些什麼生路吧！」

豆豆習了幾個字，便給少東看：「爹，你看二嬸教我寫的！」

「還真不錯，我女兒真聰明！」一面又向青竹致謝。「多虧了弟妹教她，以後也像弟妹就好了。」

青竹赧顏道：「像我幹麼？她很喜歡學呢。」

午飯時明春依舊沒起床，白氏打量她得的是什麼重病呢，心想該讓青竹去幫忙請個大夫來瞧瞧，又去看望了回。

「娘操什麼心呢，我不過是趕上倒楣日子，身子不爽。」

白氏聽說，這才放下心來。

過了幾日，明春身子索利了，將一卷用過的、帶血的布扔給青竹，讓她幫忙洗洗。

青竹覺得一股噁心的腥臭味迎面而來，連忙捂了鼻，胃裡卻一陣陣地翻滾著，心想明春這是何故？她才不肯接呢！「我沒有義務幫項大小姐洗這些，妳好手好腳的，請自己動手吧！」

「就這麼點小事也不願意幫忙？」

青竹扭身就要走。

明春卻拉住青竹，譏諷道：「我是支使不動妳了？妳也別得意，我這就將妳那些見不得人的苟且之事都抖落出來！別以為我不知道，都給妳記在帳上呢，看妳怎麼說！」

青竹詫異地看了明春一眼，心想她能有什麼事稱得上「苟且」二字？

「什麼叫苟且之事？紅口白牙的，別張口就誣賴人！」青竹心想，她可不是那軟糯的包子，可以任人掐捏。

明春見青竹臉色不改，心想這丫頭果然心機夠深的，這樣問她，她竟一點也不慌亂，於是又帶著幾分笑意說：「我不是那起愛挑事的人，不過幫我個忙，幫我將這些給洗了，再給我點錢買盒胭脂，我就當什麼也不知道。」

青竹瞪圓了眼，直勾勾地看著明春那張以前猶如滿月，如今已不再豐潤的臉，冷笑道：

「大姊這是開什麼玩笑呢？妳覺得我是吃這一套的人嗎？我不知妳暗地裡在搞什麼鬼，但我行得正，倒也不怕。妳也不用來要脅我，有什麼話不妨抖出來給大家聽聽！」

這番言論倒將明春弄得一愣一愣的，心想要不是她親耳聽見了那些話，還只當不信的。不會有假的，我看妳能撐到幾時！便嗤笑一聲，道：「好呀，妳倒有些膽量，正好家裡人都在，走吧，我說給他們聽聽！」

雖然青竹不知道明春背地裡有什麼陰謀詭計，不過她也做好了準備，既然有陰謀，那麼她也有陽謀來應對，不怕。

明春搖搖擺擺地走到堂屋，見爹正坐在桌前吃飯，母親正好從裡屋走出來，張口就嚷嚷道：「爹、娘，你們再不管管，這丫頭可就要帶著銀錢跟別人私奔了！」

青竹甚是駭然，心想有這樣捏造誣陷的嗎？不過這是根本沒有的事，她也不怕明春胡說，壓根兒沒當回事，就和永柱商議起別的事來了。「大伯，我看今年還得再養些泥鰍和黃鱔，這兩樣比魚好賣。」

「成呀，我也這麼想呢，所以交代妳大哥再去買些種苗來。」

白氏倒注意到明春的話了，皺眉問道：「妳說什麼呢？」

「你們還不知道吧？青竹要帶著我們家的錢財跟那姓賀的窮小子跑了，還商量要買房子的事呢！我親耳聽見的，不會有假！」

青竹這才明白是怎麼回事，難怪那天青梅會提醒她，讓她留意明春。到頭來還真是鬧了個無聊的笑話，她壓根兒就沒放在眼裡。

「跟姓賀的小子？」白氏不由得大怒，拽著青竹說：「還真是餵了個白眼狼，怎麼，也學得那些下賤的東西，要和人私奔了嗎？沒門兒！」

明春一臉得意的樣子，很是心滿意足，暗想：誰讓妳不答應我的要求，活該！

青竹正色道：「大伯娘聽她信口胡說什麼？我要是有這個心，早就跟賀哥跑了，還在這裡煎熬什麼？」

永柱覺得亂糟糟的，有些不快地道：「青竹不是那樣的人，妳們別瞎猜！」

「幾年前妳就偷偷地攢錢，也不知攢下多少了，現在又讓妳管帳，更不知昧下了多少。妳攢錢做什麼，今天我算是知道了！我說那姓賀的幹麼對我們家的事這麼上心，原來是和妳勾搭上了！」白氏滿心地厭惡。

「好吧，妳們娘兒倆認定了的事，不管我怎麼辯駁妳們都不信。說我昧下了錢，我雖然管帳，但現錢不是一直在大伯娘手上嗎？哪次短了不成？」

白氏頓時啞口無言，仔細想想，在帳目上確實沒出過什麼差錯。青竹她存私錢，也是她以前自己養兔子、掐草帽辮得的。

「不過明春既然親耳聽見了，這事必定不會那麼簡單，我得詳查。」

青竹也不怕，點頭說：「好，就怕大伯娘不詳查。不過我也有個要求，若是查明真相，根本沒此事的話，大伯娘得讓她跟我道歉！」手指向了明春，依舊一臉的嚴肅。

白氏看了女兒一眼，心想這兩人鬧什麼彆扭呢？家裡真是一點都不清靜。不過要是查明屬實，她是斷不會再留青竹的，當然也不會讓她那麼容易地就跟著姓賀的走了，總得弄臭她的名聲，讓她不得好過才行，這事也不用告訴少南了。

永柱聽這三個女人的爭鬧，也不吃飯了，將筷子一擱，負氣地就出去了。

青竹白了明春一眼，心想這個項明春難怪會被夫家嫌棄，這樣惹人討厭，別說那馬元，就是她也受不了！

第七十三章　撂開手

白氏認為這事關項家的名譽問題，必須去弄個明白，因此換了身衣服就出了門，目的地只有一個——她得去問問朴氏，那姓賀的小子到底打什麼主意！她氣呼呼地走到街上，徑直往賀家而去。

此刻賀鈞正在醫館裡幫工，只朴氏在門口做針線，想著還能換兩個錢。抬頭突然見白氏來了，有些意外，心想這個女人不會輕易上他們家的，肯定是有什麼事，也不敢怠慢，忙起身笑吟吟地迎接道：「項大嫂怎麼來了？快請屋裡坐！」

白氏一臉的怒氣，給張凳子就坐，給碗水就喝，見賀鈞不在家，張口就問：「妳兒子呢？」

「他這會子在醫館裡忙呢，項大嫂要找他的話，我這就去叫來。」

「先別急，妳是當母親的，問妳也一樣。」白氏因為心裡發急，走得有些快，這會兒還有點喘，略歇了歇才開口道：「妳養了個好兒子，怎麼主意打到我們項家來了？也不好好地管一管，是不是想將我家的二媳婦給拐走？」

朴氏大驚，她也是後來才知道青竹的身分，可從來沒聽兒子說過要拐走青竹的事，這可是個大罪名呀！兒子應該還不至於如此糊塗吧？可見白氏一臉的慍色，心想又不像是和她開玩笑，莫非賀鈞那臭小子暗地裡在打什麼主意，連她這個娘也不知道？

「項大嫂，不知妳聽誰說的，可我想那臭小子還不至於如此大膽，定不會做這麼出格的事。」

「都說知人知面不知心，或許將妳這個做母親的都蒙在鼓裡也未可知呢！」

這話說得朴氏低下頭來，她知道兒子中意青竹，只是那是在不知情的情況下，如今只怕不會了吧？不過她也有些糊塗了，便和白氏道：「項大嫂先坐坐，幫我看一下門，我去將那臭小子叫回來，讓項大嫂當面問個清楚。」

白氏心想這樣也好。

朴氏連忙去醫館找賀鈞，正好此時兒子還在醫館幫忙，見了他的面就扯著他的耳朵說：「你給我惹的什麼好事，自己去說！」

醫館裡的病人都看向這母子倆。

賀鈞也大為不解，忙道：「請娘放手，到底出了什麼事呢？」

朴氏見此處不是說話的地方，便扭頭和郝大夫說：「郝大夫，我有事要找他，耽擱不了多久。」

郝大夫心想，人家母親都找上門來了，必定不是什麼小事，遂點頭道：「好，去吧！」

一路上，朴氏將白氏的話說給賀鈞聽，賀鈞也吃了一驚，忙道：「到底是誰造的謠？我哪有這個膽量？即便有這個想法，也得問問青竹願不願意吧！」

朴氏板著臉說：「你還真惦記上呢！」又拍了拍賀鈞的腦袋。

「娘，我不過隨口說說，哪裡敢呢！」

等回到家後和白氏一對質，白氏見賀鈞一臉憤慨，心想看來還真是明春給弄錯了。

「項嬸嬸這是聽誰說的？」賀鈞頗為氣憤。

白氏連忙掩飾道：「誰說的有什麼要緊的？你也不用知道。我只是來問問到底有沒有？」

賀鈞道：「這不是冤枉我嗎？只項嬸嬸過壽那天，和夏姑娘說了幾句，說我準備八月十七帶了娘一道進縣城去，一方面我也進縣學去學兩年，就這麼點事竟被人傳得如此！」

「是嗎？」白氏臉上有些掛不住，也不好再坐了，起身便和朴氏說：「既然弄清楚，我也就回去了。」

朴氏連忙挽留道：「項大嫂用了飯再走吧！」

「不敢深受，家裡還有事呢！」

朴氏想了想，這才說道：「項大嫂，我跟前只這麼一個兒子，雖然淘氣了些，不過還算是孝順、有良心的。你們項家有恩於我們賀家，我們也是知好歹的人，絕對不會做那起沒臉的事，請項大嫂放心。」

白氏有些納悶，看了看這母子倆，心想還是帶著一股窮酸勁，她依舊有些瞧不上。

朴氏又道：「說句不該說的，夏姑娘實在是個好姑娘，有這樣能幹的媳婦，哪個婆婆不心疼呢？項大嫂不用疑心什麼。」

「哼！」白氏揚著臉就走了。

等白氏的身影消失在巷口，朴氏這才掐了一把兒子的胳膊，訓斥道：「你說說，這叫什麼事呢！」

賀鈞有些懊惱。「我還真是個懦夫呀，哪怕是能再勇敢一點、再有膽量一點，也將青竹給帶出來了。」

「臭小子，這話說不得你還偏要說！我看也不用等到八月十七了，趁早搬走才清靜！也很該給你說門親事了，讓你也好安心唸書。」

「娘急什麼呀？過幾年再說吧！」賀鈞還想看看少南的態度，也還得問問青竹的意思。

朴氏很清楚兒子的心思，提醒著他。「我勸你還是死了這條心吧，不成的事怎麼說也不會成的。」

「是嗎？」賀鈞不免想到，青竹打定主意要從項家離開，若是將來他能混出個名堂來，再來接她的話，她會願意嗎？

明春興沖沖地以為抓住了青竹的把柄，沒想到竟然空歡喜一場，不僅白白地丟了臉面，還得給青竹道歉。青竹這人她算是得罪了，好長時間都沒再和青竹說話。

後來明霞和明春說：「妳嫁了幾年再回來，看來是弄不清情況了，妳以為她還像剛來時那一陣，隨便嚇唬嚇唬她，她就會哭著鬧著嗎？」

「不然還能怎樣？這個家總還輪不到她一個外姓人來作主吧？」明春倚著床欄杆，正修著指甲呢！

明霞冷笑了一聲。「妳是我親姊姊，這些話說給妳聽了，妳要記在心裡才好，回頭要是再碰了什麼釘子的話，可別說我沒提醒妳。」

明春心裡卻想，不管那姓夏的多麼能幹，她就是看不上眼！按理說也該恭恭敬敬地稱呼自己一聲大姊的，結果還是一點禮數也沒有，這樣的人留著有什麼用處呢？只是礙眼罷了！將來少南出息了，要什麼樣的女人沒有？偏偏要找這麼個讓人討厭的野丫頭，將來能教出什麼好兒子來啊？

不過回想起那天的一幕，兩人有說有笑，那般情形，明春可不相信他們之間什麼事都沒有！總有一天她會弄明白的，總不能讓少南白白地撿了隻破鞋吧？項家也是要臉面的人家！

時光易過，就在明春決心要拿賀鈞和青竹兩人作文章時，賀鈞突然上項家來，說在城裡找到了一處住所，後日就要與母親一道進城，把項家人一愣。

永柱開口說：「聽說是要過了中秋才走的，怎麼這麼快？」

賀鈞道：「好不容易找到了路子，也想早些進官學唸幾天書，安慰一下母親。」

永柱心想這是件好事，賀鈞天分高，要是能靜下來好好唸書，肯定成就不俗，便說要給他餞行。

賀鈞卻推辭說：「項伯伯太仁義了，還有不少事要準備，不敢多留。來平昌的這些日子多虧了你們的幫助，才讓我們娘兒倆有了安身的地方，不然如今還在雙龍的山溝裡受堂叔的氣呢。」

賀鈞不肯留下用飯，永柱想，賀鈞幫了家裡不知多少忙，從未要過工錢，這裡說要走了，也不知能不能幫襯些，便讓他等等，入內找到白氏商量。

「我想送幾兩銀子給賀小子使。」

白氏不出意料地撇撇嘴說：「你還真是大方，充什麼有錢人？」

永柱道：「三、四兩銀子，我們家還拿得出吧？他幫了那麼多忙，表示一下也不行嗎？妳也別太摳了。」

白氏卻板著臉說：「還說我摳，你圖個什麼呢？他以後發達了會記得咱們嗎？」

「我說妳怎麼事事都要講回報？再說我這也是為少南考慮！快把錢給我。」永柱懶得和妻子多嘴。

白氏見永柱是下了決心要送錢，只好依了他。開了鎖，取出一塊散碎銀子來，掂了掂也有好幾兩的數，便說要找戥子來秤，可找了半天也沒找到，又說該拿銀剪子絞一塊，哪知剪子也不見了，想到翠枝屋裡定有，可和她沒怎麼說話，便說要找明霞過去借一借。

永柱看著心煩，直接將那塊碎銀子拿起就要走。

白氏卻揪住他的衣袖說：「這一塊少說也有五、六兩，要全給的話，我可不答應！」

坐在堂屋裡的賀鈞說要告辭了，白氏在隔壁屋裡聽見了，高聲回答：「賀哥兒慢走，不送了！」

永柱急道：「妳這是做什麼呢？錢還沒給他呢，他要走了！」

「你慌什麼？他不是說後日才走嗎？我得將數秤好了再說，今日送去或明日送去不都一樣？你是一點都不明白，再多的錢也會被你給揮霍光的！」

永柱心想，這就叫揮霍了嗎？白氏將銀子奪去，永柱走出一瞧，只見賀鈞已經走了。永柱不見青竹在家，便又問起白氏來。

白氏說道：「她昨天不就回娘家去了嗎？看你這記性！」

下午青竹就回來了，她正在外面晾手巾，明春卻蹬著門檻，站在自己房門口往青竹這裡看，心裡小小地埋怨道：還以為拿住了什麼，哪知那一位卻要走了，還真是無趣！

白氏站在門口喚青竹。

青竹扭頭問道：「什麼事？」

「妳來，我和妳說。」

青竹晾好手巾便過去了，白氏將一塊已經秤好的有三兩重的銀子給了青竹，並囑咐她。

「將這個送到賀家去。」

「喔。」青竹有些疑惑，她並不知賀家就要搬走的事。

當青竹來到賀家時，朴氏正在打掃屋子，抬頭突然見青竹來了，有些意外，忙拉著她進屋裡坐。

「嬸嬸忙嗎？我來幫妳吧。」

朴氏卻阻止說：「都收拾完了，明天再去退幾件東西，車子也找好了。」

青竹有些驚訝，心想這情況像是要搬家啊！她突然明白白氏讓她送錢來的道理。

青竹忙將銀子遞給她，並道：「這是大伯娘給的銀子，想來是給做盤纏的吧？」

朴氏笑吟吟地道：「哪還有再拿錢的道理？幫我們找到房子已經是解決了個天大的困難了，他進學去，我也好安心。不然老是在醫館裡當小夥計，只怕一輩子都沒什麼出息。」

「田老爺的兩個兒子都在城裡做買賣，我託了他，沒想到還真的辦成了。雖然比預期的早了些，不過早些過去適應一下也好。」

朴氏有些意外。「我還只當是項大哥、項大嫂幫的忙，卻不知是姑娘幫說的，實在是太感激了。」

「沒什麼，不過一句話的事。賀哥不在家嗎？」

「他去醫館裡結帳了。」

青竹心想該回去了，不料朴氏卻挽留她。

「好歹吃點東西再走。」

青竹笑說：「不用了，出來久了，怕大伯娘擔心。」

朴氏想起一事來，忙對青竹道：「妳先等等，我有樣東西要給妳。」

青竹只好又繼續留了一會兒。

此刻賀鈞竟回來了，見青竹在他家很意外。上午去項家時不見她的身影，還以為連道別也不能，沒想到此刻竟坐在他家裡。

他一腳已經跨進門檻，莞爾道：「夏姑娘早！」

「還早呢，再過一個時辰只怕天都要黑了。」青竹放下水杯，起身和賀鈞說：「怎麼突然就說要搬走呀？」
「不一定非要等到那個時候吧？田家幫忙聯繫上了房子，我也去瞧過，是個極安靜的小院子，娘住那裡我也放心，且離我進學的地方又不遠。說來還真得感謝夏姑娘，不然我還在犯愁呢！」
「沒什麼，能幫上忙我已經很高興了。」
正說著，朴氏出來了，原來是找出了一塊嶄新的布料，是一疋杏子紅的夏布，疊得好好的，給了青竹，並道：「這塊布白放著可惜了，送給姑娘做條裙子穿吧！」
青竹忙說：「這個不能收，嬸嬸自己留著也有用。」
朴氏卻道：「我一個寡婦，又上了些年紀，穿這麼豔麗的顏色做什麼？就當是替我們找房子的謝禮吧！」
賀鈞也讓青竹收下。
青竹只得暫且收下，又說要走。
朴氏給賀鈞使了眼色，讓他幫忙送送。
賀鈞的本意也想親自去送的。
兩人一前一後地出了這條有些狹窄、又長長的巷子。
賀鈞走在後面，緊跟著青竹的步子。
青竹出了巷子便扭頭和賀鈞道：「賀哥請留步，我也識路，想來你也事多，就不敢再煩勞你了。蠶都四眠了，只怕也沒什麼時間能送別你和嬸嬸，各自好好保重吧！」

「不，就讓我送送妳吧，或許能這樣說話的機會已是最後一次了。況且，我還有一件事得告訴妳呢。」賀鈞雙手負於身後，夕陽將他的影子拉得長長的。等到轉角處，恰是一個寂靜無人的場所，賀鈞內心糾結了好一陣子，這才鼓起勇氣來叫住了青竹。

青竹回過頭來，淺笑盈盈地望著他。

夕陽照在賀鈞的臉上，有些發燙，他儘量避開青竹的目光，緩緩說道：「我有一段心事一直埋藏著，心想若是再不說的話，只怕今生再沒機會了。希望夏姑娘能給我一個機會，聽我說完，別取笑好嗎？」

青竹覺得心口猛烈地跳了幾下，她幾乎可以意識到賀鈞要說什麼，但此時也只好裝糊塗，抿嘴笑說：「賀哥有什麼話請說來。」

「我一直……一直……一直……」賀鈞憋紅了臉，突然有些口吃，好不容易才鼓足勇氣脫口道：「我心裡一直對姑娘存著一分傾慕之情，所以想出去闖個名堂，等我再回來時，姑娘若是已經離了項家，是否願意和我……和我一起走呢？」說到後面時，已經極小聲。

不過好在青竹都聽清楚了，倒有些出乎她的意料。青竹從來不給人空頭承諾，她細細地看了兩眼這個雖然出身寒微，卻一直努力拚搏的少年，心想該如何答覆他呢？或許不管怎麼答覆都是種傷害吧，因為至少在她的心裡，對他是沒有這種情愫存在的。

她想了好一會兒才道：「將來誰都不可知，不過賀哥的這份心意我心領了，以後有需要賀哥幫忙的地方，我一定會開口。」

「不，我的意思是，夏姑娘願不願意——」

還沒等賀鈞說完，青竹就打斷了他的話。「賀哥不用說了，我都明白。虛無的承諾我不會給，這事也不是賀哥想的那麼簡單。你好好地孝敬嬸子，你們過得好，我必定也是知道的，多保重。」說完就扭頭大步走了，再沒回頭看賀鈞一眼。

賀鈞就一直呆呆地站在那裡，目送青竹的身影遠去，直到再也看不見……

第七十四章　想妳

養了兩、三年的魚，後來榔頭村手裡有點田地的人紛紛仿效的也多了起來，競爭力一大，價格就跟著下來了。不過隨著魚塘漸漸增多，夏家養蚯蚓這條路子倒越走越順當。

對於這些人的跟風，青竹也無可奈何，再三和永柱父子說項，終於成功說服他們少養魚，多養鴨、鵝之類的家禽。這些家禽也養了三、四百隻，漸漸地也有些規模了，光靠永柱已經照顧不過來，所以又專門請了個老頭來幫忙看守。週期倒比養魚要短，每天產生的那些糞肥還能拿去肥藕塘。

一年能夠養上一季的家禽，除卻成本，一年下來也能有七、八十兩的進帳，和養魚也不差什麼。養了一年的鴨、鵝後，青竹說該給牠們好好地修個大點的飼養場所，於是又買了兩、三畝地，用茅草搭了幾間棚子，也修了間看守的屋子，還養了兩、三條看家的狗。

一切齊備，永柱每天早晚去看一次，別的事也不用操心。

不過這些家禽最終也只養了不到兩年，這陣子趕上一場瘟疫，損失了不少，只得匆匆處理掉，算是第一次吃到了苦頭。

永柱很不甘心。「還以為能建個養鴨場，還沒成氣候呢，就成這般模樣。」

青竹也很鬱悶，但這幾日來的焦慮讓永柱愁白了不少頭髮，只好安慰他。「這些也都在意料中，不如我們還是將魚塘做起來吧，又攢下不少的肥料了，我姊夫他們養蟲線又養得好，去買個幾百斤不成問題。再說以前做過，也有經驗了。」養家禽的風險太大了，養魚相對保險一點。

永柱只好點點頭。

白氏在一旁聽著也甚是心煩，當初青竹說要專門養鴨養鵝時她可是激烈地反對過，不過確實賺到不少錢，沒想到卻栽倒在第二個年頭了，如今聽說要重新做回魚塘，她倒沒什麼意見了。

不過有幾年沒養魚了，塘裡的淤泥也有不少，還得請人起魚塘，等到來年開春放水蓄池，買魚苗放養，一切都得按照步驟慢慢來，急也急不得。

之所以要重新弄魚塘，青竹也是深思熟慮後做的打算，因為藕塘裡連續栽了三、四年的藕，產量下降了，只好又隔了一年，如今沒人搭理，又形成一個天然的生態園，重新回復碧綠的水草，長到了半個人高。起了魚塘的泥漚了藕塘，來年就可以繼續恢復種藕養魚的模式，不過再做個三、五年，就得再重新發展點別的產業了。

永柱去找少東商量，這裡白氏在忙著搓麻線。

明春才從河溝裡洗了衣服回來，剛進院門就大聲嚷嚷。「娘，秀嬸來了。」

白氏倒清楚秀嬸的來意，是來替黃家那小子說親，黃家想要明霞，不過因為明春的例子擺在那裡，這次永柱和白氏都還不敢輕易應承。明霞的性子也不好，生怕她去了別人家裡受委屈。

明春話音才落，那秀嬸就探出個腦袋來，熱情地向白氏招呼。「項大姊！」

白氏撇撇嘴，心想看來是不得不招呼她了。好在明霞不在家，談論這些事倒不用顧忌什麼。請秀嬸進屋裡坐，又給她倒了碗茶。

秀嬸屁股才坐下就連聲感嘆道：「還真是時運不好呀，你們家養了那麼多的鴨子、大白鵝，哪曉得竟趕上這場瘟疫，只怕損失了不少吧？」

白氏道：「快別說了，如今都處理掉了，倒真叫人操心。」

「也不知這場瘟疫是從哪裡傳來的，不光是你們家的鴨子，還有好些人家餵的雞啊什麼的，也病死了不少呢！希望過這陣子會好些。記得以前也鬧過瘟疫，都是在春夏季節，怎麼這秋冬季節也會有呢？」

白氏道：「妳問我，我問誰去？」

秀嬸不見明霞的身影，忙和白氏說：「妳家小女兒去什麼地方了？」

白氏搖頭道：「她成天就是匹沒籠頭的馬，我也看不住。」

秀嬸笑道：「倒是個健壯的女孩兒，以後一定好生養。對了，黃家託我過來——」

白氏卻生硬地打斷了她的話。「秀大姊，我也知道妳慣會給別人作媒，只是明霞這脾氣實在是有些男孩子氣，再說也還沒滿十五，我還想再留她兩年，好好地教導一下，要不這樣的野性子，到了婆家只怕會落下笑柄。」

秀嬸清楚白氏的意思，這麼說來是看不上黃家了。也是，項家這兩年不管做什麼都紅紅火火的，也掙了些錢，看來這個女兒是要留著攀高枝的，這回是不成了。

秀嬸只好作罷，訕笑道：「倒也不算小了……對了，你們家的那個二媳婦，不是才八歲就到你們家了嗎？如今養了有六、七年了吧？」

「這買來的童養媳能和正經嫁女兒比嗎？說來也不怕秀大姊笑話，明霞的嫁妝都還沒有，她又不會做針線，我還正犯愁呢，索性再等個幾年，等她懂事一些再說。」白氏和秀嬸交談著，突然想起明春來，又壓低聲音道：「秀大姊人脈多，我現在愁的倒是我們家明春，從馬家回來後已經快兩年了，我想還是讓她嫁人吧，老是留在家裡也不是法子，還請秀大姊幫我留意一下有什麼好人家。」

秀嬸有些為難。「嫁過一次人了，畢竟比不了黃花大閨女，行情自然要差幾等，是有些難處。好在你們家的日子還過得，若是要找個少年郎的話只怕有些難處，要是說給別人做繼室之類，又怕你們項家瞧不上，還真是高不成低不就呢。」

白氏也明白這個道理，所以明春才會一直耽擱著，因此忙道：「我心裡清楚，妳就幫忙尋尋吧。」

秀嬸只好硬著頭皮答應下來，又笑道：「你們家大女兒長得有些福相，模樣也端正，應該不是很難，我就幫忙看看吧！」

明霞的事她倒不急，白氏一心想將明春的事給處理了，省得她天天在家抱怨這抱怨那的，所謂留來留去留成愁，再說也怕那起長舌婦亂傳話。

這裡翠枝又有了四個來月的身孕，白氏去找人算過，又請了脈，又去廟裡抽了籤，這次都說懷的是個男胎。白氏對翠枝重新抱起希望，如今雖然不在一口鍋裡吃飯，不過倒還算盡心，自己拿錢買些好肉好菜，讓青竹幫忙做了，送些過去。

等永柱回來時，白氏將拜託秀嬸給明春找婆家的事和他說了。

永柱聽後愣了愣，便道：「怎麼又提起她的事來？」

白氏道：「趁著還算年輕，得給她相門好點的人家，莫非你還真要她在家待一輩子不成？等我們都死了，誰來管她？到時明霞又嫁了人。兩個兒子你別以為還會管她，她和兩個兒媳又不和睦。趁著現在還能嫁人，就慢慢地給她相看著。我也想過了，就是給別人做填房也沒什麼。」

永柱沈吟了一番才道：「要是遇見第二個馬家怎麼辦？」

白氏道：「那也只能怪這孩子命苦了。慢慢看吧，我看這事必須得提一提了。」

永柱不免想起明春的未來，當初他下了決心要馬家和離，也不知做得到底是對還是錯？聽說那馬家離了明春沒兩個月，就又新娶了媳婦，如今兒子生了兩個，日子也還是那樣。要是當初明春能夠再忍一忍，給他們馬家添個子嗣，又會是怎樣的一番情景呢？

只可惜人生不能重來一次，也沒有如果二字可言。

「既然已經錯了一次，那麼就是個教訓了。這次要找女婿的話，首先得要找個老實可靠的人，即使年紀稍微大點也沒關係，家裡窮點也沒什麼，重點人要勤快，我們還能幫襯些。」

白氏點頭道：「我也是這麼想呢！後兒十五，我帶了她到廟裡求支籤問問看。」

永柱懶得理會這些，他準備洗了腳就睡了。

白氏趕著出去給永柱打洗腳水，又親自幫他洗腳。

永柱又道：「都說兒孫自有兒孫福，說來養了這幾個孩子也不缺什麼。等明春的事定了再說明霞吧，我現在考慮的不是只有明春，想想青竹這孩子該如何是好呢？少南已經快半年沒有音信了，我天天都在愁，要不等兩天我讓青竹寫封信給他，讓他回來得了？」

白氏道：「出去幾年，也該回來了。唉，不知長成什麼樣了？不曉得以前做給他的衣服還穿不穿得？我也是日夜地盼呀！」

永柱道：「等少南回來後，得挑個好日子讓他們圓房，不能再拖下去了。妳的意思怎樣？」

白氏卻沈默了半天，沒吱聲。

永柱又忙問：「莫非妳還在嫌棄她，認為她配不上少南？」

白氏道：「我可什麼都沒說。這幾年不都是多虧了青竹在家幫著出主意嗎，不然我們項家哪有今天？我也不是那般愚蠢、不知好歹的村婦。反正不管我怎麼說，你內心早已經認定了她是兒媳婦，那要怎麼著就怎麼著吧！」

永柱笑了起來。「妳這話聽著像是氣話來著，我什麼地方做得不對，妳就直說，都老夫老妻了，難道我還會笑妳不成？」

白氏白了永柱一眼，咬咬牙，最終還是沒說什麼。

乾康二十年，九月十七，霜降。

這一天對青竹來說很平常，卯時三刻起床，掃了一遍院子後，白氏也起了。

辰時初，一家子用了早飯後，少東便過來和永柱商議請人幫忙起魚塘的事，在這之前還得將已經擱置的藕塘裡的草給清理出來。

家裡幾口人，白氏留了翠枝和她一雙女兒看家，其餘六口人都得出動去淺溪灘割草。青竹給準備了幾壺水和一些餑餑。

永柱說：「鴨棚如今空著，割下的草就先堆在裡面吧，我記得鎮上有戶馬販子，再問他要不要這些青草餵馬？」

少東道：「回頭我去問問，說不定還能賣幾個銅板。」

永柱的話提醒了青竹，她突然問道：「要不以後我們不養魚、不種藕了，乾脆也跟著養些馬好不好？」

青竹話音才落，永柱就潑了冷水。「妳這主意行不通，普通人家哪裡敢養馬？這些都是受朝廷管制的，不敢養也養不起。」

「是嗎？」青竹倒沒想到朝廷管制這一層。不能養馬，說不定能養別的，但暫且不用考慮那些。

辰時二刻天色已經大亮，這裡商量好了就出門割草去。

這一帶藕塘被青草覆蓋住，如今那些青草有些泛黃泛紅了。田裡依舊積水不少，必須得赤腳下去，還必須將褲腿挽至膝蓋處，完全像一片沼澤地，不能滑倒，要不然會弄得一身的淤泥。九月的天氣已經有些冷了，更何況這是在泥潭中。

割了還沒半個時辰，明霞就開始玩鬧起來，原因是她在地裡發現了泥鰍，便和明春兩個要逮泥鰍玩。

白氏可不高興了。「叫妳們過來割草，妳們倒玩起來了！不加把勁，這些草要割到什麼時候？」

明霞說：「我們沒玩呀，也不知這地裡還有多少泥鰍呢，能捉回去的話菜就有了！」

白氏拿兩個女兒沒轍，只好繼續彎腰割草。

這樣彎著身子勞作，久了青竹就覺得有些受不了，雖然沒有割麥子那麼辛苦，不過在泥潭裡有些站不穩，又怕腳下踩著什麼。

好在天氣不熱，一家六口人忙碌到巳時三刻時已經割了差不多五、六分地，一天下來能割一畝地。這裡有四畝多，看來還得勞作幾天。

大家上岸喝了水，吃了些餑餑後，明霞又說肚子餓。

白氏道：「我和妳大嫂說過，讓給送點飯，先休息一會兒再說吧。」

明春望了一眼這寬闊的草地，愁眉道：「還真是費力，我看不如和人家講，讓他們將馬牽來，讓馬自己吃個痛快，也省得這樣用鐮刀挨著割。」

白氏道：「妳倒是會打主意，這可不行，這泥潭地裡只怕也使不得。」

青竹看了看自己的手，已經沾染了不少的泥污，心想還得去洗一下手。

此時，明霞突然叫了起來。「娘快看，那是誰來了！」

白氏忙舉目看去，瞇眼道：「那是豆豆送飯來了吧？後面好像跟著個人，模樣看不清。」畢竟上了年紀，眼睛也不大好使了。

明霞撒著腳丫子就跑過去，已經顧不得一腳的稀泥了。

少東這才定睛一看，說道：「倒像是少南……老天，他怎麼突然就回來了？」

永柱這才直身看去，依稀像是少南的模樣，他還正抱怨少南這麼久沒有消息呢，沒想到竟回來了。

白氏一聽，顯得比別人都激動，口中直笑罵道：「這臭小子終於知道回來了！」

青竹聽見他們這樣說，忙回頭去看，項少南似乎也看見了她。青竹不免想，要是他再晚個一、兩年回來就好了，怎麼偏偏……

明霞飛快地跑到那邊，又是笑，又是說：「二哥！你還認得我吧？」

少南揉了揉明霞的頭髮說道：「妳是我妹妹，我如何不認得？」

明霞見她二哥是真的回來了，還長成了個大人，自己才齊他的肩膀高，身上穿的是簇新的圓領直裰，戴著頭巾，一點也不像是村裡的人，不禁笑道：「二哥是做了官回來了！」

少南忙道：「胡說，我哪裡是去做官！」

明霞笑說：「這模樣倒像。」

豆豆和少南不大熟悉，因此很少開口。

不過當少南回到家時，第一眼還真沒認出豆豆來，以為她是明霞。不得不說，兩人小的時候還真長得有幾分像。

當三人走到這邊地裡時，少南笑著和家裡人打招呼。

少東過來和少南說：「爹才說讓弟妹給你寫信，催你回來，沒想到你還真回來了！」

少南笑了笑。「是呀，回來了，也該回來了。」

白氏又忙問：「這次回來不走了吧？」

少南頷首道：「暫時不走了。」

「阿彌陀佛，這就好、這就好！倒長成個大人了！」

少南看見了明春，心想她也來家裡幫忙了，便笑著和明春打招呼。

比起其他人的激動，永柱顯得要平靜些。

少南恭恭敬敬地問候道：「爹，我回來了，您老可還健康？」

「好，回來就好。」

少南看了一圈卻不見青竹，剛才還恍惚地看見她的身影，怎麼到了跟前卻不知在哪一處？心心念念的那個人，此刻他十分迫切地希望能看見她，兩年多不見，也不知變成什麼模樣了？

豆豆將籃子放在田埂上，大家都圍著來吃。

少東向少南努努嘴說：「弟妹在鴨棚那邊。」

少南笑笑便往鴨棚而去，正好遇到青竹洗了手回來，兩人四目對視。

青竹顯得很平靜，微微一笑道：「真回來了？」

「是呀，回來了。」

青竹覺得現在她這副模樣一定窘極了，衣服上有不少泥污，說不定臉上也髒兮兮的。

「大嫂做了飯，讓給帶來，快去吃吧。」

「好。」

少南見青竹依舊帶著幾分冷淡，彷彿一直都是如此。不過兩年多不見，突然見了面，的確會變得更加生疏。話說回來，她倒是出落得比以前還好，個子也高了不少。分別的這兩年多時光，少南心裡裝了許多話，他很想找個機會慢慢地說給她聽，只要她願意。

大夥兒就在田埂上匆匆用了點飯，然後繼續下地幹活。

少南撓撓頭訕笑道：「我也來幫忙吧。」不過低頭看看身上的衣裳，還真不像幹活的樣子，不禁有些尷尬地笑了笑。「我回去換身衣裳再來。」

白氏心疼兒子，忙道：「你才回來，一直趕路想來也累了，還是去休息吧！」

後來少南還真穿著裋褐，挽著袖子、褲腿，拿著鐮刀過來一道幫著割草。

不過青竹卻一直遠著他，不大和他搭話，心裡有些忐忑。這人怎麼真回來了？再晚些時候不是更好嗎？

多了一個人幫著幹活，似乎勁頭也高了不少。明霞和豆豆依舊在地裡捉著泥鰍，也找到了些蝦，甚至還捉到了幾條黃鱔，摸到了些田螺。

白氏說：「正好少南回來了，吃點自己地裡出的東西也好，今兒也顧不得去買什麼好肉好菜。」

少南倒不講究這個。他一面彎腰割草，眼睛卻不住地向青竹那邊看去。還是家的感覺好，不管在外面怎樣，總會有些人一直在等著他、盼著他。

忙碌了大半天，總算要收工了。

明霞提著木桶，和豆豆跑在最前面；白氏和明春一路商量著什麼；永柱和少東說明日去找一下那個馬販子，問他要不要這些草料？

青竹關好了木柵欄，這才趕著回去，卻見少南站在魚塘的堤埂上等著她。

「他們都走了？」

「是呀，也該回去了。忙了一天，累了吧？」

「還好。」青竹覺得指甲縫裡全是泥，怎麼洗也洗不掉，很是煩惱。說來割草也不算很累的活兒，不過幹了大半天，的確有些累了，覺得腰疼，肩膀也疼。

她撇下少南，徑直走在前面，直到少南趕上來，從身後捉住了她的手，緊緊地攥住。青竹想抽回來，卻聽見少南在後面喚她。

「青竹！」

青竹忙停下腳步，回頭去看他，卻見少南一臉的笑容，顯得無比溫暖，又聽見他說道——

「青竹，我想妳了。」

青竹頓時微微一震，呆呆地望著他，忘了要抽回手，就這麼怔怔地看了他好一會兒。當初那個稚嫩的少年，已經完全長成個男子漢。青竹也好想問他一句過得好不好？可嘴唇動了動，卻愣是沒發出一個音來。

第七十五章 困惑

夜風習習，一大家子就是過年時，人也沒有像現在這一刻齊全。

飯桌上的笑語不斷，推杯換盞的，這頓飯吃了快一個時辰竟然還沒有收場。

翠枝早已熬不住，說要回去睡覺，白氏由著她去了。

明霞和豆豆帶著小靜婷坐在門檻上，嘰嘰喳喳地說著話。

青竹在自己房裡坐著，堂屋裡那三個男人還在喝酒，還能聽見他們的高談闊論。

白氏則和明春在幫著收拾給少南留的屋子，以前沒有放床，此刻只得找出來重新拼出來，放上一塊寬大的竹蓆，鋪上幾層稻草，再鋪上毛氈子，墊上棉絮，鋪好床單，搬來被褥枕頭，母女倆忙碌了好一陣子。

明春可有怨言了。「幹麼不叫青竹來弄？我看很該她來做這些。」

白氏道：「她也累了，晚飯是她做的，讓她休息一下吧。」

明春撇撇嘴，心想如今在家青竹比她還受用！

堂屋這裡已經喝完了一罈酒，都有了七、八分的酒意。

永柱起身對兩個兒子說：「今晚先這樣吧，明天還得繼續去割草呢！少東也回去睡吧，只怕晚了媳婦要說。」

「是呢，那我就告辭了。」少東趔趄地走了幾步。

三人中就少東酒喝得最多，現在連路也走不穩，永柱便讓少南將他扶過去。

這裡白氏和明春出來了，白氏見一桌子的杯盤狼藉，忍不住說道：「看來今天你是真高興。」

「兩年多不見的兒子回來了，哪有不高興的道理？」

白氏心想，因為糟蹋了些鴨、鵝，永柱鬱悶了好些日子，見他現在這個情況倒是放下心來了。

青竹聽見這邊散了，便來幫著收拾碗筷，白氏則讓明霞去燒水好洗臉、洗腳。

明春今兒也弄得一身痠痛，張口說道：「娘，明天我就不去了吧？寧可在家做飯。」

「妳又偷懶！少一個人又得多幹一天，趕著收拾了，也好請人來幫著起魚塘。」

明春信口說道：「我倒楣事來了。」

白氏立即揭穿了她的謊言。「又哄我，妳不是初三乾淨的嗎？這會兒才十七，如何又來了？別偷懶，洗了臉好好地去睡一覺吧，明天還得繼續！」

明春心想母親真是越來越精明了，不能輕易糊弄過去。

這裡收拾完準備睡覺，青竹也忙碌完了，回屋要去睡。

這時，少南卻突然走到她們門口，探出腦袋和青竹說：「我能進來和妳說說話嗎？」

青竹略一想，連忙推辭說：「不了，太晚了，有什麼話明兒再說吧。」

「喔，那好，妳休息吧。」少南有些失望。

青竹這裡掩好了房門，幹了一天的活兒，身子骨有些痠疼。自從少南回來以後，她都有意無意地躲著他，因為實在不知該以何種心情和態度來面對。

青竹脫了外面的衣裳，躺在床上自思：現在的心思和當初還一樣嗎？打定了主意要從這裡離開，然後去尋找自由，過想過的生活，會遇見什麼樣的人作為今後的伴侶？要和一個完全陌生的人走過一生嗎？倘或順利地回去了，蔡氏會是怎樣的態度？大姊那裡又會怎樣？在夏家還有沒有她的容身之處？

她不免又想起賀鈞臨走前和她說的那番話，青竹當時就拒絕了，她不是看不上他，只覺得兩人相處更像是朋友，自己分明感受不到他的心情和情思，兩人之間是不來電的。

是走還是留？青竹很困惑，這也直接成了她躲避少南的原因。或許等不了過年，只要忙完眼前的事，家裡人就一定會提起她和少南的事來，到時她到底該如何面對？

想了好一陣子，青竹也沒個頭緒，這是困擾她的頭等大事，後來禁不住睏意來襲，迷迷糊糊地睡沈了……

藕塘裡的草整整割了四天半才收拾完，割下來的青草也有上千斤，找人來買了，給了五斤一錢的價格，也換了幾百錢。

這裡青草算是處理乾淨了，永柱說要起魚塘，家裡這幾個人不夠用，得再去請人來幫，又說少南回來幾天也該和青竹一道回夏家一趟看看，順便去請一下謝通過來幫忙。

說起回夏家，青竹想想是有兩、三個月沒回去了，也不知他們過得怎樣？

永柱讓白氏給了少南一筆錢，好買些禮物去探訪。

這裡又找了一輛牛車，青竹便和少南登車而去。

雖然青竹就坐在身旁，不過少南卻覺得這個女人和他的距離無形中又拉大了，或許是都長大了的緣故吧，不能像小時候那般玩鬧嬉笑了。

青竹始終將頭探出車窗外，看著外面的風景。

一路上兩人沒怎麼說話，直到回了夏家。

青竹見家中四周的空地如今都覆蓋上一層玉米稈，下面養的是蚯蚓。

謝通正在挖溝，抬頭見青竹他們來了，有些意外，連忙丟下鋤頭，請他們進屋坐，又高聲嚷道：「媳婦兒，妳二妹、二妹夫來了！」

小吉祥聽了連忙跑出來，口裡喊著。「二姨！」

青竹見他長高了不少，彎著身子笑著摸摸他的頭。

小吉祥不認識少南，因此顯得有些怕生，躲在青竹身旁，卻又忍不住去偷瞄少南。

這裡青梅抱著幾個月大的小兒子出來了。「呀，真是二妹回來了，南哥兒也好久不見。」

少南溫和地稱呼道：「大姊。」

青梅讓他們進堂屋裡坐。

青竹沒看見蔡氏，便問：「娘和三妹呢？」

青梅笑道：「她們娘兒倆去姑姑家了，這裡姑父不是做壽嗎？二妹來得還真不巧，也不知她們今天回不回來？」

青竹將帶來的一包東西給了青梅。

青梅笑著接過，又道：「又買這些東西。」趕著給兩人添了茶，又問少南。「南哥兒什麼時候回來的？」

少南道：「十七回來的。」

「喲，也有四、五天了。你們坐著，我去弄飯菜。」回頭見謝通又趕著去挖溝，心想他這個人怎麼不來事，也不來陪少南說會兒話。懷裡的孩子正醒著，青梅說要找了背帶將他揹在身上。

青竹忙道：「我來抱他吧。」

青梅笑笑。「他還不大認生，倒還好。」

青梅的第二個兒子不過四個來月大，乳名叫平安。青竹抱在懷裡，小平安就睜著雙黑眼珠不住地瞧青竹，已經會笑了，小手也跟著舞動，似乎很開心。青竹挨了挨他柔嫩的小臉，滿心的歡喜。

少南在一旁安靜地喝茶，看見這幅光景，不免遐想，要是此刻青竹懷裡抱的是他們的孩子該多好？

青梅到菜地裡去摘菜，見謝通還在揮著鋤頭，不禁抱怨道：「來了客人，你去陪陪吧，這個溝什麼時候挖都一樣。」

謝通卻也實誠。「他一個讀了那麼多書的斯文人，我又和他不熟，說什麼好呢？還不如讓他安靜地坐一會兒。」

「我說你呀，有時候還真的是不通世故。」青梅懶得說他，心想這個丈夫什麼都好，就是有時候有些呆板，可能是不大識字的關係，和成哥兒也沒什麼話，不過幹起活來卻極為認真賣力，是個老實巴交又可靠的人。這些年也多虧了他，家裡漸漸有了起色，一家子不至於再挨餓了。

這個季節也沒什麼好菜了，青梅拔了幾根萵筍，心想家裡沒肉，怎麼招待妹妹他們，正愁著呢！要不殺隻雞吧？只要動作快些，或許還來得及。

青竹見青梅開了雞籠要捉雞出來殺，忙上前阻止道：「大姊快別弄，我們買了些菜來，將就一下就行！」

青梅道：「我說妳呀也真是的，妳是這個家裡走出去的，還總把自己當成外人一般，越發地客氣起來，以後再這樣我可不依了！」

青竹忙笑說：「好，我錯了，大姊！」她抱著小平安，又幫忙燒火。

青梅在一旁拾掇著菜，姊妹倆在灶房裡有說有笑。

青梅忙問青竹。「南哥兒他還走嗎？」

青竹道：「暫時不走了。」

「阿彌陀佛，那是真好！這明年又鄉試了吧？」

「是呀，是大比之年。」

「那麼他肯定會去應舉的，要是考中就好了。」

「誰知道呢？不是那麼容易的事。」

青梅削好了萵筍皮，將青竹買來的肉取出來，仔細收拾了，又在亮處拔了一會兒的毛，便開始準備切肉，一面和青竹道：「妳在他們家也六、七年了，說來過得真快。我看也差不多該圓房，將沒補的儀式都補一遍了吧？」

青竹卻說：「大姊說得倒輕巧。」她自己都還沒個主意呢！不過要是這樣簡簡單單的，像韓露那樣簡單地擺兩桌酒，請一下娘家人什麼的就成了事的話，她可不答應！這樣也太憋屈了，憑什麼呀？

青梅笑道：「本來就是這麼一回事，妳還想有什麼呢？」

「只是不甘願罷了。我才不想這麼簡簡單單地就將自己給打發了，該有的都要有！」

青梅笑了笑，心想這個二妹小小年紀就到了他們項家，給他們家做童養媳，著實也受了不少委屈。如今日子好過一些了，不過青竹卻付出了太多。要是當初的家境有現在這樣，也不會讓青竹走上這條路。希望青竹以後能苦盡甘來，後面都是幸福美滿的好日子，更希望項少南能好好地待她這個苦命的妹妹。

第七十六章 要求

鐵蛋兒和白英在年前就正式成親了，兩家人在這之前也算是有姻親，相處得還算融洽。白英才生了小孩沒多久，如今還沒出月子呢，鐵蛋兒又是個疼媳婦的人，每天過來幫工，吃了早飯就來，只在這邊用一頓飯，連晚飯也不吃，也不貪杯，早早地就回家去照看媳婦和才出生不久的小孩。

後來家裡人都取笑他是個顧家的男人，鐵蛋兒紅著臉說：「顧家不好嗎？」明春私底下和明霞道：「沒想到這英丫頭還有些傻福。」再想想自己的遭遇，不禁頗有些感慨。

少南要準備明年的鄉試，因此又在家將書本拿起來，成天溫書，很少外出。

剛開始的時候都還順利，直到第四天的時候，少東不小心被砸到腳，闔家驚慌，忙忙地請了大夫來瞧，幸好沒有傷到筋骨，不過紅腫不堪，說要休息十來天。

魚塘的事還沒完工呢，永柱的腿腳又不是很方便，因此有些事只好讓少南出面打點了，幸好再沒出過什麼事，起魚塘竟然花了五、六天。

少南讀了幾年書，但要說起處事卻比不得少東圓滑，總給人一股斯文的感覺，不過好在沒出什麼差錯。

不過眼下有件大事要去城裡辦，是關係到項家田產備案的事。今年又新買了幾塊地，有所變動，以前這些都是少東在跑，這會兒他的腳受了傷，偏偏眼見就要到限定日了，沒有法子，只好讓少南跑這一趟。

少東將少南叫去交代了好一通話，少南一一記住了。

這裡白氏又給了少南二兩銀子加一串錢，並說：「眼下可能沒有順路的，去雇車也行，來往也要耽擱兩日，辦完就回來。」

少南答應了。不過他想起了一事，便笑嘻嘻地和母親說道：「娘親，讓青竹和我一道上城裡去吧？」

青竹正在掃地，突然聽見這話，倒是一愣。要說縣城，她可真的從未去過，不過想也能想到那裡比平昌的街市熱鬧許多，說起來還真有些心動，心想出去見見世面也好。不過這是要和少南同行，她還想考慮一下。

白氏道：「你讓她跟著你去做什麼？」

少南笑道：「不做什麼，帶她出去走走逛逛，開下眼界，總比天天待在家裡好。娘放心，我會照顧好她的。」

白氏卻道：「我可只給你這麼多錢啊，多餘的也拿不出了，起魚塘的工錢還欠著沒付呢！」

少南見母親答應了，立即歡喜地道：「多謝娘親成全！」

「什麼娘親、娘親的，也不嫌肉麻！」白氏最寶貝小兒子了，少南一撒嬌，她就什麼轍也沒了。

青竹掃了地，就要回自己屋裡去，少南卻一把拉住她的衣袖。

「去換身衣服我們就走吧！」

青竹心想，他的性子倒沒怎麼改，也不問自己就作了主，不過因為內心想去，只好答應道：「好，你等等我。」路費什麼的她自己也能出，還能去買點想要的東西。

青竹回到自己房裡，先換了身清爽俐落的衣裳，重新梳了頭，又準備了個包袱，帶了件保暖的衣裳，並將自己存的錢拿出來數了數後，拿了幾串錢和兩塊碎銀子。

這裡少南已經等候她多時了，青竹收拾好東西便和白氏告辭。

白氏囑咐道：「你們兩個多留意些，別讓人家騙了錢，辦了事就回來。對了，趁著進城去，有好的棉線幫我買兩、三斤。」

青竹答應了，這便和少南結伴而行。對青竹來說這算是第一次出遠門，倒還歡喜。

兩人到了鎮上後，少南去雇了輛騾車，花了幾百錢。青竹去賣熟食的店裡買了兩斤點心，好在走之前灌了滿滿一壺水，能夠支撐到縣城。

上了車，青竹靠裡坐著，將包袱放在膝蓋上。

車夫在前面趕車，慢悠悠地出了街市，走不多遠就上了官道。

青竹小小地揭起布簾子一角，往外張望著，看了一會兒覺得累了，又向少南看了兩眼，卻見他此刻正靠著車廂閉眼休息呢。青竹道：「要不要去看望一下你賀兄呢？」

「我也想過，只是不知他家在什麼地方，又不好打聽，畢竟城裡我可不熟。算了，以後再見也有的是機會。」

青竹沒說什麼了。

過了好一陣子，少南才悠悠地說道：「青竹，妳還是想離開我們家嗎？」

青竹將目光移向車窗外，望著那些起伏的山巒和正在忙碌著種小麥的人，沈默一陣子才道：「我不清楚，也疑惑了。回去的話只怕連自己的容身之處也沒有，算什麼呢？娘必定是不答應的，她才過幾天清靜日子，哪還能再讓她為我操心。」

少南斜眼看了青竹一眼，雙手枕在腦後，盯著車頂發呆，過了一會兒才說道：「之所以要讓妳和我同行，就是希望我們能夠有時間可以獨處。回來這些天我們始終沒有好好地說過話，總覺得妳在躲著我，難道我真的就讓人那麼討厭嗎？」

青竹忙道：「不是的！」說句實話，這些日子她也很煩惱，實在不知該以何等的心態來面對他。

「爹本來說該選個日子，把我們的事也辦一辦，但我說了，該問問妳的意思，所以還攔著沒讓選呢。」

在青竹看來，少南這是少有地替她考慮事情，有些感激。

少南忽而一笑。「青竹呀，妳不用擔心，我依舊是以前的那個我，不會讓妳覺得生疏，一點都沒變呢！」

一路上歇了兩次腳，速度比坐汽車慢了許多，等到進城門時，已經是下午了。

青竹見城門還有士兵來回巡邏，還要查過往車輛的來歷，等到過了城門才算是真的進城了，她的心思早已經飛到街上去了。
等進了正北門，車子便停下來。
少南先跳下車去，接著又去扶青竹。
青竹沒有將手伸過去，而是踩著凳子下來。
的確是縣城，街市上的房屋比平昌那邊整齊高大許多。林立的鋪面、熙熙攘攘的人群、各種吆喝買賣，都讓青竹覺得和平昌大不相同。
完全陌生的地方，青竹下了車便兩眼一抹黑，有些辨不清方向。「接下來是不是該到縣衙去辦公事？」
少南想了想，說：「不如我們先找地方住下來，明兒一早再去辦公事吧，反正今天是回不了了。」
青竹跟著少南走，結果發現四處張貼小廣告的現象也不少，什麼招工呀、租房呀、哪裡的新店開張了，甚至還有反動標語，讓青竹一頭黑線，這到底是個什麼自由的朝代呀，怎麼什麼都有？
青竹和少南穿過一條街道，再往北走大約一里地，便看見一座矗立的、氣勢宏偉的石牌坊，鐫出各種花紋，上書「貞節」二字，下面還有一行小字，是彰表婦人的門第。牌坊就矗立在街巷，來往人群穿梭，每個經過此處的人都要瞻仰。
青竹不由得一愣，在別人眼中能掙得如此的殊榮，是整個家族的榮譽，可背後到底有多少辛酸，又有幾個能看見？看見這個，她不由得想起蔡氏來。青春喪偶，獨自撫養幾個兒女，幸好都熬過來了。

少南走了幾步路，見青竹沒有跟上來，忙回頭叫她。「該走了。」

青竹連忙答應。「就來！」

又跟著少南穿過一條小巷子，找了家客棧，心想今晚就在此處落腳吧。青竹抬頭一看，招牌上寫著「興源客棧」幾個字，有兩層樓。

要了兩間一般的客房，每晚花費兩錢銀子。花費不小，不過條件她還滿意，收拾得乾乾淨淨的，也還清靜。住在樓上，推開窗戶還能眺望遠處的景物。

沒多久，少南就過來了。

「妳餓了沒？」

「中午也沒好好地吃飯，是有些餓了。」

「我見他們也賣飯食，我下去叫兩道菜送上來，吃了飯後我們一道去逛逛。」

青竹卻推說：「不如明日再逛吧？坐了大半日的車，晃了那麼久，頭有些暈，我想歇歇。」

少南想了想，他明天一早還得去衙門辦事，實在沒空陪青竹，不過見她神色有些倦怠，又不能不讓她休息。心想一道出來了還是這副模樣，他本以為進了城能看見青竹滿心歡喜的笑容，沒想到竟讓他失望了。

少南不無遺憾地說：「我原本想著去將要買的都買了，也帶妳四處走走，明天辦了事就回去的。我們身上錢不多，不好逗留過久。」

青竹聽了之後，心想少南這意思是在責怪她不解風情嗎？只好硬著頭皮答應道：「好吧，聽你的安排。」

少南見青竹答應下來，雖然有些不大情願，但希望吃了飯後，青竹多少能提起精神來，這才起身去樓下點菜。

青竹坐在桌前，一手托腮，顯得懶洋洋的，一點也不想動彈，兩眼看著牆上掛著的一幅畫軸出神。剛才少南好像有些失落的樣子，明明出門時興頭那麼高，或許是因為她的緣故，白白地掃了他的興致吧？

簡單地吃了飯後，兩人便按照約定去逛街買東西，青竹先向店裡的小夥計打聽了一下，這才出了門。

棉線倒容易買，青竹還想買一疋好布回去。去布店轉了一圈，要說價格和鎮上相比似乎要略便宜一些。

青竹摸著光滑的錦緞，心想這樣好的料子裁成衣裳的話，平時也穿不出來，好像有點奢侈，又不敢去問價錢。

少南見她猶猶豫豫的樣子，忙問：「妳喜歡這個嗎？」

青竹如實道：「喜歡是喜歡，只是穿不出來，算了吧。」

夥計卻在跟前進言道：「正宗的潞綢呢！瞧瞧這染色、這布料，還有這花紋，一點也不差。姑娘別嫌貴，知道西大街的張記當鋪嗎？可是這城裡數一數二的富裕人家，最喜歡上我們這裡來買布料了，還最愛潞綢。姑娘年紀輕輕的，不管穿什麼顏色都好！」

青竹聽他說得天花亂墜的，也想買個半疋，也足夠裁身衣裳了，不過也只有逢年過節能穿穿。

少南見青竹還沒拿定主意，便替她作了決斷。「就這樣的潞綢，大紅色的，要織錦的，買一疋。」雖然出門時母親給的錢不多，但他自己有體己，該花的時候就花，他還是很大方的。

青竹張大了嘴，驚訝地看著少南，忙問：「買這大紅色的誰穿呀？」

少南笑道：「當然是妳穿啊！」

「我也要不了這麼多呀！」

「擔心什麼呢？再送大嫂一些，一點都不浪費。」

夥計見少南是個直爽的人，也不問青竹了，直接就問少南。「要大紅色的嗎？」

少南挑了一回，又覺得大紅的實在是太刺眼了，怕青竹真的不喜歡，翻了一回，見其中有玉色織明暗藍色竹紋的，看來十分雅致清爽，心想這應該合她的意吧，因此便買了一疋。

青竹道：「回頭就說是你買的，不然又說我亂用錢。」

「是、是！」少南連聲答應。

買了布，秤了棉線後，少南見有家書肆，轉身就進去了。

青竹也跟著進去瞧瞧，賣書、賣字畫的不少，一排排整整齊齊的書架，青竹隨手抽出一本翻了兩頁，是本御製的典籍，她沒什麼興趣。見攤上也有些類似連環畫的小畫冊，每本只要三文錢，青竹隨手翻了翻，心想買些回去解悶也好，便粗略地挑了十來本。又去看少南要買什麼，卻見他捧著一本刻印的書看得很仔細，青竹掃了一眼，類似什麼歷年真題選的，其實就是這些年來鄉試、會試出過的一些考題和文采出眾的選集。

「買吧，買回去參考也好。」

少南想買，可身上的錢不夠呀！就這類書是最貴的，一本少說也要五、六兩銀子。別看它價格貴，卻賣得最好，真怕錯過了這次機會，回頭再想買時已經沒了。

青竹問了夥計這書的價格，夥計比了個六的數，青竹道：「要六錢嗎？這個也還買得起。」

那夥計忙糾正道：「不是六錢，是六兩！」

青竹心想還真是令人咋舌，剛才他們買一疋上等的潞綢不過二兩多銀子，這麼一本東西竟然要六兩！

少南還捧著它看，那夥計見他們不買，便要來驅趕了。

青竹腦中頓時想起少南不少的好來，心想她身上還有一塊散碎銀子，應該也有五兩的樣子，再添點應該就夠了吧？

一咬牙、一狠心，青竹解了荷包便去掏銀子，給了那夥計幫忙秤一下。

那夥計見這塊銀子成色不算好，原本不想收，不過見少南連忙將書放回去，說要走，夥計見狀不妙，連忙說：「兩位略等等，一切都好說！」

找了戥子秤了銀子，說只有五兩一錢。青竹給了他五十個銅板，連同她最終買的十本小畫冊，說道：「只有這麼多錢，要賣就買，不賣就算了。」

少南在旁邊阻擋著青竹。「哪有讓妳出錢的道理？妳的錢也是好不容易攢下的，我看還是算了吧！」

青竹卻不理會少南，只盯著夥計看。

這夥計還不到二十歲，也作不了主，便進裡間去問掌櫃。

後來掌櫃出來了，硬讓他們再添兩百文。

少南說不要。

青竹乘機還討了一回價，最終再給他添了一百三十文，交易成功。

少南懷裡揣著那本書，一股油墨香撲鼻而來，心裡是滿心的感激，忙向青竹道謝，又許諾道：「回去了我和娘說，將妳的錢給補上。」

青竹答應下來。「好呀。不過你也不用分得那麼仔細，你也送了我不少東西，布料也是你出的錢，偶爾幫襯一回我還是出得起的。」

兩人又隨意逛了逛，好東西很多，不過他們也只有眼饞的分兒了。

少南又怕青竹累著，便說回客棧休息去。

青竹將幾樣買來的東西收拾齊整，包裹好了，放在枕邊。天色已經漸漸地暗下來，桌上點著一盞昏黃的小油燈。青竹脫掉鞋子，就這麼躺在床上，伸展著胳膊。腦袋似乎有些暈沈沈的，不知今晚能不能美美地睡上一覺？畢竟換了地方，青竹怕自己擇床的毛病犯了。正閉目休息時，突然聽見敲門聲，青竹高聲問了句。「誰呀？」
「送熱水的！」
是呢，她還沒梳洗，哪有就這麼睡了的道理？取了木盆，兌好熱水，用自己準備好的巾帕美美地洗了臉，接著洗了腳。房間裡有便桶，倒還算方便，晚上不用再出去了。
收拾完後，也不知道少南睡了沒，青竹管不了那麼多，正準備門門睡覺時，少南卻推門進來了。
「怕妳餓著，我買了一盤小吃，一起來吃吧。」
青竹道：「還不算餓。」
她坐在床沿邊，翻著小畫冊看。少南自顧地坐在桌前，吃起才買的一盤水晶小餃。
「妳真不吃，半夜餓了怎麼辦？這個餃子不錯，是妳愛吃的蝦仁餡兒的。」
「誰說我愛吃這個餡兒呀？」青竹見少南吃得很香的樣子，不免想到下午的那頓飯實在是有些簡單，於是也提了筷子，正要挾一個時，少南卻突然挾起一個就往她的嘴裡送！
「嚐嚐吧，味道還真不錯。」
「好嚕……偶自己來吧……」青竹嘴巴裡含著食物，說話也不大清楚。
囫圇地吃了兩個後，青竹便說不吃了。
少南吃了一大半，盤子裡還剩下兩個，說要留給青竹。見屋裡有熱水，就著洗了手，也不打算立刻將盤子送下去，等夥計明兒一早自己來收。
青竹說要睡覺，少南卻拉著她說：「我明早去辦事，妳在這裡好好休息，辦完了我就來接妳回去。」

「錢用得差不多了，也沒什麼好買的，用不著逛街，待在這裡也行。你能找到地方吧？」

「笑話，我又不是頭一回進城。再說就算不清楚方向，找人打聽一下不就得了？我是想，回去了妳一定又會躲著我，難得有這樣的機會，我們好好地聊聊吧？」

青竹抱膝坐在床上，身上搭著條被子，下巴頂著膝蓋，一副安靜柔順的樣子，她也想聽少南究竟要說什麼。

「青竹。」少南溫柔地喚了一聲，接著又溫柔地問道：「妳願不願意跟我過一輩子？」

青竹臉頰微熱，心想他真是一點也不繞圈子，徑直就進入主題，可她一時茫然，不知該如何回答。跟前這個人她說不上有多深厚的感情，談不上喜歡，更說不上愛，不過認識這麼多年，也相處過，卻也說不上討厭。至於未來怎樣，她其實也想過，或許和現在沒有多大的區別，日子過得平淡如水，不會有多大的波瀾。其實安靜平淡的日子也不是不好，至少他的性子自己熟悉，也能試著相處的。

雖然青竹不吱聲，卻也在他的意料之中，不過青竹沒說出拒絕他的話，就當她是默許了吧。他看著這樣的青竹，很是動心，於是低了頭，匆匆在她臉頰上一吻，這還是他第一次吻她。

青竹被他突如其來的舉動嚇了一跳，抬起滿是紅暈的臉，怔怔地望著他。

少南望著青竹那雙清澈黑亮的眼眸，真誠地說道：「在外面的這些年來，我心裡一直記掛著妳，讀書的時候想妳，吃飯的時候想妳，睡覺的時候也想妳。有時候惱了，會想著妳真是個壞傢伙，就這麼闖進我的世界，將我的心思占得滿滿的。這次我回來了，就想好好地面對妳，再也不想放妳走了。若是錯過了妳，我想我可能會難過一輩子。妳呢？妳是怎麼想的？還是不願意，還是想著回夏家嗎？」

青竹終於開口了。「你想讓我什麼都沒有，就這麼跟你過一輩子嗎？」

少南有些疑惑，不明白青竹是何意。「這麼說……妳是不願意嗎？」

「我要正規的婚禮，也要坐一回花轎，還要三媒六證，該有的都要有，彩禮也要。當然，我們夏家也會陪上嫁妝。如何？」青竹仰面看著他，這是她能接受的最大限度了。

青竹的提議讓他很意外，童養媳這樣辦的他好像還沒見過，因此有些為難地道：「這個似乎有些不大符合規矩，再說，妳不是早就到我們家了……」

青竹依舊堅持道：「我不喜歡童養媳這個出身。你不也曾經厭惡過有一個童養媳嗎？要是答應我這些，我願意留下來。」

少南有些困擾，這事他還得回去和父母商量，父親不知道會是怎樣的態度，但母親應該是不會答應的，因為在他們的計劃裡，就是簡單地請些親友過來聚聚就完事了，哪裡還想要重新迎娶，走一套儀式。

「我和別的女孩兒比也不缺什麼，憑什麼在終身大事上就得這樣委屈自己？我也做不來。要是不肯，那就算了吧。我回去和大伯他們說，收拾好東西就回家去，至於欠你們家的錢，我會先還上——」話音還沒落，卻被少南掩住了嘴。

少南搖頭道：「我不許妳這樣說。我是沒什麼，只是二老跟前還得商量。妳放心，我不會讓妳受半點委屈，一定和他們好好地說，不用妳開口。」

青竹道：「等你們決定好了，我就先搬回家住一陣子。」

少南道：「好。我會儘量和他們爭取，雖然不大合規矩，不過這些都是妳該得的。我不敢說什麼多風光，但至少不會讓妳覺得憋屈。」

青竹聽著他的許諾，心想應該相信他的，對吧？既然決定了要和他過一輩子，就該試著去相信他。

臨別前，少南抱了抱她的身子，吻了吻她，柔聲說道：「真希望能早些定下來就好了……」

第七十七章　不合規矩

第二日一大早，少南就去衙門裡辦事，倒還算順利，沒耽擱多久就辦下來了，之後和青竹買了些在路上吃的東西。

沒有雇到專門的車子，不過有一輛大馬車，倒還能順路，雖然同行的人不少，不過對他們來說也沒什麼要緊的。少南和青竹坐在角落裡，少南將青竹護在身後，一直保護著她不受別人推擠，種種舉動讓青竹覺得少南其實還算是個挺細心又體貼的人，還有點居家男人的樣子，或許和這樣的男人過一輩子不算是太壞的事，至少不會像馬元那樣粗暴。

兩人回到家，白氏見他們買了不少東西，又是布又是書的，不禁撇嘴說：「不當家，也不知柴米油鹽貴！買那麼好的布料做什麼？」

少南笑道：「難得買一回，娘還這麼多的話，又不是每個月都買，這不是好不容易去一次城裡嘛，娘就別嘮叨了。」

「我難道說錯了？多說一句話就說我嘮叨，我看你是在外面待久了，沒人在耳邊提醒你，就越發地忘本起來了……」白氏數落一通，少南沒有再說反駁的話，這才甘休。

少南和白氏說，要她拿五兩銀子的買書錢出來還給青竹，白氏聽後無不驚訝。

「什麼書要五兩銀子?!」

少南道：「不都是為了明年的考試嗎？這類書本來就貴。」

「阿彌陀佛，你知不知道要賣多少斤藕才能湊夠這五兩銀子？再有，她給你錢買書，為何要讓我給她錢？她有體己願意拿出來買給你，哪還有還回去的道理？難道你是外人不成？」

青竹正好進來取東西，聽見了他們娘兒倆的這段對話，便道：「不用還了。」

白氏道：「這才像話！」

後來少南將自己剩餘不多的零花給了青竹，補了三兩多，青竹本來不要的，少南卻堅持道：「妳存個錢也不容易，本來這一份很該公中出的。」

青竹見他說到這個分兒上，只好收下，心想以後要用錢的地方還有很多，自己手裡有點錢也好辦事情，不必張口問別人要，還要看別人的臉色。

買的那疋潞綢，青竹說她要裁衣裳也用不了那麼多，少南便道：「我看不如送半疋給大嫂吧？兩個姪女兒也能穿。」

「小丫頭穿這樣的顏色會不會太素了些？」

少南又看了青竹一眼，含笑道：「那要是給明霞的話，妳願意嗎？」

青竹道：「你買的，送誰都成，我不管。」

「那給明霞吧，從小到大，我也沒買過幾次東西給她。」

青竹聽了也不量尺寸，只對摺幾下，找把剪刀，從中剪開來，分了一半給明霞。

明霞拿到半疋布料時真歡喜，又覺得比往日穿的那些花花綠綠的衣裳都順眼，聽說是青竹給她的，便道：「她還算有些良心！」

明春見沒有自己的分，就在一旁陰陽怪氣地說道：「妳還以為是真的買給妳的啊？不過是用不完，施捨一點給妳罷了，瞧妳樂成那樣，真像沒見過什麼好東西似的！別說這樣的潞綢面料，比這樣好許多的綢緞我也都穿過！」

明霞反唇相稽道：「大姊不就是因為沒得到才這麼說嗎？妳說的那些不都是在馬家的經歷嗎？如今妳不是馬家的人了，還提這些陳年往事幹麼？」

明春氣得咬牙，心想她就這麼一個妹妹，現在和她也不是一條心了！

明霞摺好布料後，便歡歡喜喜地去向青竹道謝。

青竹沒當回事，只淡淡地說道：「這是妳二哥的意思，妳謝我，還不如謝他去。」

明霞覺得青竹雖然冷淡了些，不過心腸卻是好的，便笑道：「兩人我都謝！回頭我讓娘給我做身大襖，還想再做條裙子！」

少東的腳依舊在康復中，都還算順利。

這個冬季裡就沒多少事了，少南和青竹的事，永柱當著家人的面正式提了出來。

白氏如今也默許了，說道：「我讓人算了，冬月十三是個好日子，我看就選在那一天吧？」

永柱沒什麼異議。

不過少南卻起身說道：「爹、娘，兒子有幾句話要代表青竹說說。」

永柱看了他一眼，點頭道：「什麼事你說。」

少南又看了一眼坐在角落裡的青竹，這才緩緩開口道：「青竹想要一個正式的儀式，我也答應了，現在只請二老允准。」

「什麼叫正式的儀式？擺幾桌酒席就完事了，正好今年我也做了幾幅新被面，彈了新棉絮，一併妝點了，哪裡不正式呢？」白氏心想，這丫頭又鬧什麼彆扭呢？

「不，青竹是希望能有個正式的嫁娶儀式，三媒六證、大紅花轎、拜天地、入洞房，一樣都不能少。」

「什麼?!」永柱和白氏一臉驚異地看了看坐在角落裡不吱聲的青竹，又看了看少南。

永柱這才道：「這可是不合規矩的事，又不是讓你再娶一次，不過就是補圓房的酒，哪要那麼麻煩？」

白氏也說：「我長這麼大，知道的童養媳也不少，還從未聽說過這一齣的，這不是要讓人看笑話嗎？簡直是胡鬧！而且這得花多少錢呀？」

青竹心想，他們看中的是臉面、是錢，自己看中的又是什麼？不過是身為女子的尊嚴而已。她又不比別人差什麼，憑什麼就得委委屈屈、冷冷清清地將自己給打發了？反正少南答應過她，這些事少南會出面，她也實在不想杵在這裡聽他們爭論，便起身往外走。

翠枝也坐在同一張桌上吃飯，心想這青竹果然有兩下子，能為自己爭取一下，還真有本事。雖然她也沒見過這樣的行事，不過卻是站在青竹這一邊的，這些本來就是她該得的東西。

明春卻想，青竹倒是能幹，就這麼輕輕鬆鬆地挑起了家裡的事端。白養了她六、七年還不夠，如今還搗騰出這麼一齣鬧劇來？自己倒想看看這齣鬧劇如何收場。

明霞則是一副事不關己的樣子，反正也輪不到她說話，索性就一句話也不說，只顧著吃飯。

「當初她老爹死了，沒錢買板，我們家幫襯了那麼多的銀子，將她賠過來給你做童養媳，白吃白住這麼多年，我問她要過半點錢嗎？現在卻玩這一齣，還真是胡鬧！老二你也不懂事，怎麼她說什麼，你都由著她？那麼多的書我看是白讀了！」白氏氣得渾身顫抖，兩眼翻白。

少南忙道：「娘消消氣，我倒覺得青竹說得沒有什麼地方不對，再說她也沒有要求要大操大辦，不過是我們家象徵性地出點彩禮罷了。她說他們夏家還會陪嫁妝過來，到時不都抵消了嗎？不過是去雇抬轎子，正兒八經地抬進來，正兒八經地拜了天地，這才像話。當年她進我們家的時候不過八歲多，什麼都沒有，就這麼來。她在我們家住了這麼多年，幫我們家做了多少事，難道還沒有功勞？不是她從中出主意，我們家的魚塘、藕塘能有？一年還能賺上百兩的錢？這房子還能修起來？」

白氏聽了兒子這番話，不由得急了，道：「得了，別說得都是她一個人掙的，她可沒出過半點本錢，別把她抬那麼高！我的意思也很明確，由不得你們胡鬧，實在不行，我看就退了這門親事，再給你說門別的親事！我就不信除了他們夏家的丫頭，就找不到別的姑娘！門第比她好、家室比她好、模樣比她好的，多得去了！」

少南又氣又急，心想母親怎麼就不能站在青竹的角度想想呢？又見她說出要退親的話來，也顧不得什麼，當即拉著白氏的衣袖，跪下央求道：「娘，兒子知道世上好姑娘多得是，可就算娶來一個天仙又怎樣呢？這世上夏青竹只有一個！」

白氏卻轉過臉去不看少南，氣呼呼地說道：「我不知道那個丫頭給你灌了什麼迷魂湯，讓你只是執迷不悟。我不識字，不知什麼大道理，也說不過你，總之就是不許你們胡來，落得別人笑話！」

這娘兒倆一言一語地爭論著，永柱卻始終保持沈默，直到白氏和他說話。

「你是當家作主的，怎麼也不說說老二？聽聽他嘴裡都說的些什麼！」

永柱仔細想了好久才開口。「我看這事就這麼辦吧。」

「什麼叫這麼辦？」白氏心想，丈夫如今也向著青竹不成？

永柱道：「我們項家又不是娶不起媳婦的人家，青竹在我們家過了這麼多年，什麼髒活累活都幹，可曾有過半句怨言？少南說得對，不是她，我們家哪有現在這幅光景？既然妳以前說少南以後有了功名，如果再提起有個童養媳出身的媳婦不光彩，那不如就正兒八經地娶一次吧，也好堵了那些人的嘴。」

白氏愣怔了。「什麼？你也跟著胡來！」

少南見父親答應了，忙給永柱磕頭道謝。

永柱卻扶住了他，說：「你去跟青竹說，叫她別擔心，不會讓她覺得委屈。要是有什麼地方疏忽的，讓她說出來，別存在心裡。」

「是，謝謝老爹成全！」少南歡喜至極，心想果真還是父親開明，這下青竹就不會離開他們家了！

屋裡人都面面相覷，心想這事就這麼定下來了嗎？還真成了？

雖然永柱作主，但白氏卻堅持不同意，認為是跟著瞎折騰，今年遇上瘟疫，損失了不少，哪再有閒錢弄那些？

不過家裡這等大事白氏卻作不了主，永柱拿了主意，雖然白氏不情願，但見丈夫如此，也只好勉為其難地答應料理了。

少南住的屋子騰挪出來，用做新房，他暫時搬到以前青竹的屋子去，而青竹則收拾了下回夏家去了，就等項家定日子。

蔡氏的風濕病又犯了，正在家休養呢，突然見青竹回來，還只當是來家住兩天看望他們的，可當青竹將這事告訴蔡氏以後，闔家都驚了一跳。

正好姑姑夏氏也在這邊，聞言連聲說道：「嘖嘖，妳倒還有些手腕，這麼看來也算是正經嫁出去的了。」

青竹回道：「難道我不配？」

夏氏覺得這個姪女兒說話有些嗆，在項家歷練了幾年，一點也不像小時候那般怯懦了，忙道：「我可什麼都沒說，妳配，當然配！」心裡想的卻是：這個二丫頭怎麼如此多事？這樣下來不還得白白地陪上一份嫁妝給她嗎？也虧得太多了！便想要私下勸蔡氏幾句。

青竹來家，姊妹們都歡喜。夜裡青竹和青蘭住一處，倒還算方便，閒時則幫青梅帶一下孩子，在這邊的感覺還不錯，趁此也能好好地休養一段時間。

夏成已經長成個十歲的小少年了，和當初那個走路跌跌撞撞的小不點大不相同，而且在學堂裡唸了幾年書，倒也規矩懂事不少，只是越來越靦覥，特別是在別的女孩面前連話也不敢說，總是會臉紅，青竹覺得這個純情的弟弟有幾分可愛。

對於青竹的事，蔡氏找到青梅兩口子商量。

「這事太突然了，我竟一點風聲也沒聽見，好在項家也允准了。這丫頭剛到他們項家時也受了不少苦，幸好這兩年的日子好過一些，現在提出這樣的要求竟被答應了，也是他們項家看得起我們夏家的意思。如今家裡好些事都是你們倆作主，所以我想來問問你們的意思，打算怎樣呢？」

青梅含笑說：「娘，青竹是我親妹妹，自然不會虧待她，我們家要嫁妹妹還是嫁得起的，放心吧。」

蔡氏聽見青梅這麼說，方輕鬆了不少，心想既然青梅開了這個口，那麼以後的事也都好商量，於是又問謝通。「女婿是怎麼個看法？」

謝通見岳母問，只笑道：「一切由媳婦作主。」

「那好，你們都答應了，那麼就慢慢地辦吧。」一面也等項家那邊提日子。

青竹知道夏家的日子剛好在溫飽線上，這裡自己又突然回來了，後面花錢的事也不少，她是個有心的人，便將平日所攢下的積蓄拿出一大部分來，大約也有十幾兩的銀子，全部交給蔡氏，並道：「娘，我知道自己任性，給你們添麻煩了。這點錢是我這些年存下來的，妳拿了去，有什麼地方要用錢的，就拿去花吧。」

蔡氏卻不接。「既然是妳自己存的私房，那麼妳就自己收著吧，以後也是要開銷的。」

青竹忙解釋道：「不能因為我的事讓家裡為難，雖然家裡也有些產業，可也賺不了多少。再有，大姊一家四口也都要吃喝，不能處處都用他們的錢。」

蔡氏想，確是這麼一回事，又見青竹一再堅持，只好暫且收下，道：「妳的錢，總歸還是用到妳身上。就像妳大姊說的，我們夏家也還嫁得起女兒，我會給妳準備一份嫁妝，雖然不是很豐厚，但也是我這個母親的一點心意。」

「隨便娘如何處置。」青竹沒別的話。

蔡氏這裡拿了青竹的錢後，又忙去找青梅商量事情。

青竹則去了青蘭的屋裡。

青蘭正伏在小桌上描花樣呢，描了好幾次也沒描好，便將筆遞給青竹，微笑著說：「二姊，妳幫我描一下。」

青竹見是一幅團花牡丹，紋飾有些複雜，遂提著筆慢慢地描了起來。

青蘭在一旁看著，忍不住稱讚。「還是二姊描得好！」

這裡蔡氏和青梅議事，青梅聽母親說完情況，點頭道：「二妹這筆錢，我看還是全部添成嫁妝給她吧，以後也都是她自己的東西。」

蔡氏道：「我也正是這個意思，所以來找妳商量，看給準備些什麼好？繡活什麼的應該是來不及了，這些年繡了些，原是要給妳三妹的，這會兒若是給了妳二妹，又怕妳三妹心裡堵。」

青梅笑道：「娘多慮了。家具什麼的也必須得有，一會兒我讓孩子他爹去張木匠那裡問問看，怎麼著也得有一個櫃子、一個箱子吧？桌椅板凳的也不能少。至於繡活呢，我平時也做了些，就不知她瞧不瞧得上？這好的被面也該有，只怕是來不及做了，只好明兒上街去看看有沒有合適的？再給打兩套首飾。另外，鍋碗瓢盆的，就看娘要不要給準備？」

蔡氏點點頭，心想這些都辦齊了才像那麼回事。

第七十八章 祭祀

過了兩、三天，少南突然來了。蔡氏和青梅去街上，謝通去了張木匠家，家裡就她和青蘭並小吉祥。

青蘭見少南穿過了籬笆，便和青竹說：「二姊，妳看誰來了！」

青竹抬頭一瞧，卻見少南站在籬笆外向她招手，她趕緊跑去開了籬笆門，含笑道：「你怎麼來了？」

「那是因為我想妳了，所以過來看看妳。」

「少來油嘴滑舌的，我可不買帳！」青竹側了身子請他進院子來。

青蘭在簷下正陪著小吉祥玩，也忙起身笑道：「是二姊夫來了！」

小吉祥口齒不清，也跟著青蘭說：「二姊夫。」

青蘭連忙糾正他。「你別跟著我學，你該叫二姨父！」

小吉祥惶惑地看了看眼前的三個人，有些怯怯地躲在青蘭身後。

少南才不和這樣的小不點計較。

青竹在跟前陪少南說話，青蘭趕著給少南倒茶後很識趣，抱著小吉祥去別處玩了。

這裡少南和青竹道：「日子已經定下來了，選在臘月十八。」

青竹點點頭，心想好在不是冬月十三，不然也沒幾天，什麼都很倉促，又試著問他。

「大伯娘一定很不高興吧？一定又嫌我愛鬧騰。」

少南道：「妳是知道她脾氣的，要說嘮叨肯定是少不了，不過見爹已經拿了主意，也只好順從了，這些天都在找人幫著選日子。好在八字以前就合了，可能再有半個來月就要來下禮了。」

青竹心想，也還算快。兩人坐著扯了一會兒家常，少南又問候了蔡氏等人，不過青竹卻更關心少南的備考。

少南卻滿不在乎地說：「終身大事當前，我想那考試做什麼？再者還有大半年呢，過了正月再努力也還來得及。」

青竹嘲笑他。「我就說你太過自信了，已經到了自信爆表的程度。」

少南自然聽不懂，苦笑道：「倒不是我自信，不過這幾天在家溫書也溫不進去，還時常要替爹娘跑腿，不如就等過完了這事再說吧，我可做不到一心二用。再有，妳也不在身邊。」說著要去拉青竹的手。

青竹卻縮了回來，心想讓青蘭進來看見像什麼話呢？

過了大半個時辰，蔡氏和青梅回來，買了不少東西。

少南忙起身招呼問候，又說定下了日子。

蔡氏一聽，想想時間還寬裕，家具現打只怕都還來得及。

不多時，青梅、青蘭下廚去了，蔡氏在自己房裡算支出，青竹依舊和少南說著話。

少南也沒待多久，吃了飯、略坐坐，就說要回去了，蔡氏也沒多留。

這裡青梅拉著青竹進屋，給她看上街買的一疋大紅的繭綢，這疋布就花了二兩三錢銀子，不過很值得。

青梅拉著青竹給她量尺寸，又笑道：「既然日子還趕得上，我看也能繡些花紋在上面，不然就這麼光禿禿的，也不好看。」

青竹這才知道，原來這是用來做嫁衣的，不禁微微紅了臉說：「什麼事都要大姊幫我操持，還真有些過意不去。」

青梅笑道：「自家姊妹，再說這些話不就見外了嗎？」量好尺寸，讓青竹幫忙記下數字後，又笑嘻嘻地說道：「去銀鋪子裡看了看，打算給妳做一對鐲子、兩對耳環、兩支髮釵，只怕要大半個月才能取到貨。」

青竹回頭和青梅說：「青蘭年紀也不小了，過一、兩年也該說婆家了吧？他們家明霞都已經有人來提親了。」

青梅笑說：「我們家青蘭模樣本就出挑，難道妳還怕沒人來提親？不過娘都給擋了回去，說等她滿了十五再說。再說，也想好好地嫁一個人。娘還總說耽擱了我們倆，剩下的這個小妹妹再也耽擱不起了。」

或許是青梅成了兩個孩子的母親，讓青竹覺得更添了一分溫柔，在她眼裡，青梅永遠都是溫暖又知心的大姊，幸好她現在生活得還算如意。

「妳幹麼總盯著我看呀？」青梅被妹妹看得有些不好意思起來。

青竹戲謔道：「因為大姊好看呀！」

「兒子都那麼大了，還有什麼好看的？妳要做新娘子了，才應該打扮得光光鮮鮮的。」青梅替青竹理了一下滑落的一縷髮絲。

冬月初九是夏臨的冥壽，雖然只在他去世的周年那次小小地辦過一次，還請了人來唸經。不過這些年來，蔡氏都一直沒有怠慢，每到這一天都會簡單地祭祀一下。

今年蔡氏說難得人這麼齊全，又趕上正好是十周年，也該去墳上看看。

蔡氏差了謝通去買了香蠟、紙錢，還買了一套裁衣冠的紙，蔡氏拿著剪刀和漿糊幾下就糊出兩套衣裳來，連鞋帽都有；又讓青梅幫著準備祭品，倒還算豐富，整雞、整魚、豆腐、紅橘、冬棗，並說還得蒸一籠饅頭才像話。

家裡平時沒人喝酒，所以也很少備酒，偏偏又給忘記了，蔡氏便讓青蘭去幫著打壺酒回來。

青蘭拿著個粗瓷瓶走出來，叫了青竹。「二姊，我們一道去吧？」

「好呀！」青竹想著出門走走也不錯，姊妹倆並肩出了門。

蔡氏拿著鍋鏟，本來要問青竹一句話的，卻見她和青蘭一道走了，很是鬱悶。「怎麼打個酒還要兩個人一起去啊？」

「這魚得翻面了，不然只怕都要煎糊了。」青梅趕著將灶膛裡的火給掩了掩，讓它不至於燃得太旺。

蔡氏聞言趕緊來翻面，好在她技術不錯，翻面時也沒破壞魚的形狀。

準備好祭品，一家子攜家帶口的便去夏臨的墳前祭奠了。

關於夏臨的墓地，青竹本就沒什麼記憶，更別說這個她從未見過面的父親，自然也說不上有什麼深厚的感情，只是從旁人口中大致勾勒出一個父親的形象而已。要說父愛的話，更多是于秋時的記憶，在這個時代，則或多或少地從永柱那裡得到了一些。

當一家子來到墓前時，青竹看見一座矮小的土堆，已被枯藤殘枝覆蓋得差不多，只隱約能看出個像是墳頭的形狀來。

蔡氏伸手去拔墳頭上的草，哪知長得太結實了，除了能去掉一些細絨草外，別的好像沒有多大的成效。

這裡夏成趕著清理了一下一塊被樹葉覆蓋著的、只露出一角的青石板，這石板是用來放供品的。

之後姊妹三個便動手擺祭品，夏成和謝通兩個趕著分香燭，小吉祥則蹲在一旁幫著撕紙錢，還有一串蔡氏用錫箔紙疊的銀元寶。

上香、奠酒、進飯之類的儀式，輪不到女孩子來做。

如今夏成也懂事了，再過幾年就會長成一個男子漢，依舊是夏家所有人的希望。

夏成主祭、謝通陪祭、小吉祥奠酒，姊妹三個一起磕了三個頭。

青梅雙手合十，向泉下的父親禱告著。「爹，您地下有知，也都看到了，齊齊整整的一家子都在這裡呢！二妹也在，您兩個孫子也都來了。您老人家生前辛苦了一輩子，雖然沒得過善終，不過夏家永遠也不會倒的，我們都會齊心協力地撐著這個家。」說著又去磕頭。在他們幾個當中就青梅對夏臨的感情最深，十年前的那一幕幕，青梅自始至終也沒忘記。心想好在一家子都好好的，爹爹也不會有什麼遺憾了。

青竹見青梅一臉凝重，又極盡虔誠。她扭頭去尋找蔡氏的身影，卻見蔡氏佝僂著身子，正捧了旁邊的土往墳頭放去，應是想著再壘高些就好了。

還不到四十的婦人，此刻在青竹眼裡突然感覺像是瞬間蒼老了十歲似的。母親這個時候在想什麼呢？是在回憶那些青春時的年少時光，兩人依偎過的幸福，還是獨自一人的淒涼？這生與死的距離誰也跨越不了，誰都懼怕孤獨。

青竹怔怔地看了一會兒，覺得眼眶溫熱，鼻子發酸，有些不忍地偏過頭去。

這青山環繞的山腳下，此處的風光說不上好，但卻格外幽靜，遠離世間所有的煩囂，想來當初要尋這麼個地方也是找了陰陽先生反覆地看過後才定下來的。作為父親的長眠之處，青竹覺得還不錯。

青梅再接著禱告。「爹，二妹也終於要成親了，能風風光光地從我們家嫁出去，請您保佑二妹一輩子都平安幸福吧！」

這個家對青竹來說或許稱不上有多濃厚的感情，但這個家的每個人卻都能帶給她小小的溫暖，青竹想，這也是一種幸福吧！

等到祭奠完放鞭炮時，青梅忙抱著小平安走遠些，又替他捂好耳朵。

隨著噼啪聲響起，整個儀式也就結束了。

蔡氏和兒女們一道幫著收撿東西，突然和夏成他們說：「旁邊這塊地一定要給我留著，我得陪著你們爹。」

「欸！」夏成答應著，又道：「等以後我出息了，也將周圍好好地收拾一番，立個像樣的墓碑，再栽種些松柏之類的。」

聽見夏成這麼說，青蘭不禁在旁邊說道：「是呀，這些也該你做，誰叫你從小就什麼好處都占了！」

夏成拉著小吉祥，彎腰和他說道：「你小姨現在還吃你小舅的醋呢，好玩吧？」不過小吉祥卻聽不太懂。

等火苗都燃完了，準備離開時，謝通卻拿著鋤頭還在整理墳頭。

夏成也留下來，並道：「你們先走吧，我和大姊夫再做一會兒。」

回到家後，蔡氏說腿疼，便回房休息去了。

青梅幫著收拾了一下，青蘭則幫忙帶小平安。

青竹心裡掛記著母親，知道蔡氏平時搽的藥酒，拿來一瞧還有一些，便給她拿去了，卻見蔡氏歪在躺椅裡，正理著一團麻線。

「娘不是說腿疼嗎？怎麼也不歇著？」

「我這不是歇著嘛。」

「娘哪裡疼？我幫妳搽搽。」

蔡氏卻阻止她說：「放那兒我自己會搽，這藥酒毒性大，妳別用手去摸，年輕女孩子家家的，要遠著這些。」

青竹自然明白蔡氏話裡的意思，便把藥酒放在一旁，讓蔡氏自己弄，又取過麻線來替她整理著，母女倆就這麼坐在窗下。

雖然挨得這樣近，不過這個母親的心思青竹卻是不大能琢磨透。看著她的側臉，的確比這個時代的同齡婦人都要蒼老，明明比白氏要小十幾歲，卻感覺差不多年紀，那鬢角的白髮也越發地多了起來。青竹不免想到，自己到蔡氏這個年紀時也會如此嗎？想到此處不免一驚，不行，她才不要這樣未老先衰。

蔡氏見青竹肯安安靜靜地坐在旁邊，覺得頗為順心，又緩緩地和她說道：「怎麼給別人做媳婦的話我也就不多說了，妳在他們家幾年了，也深刻地領會過。記住，要對長輩恭順盡孝，做了什麼好吃的，一定要先給長輩嚐。」

青竹含笑道：「我知道。」

「妳有一肚子的主意，我也不再多說什麼了。不過當母親的，總歸都是想著你們好，這輩子也就能交差了。我不奢望能活到六十歲，還擔心妳爹一人太寂寞，想早點去陪他呢……」

「娘……」青竹喚了一聲，剛才那一幕又浮現出來，覺得喉頭哽咽，可又不好當著母親的面落淚，便強顏道：「娘和我說說妳和爹的事吧！」

「說什麼呢？沒什麼好說的，過了這麼久，好些事我都忘了……」蔡氏瞇著雙眼，眼角的皺紋突顯，怔怔地望著窗外。被青竹這麼一提醒，她彷彿打開了回憶的盒子……

那年她才只青蘭那麼大的年紀，媒人到家和娘提起夏家的事，娘是知曉一些夏家的情況，一口答應下來，忙著找人合八字，結果說是她的命太孤刻，不見得是好良緣。是呢，從小到大都說她的命格不好。

蔡氏伸出自己的右手掌，已經布滿了繭子，可斷掌的紋路依舊清晰。一直以來上門提親的不少，可每當合了八字，又聽說她是斷掌以後就都沒音信了，因此那時候蔡氏也沒抱什麼希望。不過一個月後，竟然傳來夏家願意結這門親事的消息，聽說他們家就是想要找一個命硬的女人來沖喜。

親事就這麼定下來了，在正式成親前，蔡氏也見過夏臨兩、三次。直到現在她還記得那個瘦弱白皙的少年，記得他穿了身陳舊的藍色粗布衫子，一張紅彤彤的臉。那時候她還那麼青澀，也不敢正眼看他，說了兩句話就去別的屋子了，後來聽說他用了午飯才走的，不過才走沒多久就遇到了雨。這麼多年來，蔡氏一直想問夏臨，那天到底有沒有淋著雨，不過卻一直忘了問他，等到她再想起時，卻永遠也得不到答案了……只好未來到了那邊再問他一句，這些年到底有沒有後悔過？

青竹看見母親滿臉的淚痕，微微囁嚅的唇角，也不知她到底想說什麼，只知道她一定是在想念那個久久沒有再回來的人。

青竹掏出自己的手帕，溫柔地幫蔡氏拭著臉上的淚水，低低地說：「人呀，不管是生還是死，不管隔著多遠的距離，能有人一直念著想著，就是一種值得。」

蔡氏回頭看了眼青竹，阻止了她拭淚的動作，溫和地說道：「你們爹要是還在該多好，該多好呀……」

暖暖的冬日此刻正好照進屋子裡，地上映出母女倆緊挨著的身影……

第七十九章 下聘

這些日子以來，家裡都在為青竹出嫁的事而忙碌。喜服還沒縫完，青竹嫌自己的針線活不好，可畢竟蔡氏身子不大舒服，也不好一直讓她辛勞，因此自己也試著縫了些。

家具那邊是現打的幾件，也要到臘月初的時候才能做完，青梅倒對青竹有些歉意。「妳姊夫說，因為太倉促了，要去找好木頭已經來不及，只好用些雜木，妳別嫌棄。」

青竹道：「我哪會嫌棄呢？不多虧了你們從中幫忙。」

「這是應該的，一家子也別說見外的話。」

今天是過禮的日子，一大早，青竹同青蘭就將屋子裡裡外外地打掃了一遍，蔡氏和青梅忙著廚下的事。

蔡氏見時辰有些不早了，可左等右等也沒見夏氏來，心想這人不會記錯日子了吧？

青梅笑著說：「娘是脖子都快要望斷了，放心吧，姑姑既然答應了，就一定會來的。」

蔡氏道：「妳姑姑在旁邊我也安心些，他們項家的那個當家太太有些驕傲，我只怕鎮不住場子。」

青梅道：「他們項家的那個母親前些年時哪裡正眼看過我們？真難為二妹這幾年在那邊苦熬。我聽說她原是不答應迎娶的，後來禁不住項家老爹堅持，這才勉為其難地答應下來。可以想像得出來時會是怎樣的臉色，有姑姑在跟前的話，的確要好說話一些。」

都快巳時二刻了，夏氏這才帶著兒媳婦趕來這邊。

蔡氏連忙迎上去，滿口說道：「哎呀，我還當大姊忘了，總算是來了，快請坐！」

夏氏看了屋裡一眼，心想項家人不像已經來了的樣子，便道：「不算晚吧？畢竟走了這麼遠的路。」

對於錢家的那位小媳婦，青竹跟著青蘭一道以「嫂嫂」稱呼，見她穿著一身半舊的玫瑰粉大襖，身子裹得圓滾滾的，根本看不出脖子來，越發顯得身子圓、腦袋小。

青竹對這個表嫂原本還有些印象，不過幾年沒見，還真的變了，記得以前一副嬌弱的樣子，現在竟然一點也看不出。後來青蘭私底下告訴她，那是因為生了孩子以後，身材走形，還沒恢復過來。

夏氏身為青竹的親姑姑，也捎了份添箱禮送來，兩根銀簪、一雙新鞋、一雙新襪、一疋藍花布。禮很簡單，但也是夏氏的一片心意，蔡氏忙將青竹叫來給她姑姑道了謝。

這裡已經備好了沏得香氣濃郁的熱茶，青竹親手給夏氏斟了大半杯，捧給她，又倒了一杯遞給表嫂。

夏氏正好想暖暖手，接過茶後向青竹點點頭。「這麼一來，妳也不算他們家的童養媳了，也是正經娶過去的媳婦。還以為是板上釘釘的事，沒想到還有乾坤扭轉的時候。加把勁，給他們項家生個兒子，妳也有功勞了。」

姑姑的話其實沒什麼錯，不過青竹卻想：我嫁到他們家去，難道就為了生個兒子嗎？

「他們項家當初要妳過去，說妳的命格好，沒想到妳去了幾年，他們家真是越來越不錯，看來也不假。」不過說到命格，夏氏不免看了蔡氏一眼，因為這事她心裡頗有微詞。

也不知當初父親是怎麼想的，為了給病重的母親沖喜，偏偏要兄弟娶這樣一個不祥的女人進門，命實在是硬，母親過沒兩月就沒了，後來連兄弟也給剋死了，好在沒有報應到子女身上。不過此刻再說這些話的確有些不妥，夏氏是個知趣的人，便低頭喝了兩口茶，臉上依舊掛著若有若無的笑。

都快午時了，這邊的人早已經等得不耐煩，這時白氏和永棡媳婦並白顯兩口子，四人一道來了，都是青竹無比熟悉的人。這裡夏家人連忙迎接著，在堂屋裡待客。

白氏的臉上瞅著是淡淡的，但畢竟是兒子的好事，也不好做出十分難看的臉色，這又是在客中，更不好表現出不耐煩的神情。

下聘禮自然少不了聘禮本身，抬了兩抬東西，用大紅布蓋著，此刻就擺在堂屋正中。姑姑果然是個來事的人，幫著蔡氏招呼人，又和白氏寒暄，因生了一張巧嘴，不出一陣子就引得白氏一陣笑。

「既然是要從頭行禮，這該有的儀式也不能少。不過青竹這些年是在我們家長大的，供她吃穿供她住，且今年養的鴨子又遭了瘟疫，損失了好些錢，要說聘禮的話，也不可能太出色，不過是個形式而已，親家母不要見怪的好。」白氏說著便讓陳氏幫忙將那些紅布揭開。

眾人看去，只見有一對大白鵝、一罈酒、兩疋簇新的棉布、一小瓷罐的上等茶葉。

夏氏見幾樣禮還算齊全，也沒什麼好挑剔的地方。

白氏又讓兄弟白顯取出錢來，將兩塊銀子推到蔡氏的面前，笑說道：「十二兩銀子，給你們家做酒席用，能陪嫁些東西過去當然是最好不過。」

蔡氏笑吟吟地接過去，心想親友不算多，計劃了五、六桌的酒席，想來錢是夠了，若還有剩餘就給青竹添禮吧！

青竹聽說給了十二兩銀子，想著這白氏果然還是摳門，想當初明春那時，馬家給了五十兩的禮錢，那白氏還嫌少呢！不過她也不能要求太多，就如白氏所說，自從八歲起她就在項家那邊，長了這些年，算是項家養大的，如今還要回過頭來給聘禮，只怕是一百個不願意。

夏氏在跟前幫著招呼客人，蔡氏坐了一會兒又到這邊廚下看飯菜準備得如何了。

這邊三姊妹正在來回地忙碌呢，青梅見蔡氏過來了，忙道：「娘幫忙看一下火，我去給小平安餵奶，只怕早就餓了。」

這裡夏成和小吉祥正負責照看小平安呢，小平安扯著嗓子哭了許久，小臉皺巴巴的，兩個小夥子硬是拿這個小奶娃沒辦法，幸好青梅趕來了。

見兒子哭得緊，青梅連忙將他抱在懷裡哄，又輕斥兩人。「一個當舅舅的，一個當哥哥的，竟然照顧不好一個小奶娃！」

夏成反駁說：「他只知道哭，又不會說話，我怎麼知道他哪裡不舒服？」

「想來應該是餓了。」青梅解了衣襟便要給他餵奶。

夏成便和小吉祥說：「我們出去吧。」

夏成想到什麼，回頭又問青梅。「大姊，二姊夫今天怎麼沒來？」

青梅笑道：「他來做什麼？」

忙碌了整整一上午，總算是做出了三桌的飯菜。

青竹知道白顯要喝酒，本來讓姊夫在旁邊陪著，偏偏謝通又不善飲，兩杯酒下肚，那臉就紅得跟柿子一般。

這裡蔡氏和青梅又得張羅回禮，回禮準備得就更加簡單了，備了兩斤春茶、四斤自己做的桂花薄皮酥餅、四斤紅彤彤的橘子。

飯後，白氏一行人也不久留，便要告辭。

蔡氏和青竹倆忙去幫著找車子，不然一路走回去的話，得花上將近兩個時辰的工夫，很是費腳。

等送完白氏他們回來，姑姑也說要回去了。

蔡氏拉著她說：「大姊，家裡的情況妳是知道的，好歹請妳臘月十七，最好是十六就過來幫一下忙吧！」

夏氏道：「知道了，該準備的你們都準備著吧。想來也不會有太多客人，畢竟這些年夏家來往的人情並不多。不過總歸是件好事，該請的都得請一請。」

蔡氏答應著。「大姊說得是，我知道了。」

夏氏見青竹在跟前，便道：「我看他們項家這個當家太太不簡單，妳小心應付著吧。好了，再耽擱下去回去該晚了。」又回頭叫兒媳婦。

蔡氏趕著去相送，又說要幫夏氏婆媳倆找車子。

夏氏忙道：「倒也不用，這條路來回走了好多次，我們娘兒倆腿腳又快。」

下了聘禮，那麼親事就算正式進入倒數計時了。

結婚那天要穿的喜服，在蔡氏母女的連夜趕工下，總算替青竹縫了出來。

青竹曾經嫌麻煩，甚至還說過「就穿這麼一天，隨便應付過去就行了，幹麼要做得這麼仔細呢」，不過蔡氏卻說「加緊些就能趕出來，別說那些話」。

現在青竹正被青梅拉著試衣裳，是件大紅寬袖的繭綢大衫，配著四幅湘裙。從衣襟到衣袖，都用了五彩絲線繡出時新花草紋；裙子四面繡著四幅不同的紋飾，分別是喜上梅梢、瓜瓞連綿、福壽綿長、吉慶有餘，都是寓意吉祥的圖案；配著的腰帶雖然鑲不了金玉珠寶，卻撚了金銀二線，繡了繁複的卷草紋，很是雅致。

青竹穿在身上，覺得偏大了些，這樣的寬袖青竹穿著覺得不大舒服，心想還沒平時的衣服自在。

青梅低頭替青竹繫好衣帶，反覆地看了看。

青蘭在一旁嘲笑道：「有幾分新娘子的味道了。」

「好看嗎？」沒有穿衣鏡可以照，青竹自己是看不見現在到底是怎樣的光景。

青梅和青蘭一同點頭笑說：「當然好看！妳生得好，穿什麼都好看！」

青竹不過試了一下，就趕著脫下來了，這一針一線都是母親和大姊的心意，不能給穿髒了，還得好好地留著。

早在前些年，青梅得了幾尺白色的細紗，本來是要拿來做帳子用的，可那是富裕人家才用得上的，再說也不夠，他們家裡根本就用不了。不過頂不住她手巧，就著這疋白紗，在上面繡了梅蘭竹菊四君子圖，倒也十分雅致，又繡的是雙面繡，前後看著都好看。繡好以後，她心裡也有了主意，等青竹的事出來，就將這個裱了，做成小紗屏送給青竹。青梅早已經將這繡品交給謝通，讓找張木匠幫著配了框、鑲了底座，又上一層黑色的漆，更加地顯出等級來。

如今青梅將紗屏拿出來，對青竹道：「這個送妳吧。」

青竹覷著那屏風看，不禁就想起白氏過壽時，少東以前的掌櫃送來的那架大繡屏來。這個雖然不及那架大，不過卻著實雅致了不少，也更顯出幾分等級，不免笑道：「我們姊妹三個就大姊手最巧，做出的東西也好看！只是，那邊怕也沒處可擺放。」

「這有什麼？總有用得上的時候。不過有一句話我先說在前面，這架屏風算是姊妹情誼，二妹別轉手送給別人就行。」

「哪裡捨得呢？我會一直留著的。」青竹這是真心話。

蔡氏去請了同村裡交情還不錯的崔氏的兒媳婦來給青竹梳頭。

諸事也陸陸續續地齊全了，家具總算趕在臘八節前打了出來。

蔡氏本來說要買點大紅漆來上一層漆料的，不過青竹卻道：「小平安還太小了，這漆有毒，他吸入肺裡只怕不好，我看就不用了。」

「就這樣也不好看，至少也得上一層清漆吧？將這些都堆放到空屋去，等他們來拉嫁妝時再搬出來就好。」

對於母親的堅持，青竹也不好掃了她的興，便交代青梅不要將孩子抱到那空屋去。即將成為新婦的夏青竹並沒顯露出多少激動和羞怯來，反正那邊的日子她也過了好幾年，都是熟悉的，每個人的性情也都是熟悉的，最關鍵的是，她要嫁的那個男人也是知根知底的，自己並不怎麼抵觸。

青梅給青竹送了架紗屏作添箱禮，青蘭是親妹妹，也拿了幾樣自己繡的東西來送給青竹。「二姊，我自己做的這些雖然不及大姊做的屏風好，但也希望二姊能喜歡。」

青竹翻了一回，只見有一雙紅緞子繡鞋、兩張細棉布手帕，一張繡的是花草蝴蝶，一張繡了兩叢藍色的蘭花、還有一張包頭的帕子，都是新做的。青竹沒有包頭的習慣，不過心想可以拿來做圍巾之類的繫在脖子上，應該也不錯。

青竹拉著青蘭的手說：「等妳出嫁了，我給妳添份厚厚的禮。」

青蘭忙道：「二姊快別取笑我了！這些東西原也拿不出手，二姊勉為其難地收下吧。」

「哪裡有不收的道理？」青竹一一地疊好，放進一個包袱裡。

夏成自己沒錢，也不像姊姊們能做針線活，不過姊姊出嫁他也不能沒有表示，便去街上買了一張灑金的大紅紙箋，寫了一幅卷軸送給青竹。

青竹細細地端詳著那字，上面是「佳偶天成」四個斗大的楷書。

夏成顯得有些不好意思起來，微紅了臉說：「我這字寫得馬虎，實在不敢和二姊夫的字相比，二姊莫笑話。」

「哪裡會笑話你？這樣好的字，我是寫不來的，難得你有這麼一片心。」也歡歡喜喜地收下了。

姊妹們之間相互送了禮，或多或少，都是一片赤忱的心意，在青竹眼裡看來都是一樣的貴重。

蔡氏說那百子被是趕不出來了，青竹針線上的活計也沒做出多少來，好在這迎娶也只是個形式，那邊的日子青竹是極熟悉的，婆婆要挑揀也挑揀不到哪裡去。

蔡氏以前也做了不少活計來，翻了翻，尋了三雙鞋子，也給了青竹，交代給她。「這些就算是妳做的吧，堂上二老每人一雙，剩下的這雙男鞋就給項家的老大吧。對了，還有一個大嫂，我那裡還有一塊包頭，就是顏色不大好，也不知她嫌棄不嫌棄？」

青竹想到青蘭送給她的包頭她也用不上，不如就給了翠枝吧，便笑說：「既然不合適，那就別拿了，我想辦法添補上吧。」

「也成。我還做了幾個荷包呢，妳也都帶上吧。大姑子、小姑子、姪女什麼的也得有個見面禮才行。」說著拿了有四、五個荷包來給青竹，雖然都是些碎布頭做的，但件件各不相同，送人也拿得出手。

青竹也收下了。

雖然沒有百子被，不過家裡有新做的棉絮，蔡氏打算給青竹兩套，被套也有，原本是要準備以後給青蘭用的，眼下也只好先給青竹應急再說。枕頭什麼的，這一、兩個月來也做了一對。枕巾是青梅描的花樣，青竹自己繡了大半部分，後面是蔡氏幫忙補上的，繡的是鴛鴦戲水的紋飾。

七七八八的也有不少東西，再加上一些來往親密之人的添箱禮，湊在一起，也有十來抬的樣子，雖然不是很豐厚，但也不至於太寒磣。

這些都是青竹的嫁妝，是屬於她的財產。

眼瞅著日子一天天地接近了，雖然這次場面沒有當初青梅招謝通上門那次大，不過村裡和夏家親近之人也都差不多趕來賀喜了。

原本只備了五桌酒席，後來因為來的人多，不得不又添加了兩桌的預算。

這裡白氏請了永樀媳婦陳氏當媒人，同樣又是接親的人，十六這一日就住到夏家來，在青竹耳邊交付了一些事項。

青竹含笑道：「二嬸說的我都記下了。」

陳氏笑道：「這樣熱熱鬧鬧的辦一場也應當，堵一堵那些瞧不起我們項家人的嘴。不過妳是沒瞧見，少南這幾日做什麼事都慌慌張張的，鬧了許多笑話，還說想趕快到十八呢！」

青竹想，倒有些日子沒見到他了。

如今青蘭搬去和蔡氏睡一張床了，這間屋子就暫時給青竹一個人住。裡裡外外都仔仔細細地收拾一遍，窗格子上已經貼上大紅紙絞出的大大的「囍」字。

事情漸漸多了起來，好在來幫忙的人也不少。

蔡氏諸事都不讓青竹管，只需養好精神做新娘子就好。不過看著別人忙碌，自己卻坐著無聊，青竹多少有些過意不去，便主動說要幫青梅照看小平安。

南溪村的人見夏家辦喜事，有真心來祝賀的、有在一旁眼紅的、也有那麼一些湊在一處的長舌婦，說起夏家的是非來，無非就是些「既然給了人家做童養媳，怎麼還有嫁娶這一齣的鬧劇來」，等著看笑話的。

俗語人逢喜事精神爽，不過對蔡氏而言，這一、兩個月來操心了不少事，倒多添了幾根白頭髮，夜裡也睡得不大安穩。不過操心的都是青竹的婚事，將以前的遺憾都彌補上了，她卻是打從心底高興的。

十七日下午，少南和白顯家的小兒子一道來迎親。這邊的規矩是要先在這裡住上一晚，隔天一早祭過祖先、用了早飯，再正式地從這屋裡嫁出去。

少南對夏家是早就熟門熟路了，見來往都是些忙碌的人，四處不見青竹的身影，便拉住青蘭問。

青蘭笑嘻嘻地和少南道：「二姊夫要瞅新娘子，朝南邊那屋裡尋去！」說著又指了指。

少南會意，忙向她道謝，便往那邊的屋裡去。

青竹正在房裡清點東西，埋頭忙碌著，卻突然感覺到有人從背後抱住了她，青竹不用想也知道是誰，便將腰上的手給扳開，含笑道：「你進來做什麼？快出去，仔細別人笑你。」

「笑我做什麼？我來看看妳好不好？」

青竹挪了張凳子讓少南坐。「正經地說句話也行，別胡鬧。」

少南當真就端端正正地坐下了，心想她在這邊住了好些日子，心情應該還不錯吧？仔細看了看，面龐似乎並沒消瘦，又見她穿著桃紅的夾襖，繫著柳黃的褶子裙，倒很少看見她穿這麼豔麗的衣裳，卻越發地襯得她膚色白淨、秀髮烏黑、眼眸清亮。看著看著，少南忍不住伸手握住她的手，正想說什麼時，陳氏卻突然一頭走了進來，青竹趕緊抽回了手。

陳氏見少南坐在這裡，便去拉他。「前面正找你呢，怎麼跑到這裡來了？快隨我來！」

少南的身子跟著陳氏走，目光卻一直追著青竹看。

陳氏忍不住取笑他。「瞧你這模樣，又不是頭一回看見，就這麼捨不得呀？過了明日，讓你天天瞧個夠！」

青竹聽見了這些話，不禁腹誹道：好個沒出息的！

該收拾的東西都收拾好了，桌上擺著幾副明天要戴的首飾，青竹一併將它們放進長匣子裡，抬手放在一眼就能看見的地方，心想別到時候人一多又四處亂翻亂找。

收拾完後，青竹走至窗前，透過窗縫瞧見了外面的情景，只見大姊夫正和少南說什麼，青竹臉上微微地浮出一絲微笑來。兩人曾經相處的點點滴滴都浮上心頭，又想到明春出嫁時，她和少南送嫁途中出的意外，他曾經用自己的性命來保護她一事。

她應該沒有看錯人，項少南是個值得託付終身的男人吧？

第八十章　大婚

雞還沒啼第三遍呢，迷迷糊糊的，青竹就被人給推醒了。

青竹極不情願地睜眼一看，卻見是蔡氏站在床前，桌上點了盞油燈，屋子裡亮堂堂的。

「該起來了，別睡了，哪有新娘子還睡懶覺的！」

青竹的睡意還很沈，只覺得眼皮在打架，身子也懶怠動彈，但想想還有一堆的事，只好無力地說道：「娘，再讓我小小地瞇一會兒就好，眼睛實在很澀……」

蔡氏想，還是過會兒再來喊她吧，畢竟要折騰大半天，讓她再多睡會兒也好。於是也不吹燈，就這麼輕手輕腳地出去了。

走到這邊的堂屋，蔡氏先上一炷香，心裡默默地唸了一遍：我不虧欠青竹什麼了，這些年多虧你保佑著這個家，也保佑著我們的青竹。

也不知過了多久，青竹感覺睡意未醒，就被蔡氏給強拉起來，將衣服也扔給了她，說道：「外面的衣服一會兒梳妝後再換吧，再不起來是真要遲了。」

被子灌進了一道冷風，青竹的身子哆嗦了一下，睡意立即少了一半，不得不穿衣起床。看了窗戶紙一眼，外面似乎還是灰濛濛的一片。

穿好了衣服，簡單地梳了下頭髮，洗了一把臉，出到門外看了看，家裡大多數人都已起床了，天色矇矇亮，似乎有一層薄霧還未散去。可能是剛起床的關係，覺得有些冷，因此青竹便又躲回屋裡。

過沒多久，崔氏便帶著兒媳婦劉氏來了。青竹見過那女人兩次面，臉短短的，皮膚有些暗黃，身材也頗乾癟，實在是其貌不揚，不過脾性溫和，言語不多，最是手巧。

對面擺放著的那塊大圓銅鏡是從別家借來的，裡面隱隱地顯出模糊的影子來，也看不大真切，青竹端端正正地坐著，任由劉氏擺弄自己的頭髮。

劉氏拿著木梳替青竹梳理了幾下頭髮後，便忍不住誇讚道：「夏二姑娘這頭髮生得真好，又黑又密，還順滑，不容易打結。」

青竹不免想起剛剛穿到這個時代時，那個單薄瘦弱的小女孩來，那時的她是一頭枯黃稀疏的頭髮，幾年來的調理總算是有點成果了。

劉氏不需要別人幫忙打下手，十指靈巧翻飛，不一會兒就梳出個雍容富貴的牡丹頭來。不過梳這個髮型就得將所有頭髮都往後，這一梳卻見青竹的額頭上有淡淡的粉紅痕跡，像是受過什麼傷。

青竹忙道：「早些年留下的，這樣露著也不好看，還是蓋著吧？」

劉氏只好又梳下了稀疏的劉海替青竹蓋上。

村裡女子出嫁，是穿不起鳳冠霞帔的，所以只好在髮型上下功夫。梳好了頭，接著描眉施脂粉，生生地弄了將近一個時辰才弄好。前面催著要行禮，這裡青竹已經換上了喜服。

青蘭走來，攙著青竹到堂屋行禮去。

這套喜服還是顯得又寬又長，總感覺不留意就會踩著裙腳跌一跤似的。

青竹看了眼換了身緋色綢衫的項少南，一副春風得意的樣子。跟著司儀的唱和，她與少南一道先拜祭了夏家的祖先，接著又請出蔡氏來，一對新人向蔡氏行了禮。

蔡氏端端正正地坐在那裡，換了身嶄新的棗色夾襖，旁邊的一張椅子是空著的。看得出蔡氏臉上雖然疲憊，卻很欣慰，流露出真摯的笑容。

等到兩人行了禮，蔡氏讓青梅給兩人紅繩繫著的兩串錢，待鞭炮聲起便算是拜祭過了。

這裡只等著開飯了，外面的院子裡已經擺了好幾桌酒席，青竹作為新娘子，是不用去應酬那些的，只用回房休息，等到上花轎就行。

親友裡有幾個小孩子扒在窗戶上，嚷著要瞧新娘子。

外面鬧哄哄的，這屋裡倒清靜，青竹在試鞋子，又覺得肚子餓，正好青蘭端了碗熬得滾熱的桂圓紅棗羹來，青竹忙接過來，笑道：「多謝妳想著我，不過身上可沒裝紅包賞妳，妳還是去問娘或是問大姊要去吧！」

青蘭笑嘻嘻地說道：「回頭我就找娘要去，看她給不給！」

這裡等到了吉時，陳氏和項家一些前來迎親的人都擠了來，要催青竹上轎，不料卻發現青竹的蓋頭不見了！眾人急忙亂翻了一陣，最後總算是尋到了。

蒙上了蓋頭，青竹就只能看見自己的腳，攙扶她的人已經換成充當媒人的陳氏，鬧哄哄的一片。最後夏成揹了她坐上花轎，放下轎簾，青竹緊緊地抱住了上轎前青梅給她的寓意平安的瓷瓶。

噼哩啪啦的鞭炮聲，伴著喜慶的嗩吶聲，青竹自己選擇了這一條路，一定要走完整個儀式，她只想擁有自己該擁有的東西。

頭一回坐轎子，青竹覺得有些晃，和坐在車裡完全是兩種感受。

坐在狹小密閉的空間裡，晃悠悠的，這樣搖晃著真想睡覺……

也不知過了多久，直到耳邊再次傳來刺耳的鞭炮聲和濃烈的火藥味，青竹這才清醒過來，心想莫非是到了嗎？

轎子停下來了，接著就有人揭起簾子，攙扶青竹，請她下轎。在旁人的指點下，青竹跨過火盆，一路向那正堂屋走去。跟著司儀的唱和，青竹和少南一道行了大禮，拜了天地，直到聽見唱和「禮成」的聲音。

青竹知道，她現在是項家正式的一分子了，今後不能再將自己當成外人。

直到入了洞房，少南揭了蓋頭，行了合巹禮，青竹才大大地喘了口氣，好在中途沒有出什麼差錯。有些悶熱，她說想換身爽利的衣裳，少南卻按住了她的手。

少南笑道：「妳急什麼呢？天都還沒黑呢，下面的儀式晚上再說。」

青竹知道他說的是什麼，紅著臉啐他。「呸，就會來打趣人家！快出去吧，再不出去，別人就要進屋子來拖你出去了！」青竹已經聽見外面接二連三地喊少南，便將他往外趕。

少南偷偷地吻了下她的臉頰，低聲說道：「妳今天真好看。」這才戀戀不捨地出去了。

青竹坐在床沿整理衣襟，心想他那句話的意思就是她平時很難看嗎？她兩眼打量著這間新房，其實就是那間留給少南的屋子。重新收拾了一遍，滿屋子的紅，讓青竹覺得很刺眼。

青竹覺得肚子咕嚕叫，便摸了摸，心想早上吃那麼早，又沒吃多少，是真餓了，可穿成這樣也不好出去找吃的。過一陣子，明霞才端了幾道菜和一碗飯進來。

青竹說了句。「多謝。」

明霞一聲不吭地放下飯菜就要走，可憋了好一陣子，才又彆彆扭扭地說道：「還沒給二嫂賀喜呢。」

青竹第一次聽見明霞稱呼她「二嫂」，倒是一怔，又忙含笑道：「有勞妳了。」摸到了一串賞錢，便給了明霞。

明霞欠著身子道謝，這就出去了。

且說少南來到外面後，白氏教他要挨著每一桌去喝酒道謝，少南不免有些頭暈。他酒量不行，說來也有十幾桌的客人，一輪喝下來還不知要醉成怎樣呢！可是規矩如此，不去也沒辦法。少東替他拿著一小壺酒，跟在他身後替他打點，少南赫然見賀鈞也趕來了，兩人會意地一笑。

賀鈞坐在棗樹下，正慢吞吞地吃著酒。他是聽見田家說少南和青竹成親的事，正好學堂裡休了學，才慌慌忙忙地趕來向他們倆道賀，但心情卻有些複雜。

賀鈞見來往道賀的不少，那堂屋裡、屋簷下還擺放著從夏家抬過來的嫁妝，還沒來得及收撿。他也是頭一回看見童養媳圓房能這樣熱鬧，已經超出一般的規格了。

敬了一番酒，少南才得空坐下來好好地吃點東西歇歇。滿臉的紅暈未散，腦袋也昏沈沈的，心想這番光景，只怕進了新房，青竹也會笑他，不能再喝下去了。

青竹用了飯，正靠著床板假寐，卻突然見韓露走進來，青竹忙起身笑道：「倒是好久沒見妳了，最近過得可好？」

韓露笑道：「當然好。今天是夏姊姊的好日子，我來給夏姊姊賀喜。」說著便解了外面的衣裳，從懷裡掏出塊手絹來，打開一看，竟是對戒指，說是要給青竹。

青竹想，她也不容易攢下什麼好東西，連忙接住了，道了謝。

韓露又無比羨慕地說道：「夏姊姊當真好福氣，還能這樣風風光光地熱鬧一回，想想我當時可什麼都沒有。」

青竹道：「都是我在折騰，也不知值不值得？」

「當然值得！這樣的轎子、這樣的喜服，我一輩子都想著呢，只是沒那個機會了。夏姊姊真好，趕上了好時候呀！」韓露說著，心裡卻不禁想，同樣都是做童養媳的，為何就分出個天差地別呢？

等到項少南歸寢時，青竹看到了一個爛醉如泥的丈夫，身子也站不穩，酒氣沖天。這麼冷的天，她也不好趕他去洗了澡再回來。

少南覺得腦袋嗡嗡地響，看著青竹的身影也覺得模糊，口齒不清地說道：「這屋裡太亮了，刺得眼睛疼……」

青竹聽人說過，這成親當晚的大紅喜燭要燒一整夜，中途哪一根斷了都是不吉利的。不過身為一個現代人，她哪裡顧得上這些講究呢？這樣亮堂堂地照著，她也不能好睡，便吹滅了那兩支龍鳳喜燭。

屋裡有一臥榻，青竹抱了兩床被子來，一條墊在身下，一條拿來蓋，和少南說：「今晚就在這上面將就一晚吧？」

少南迷迷糊糊地答應了，衣服也沒解，倒在榻上閉眼就睡，被子一大截已經被他踢到了地上。

這樣睡覺不著涼才怪！這些年了，還是個讓人頭疼操心的小孩子。青竹無奈地搖搖頭，替他將外面的大衣裳脫了，將鞋子也給他脫了，重新掖好被子。那項少南睡得像頭死豬一樣，青竹擺弄來、擺弄去，硬是沒把他給弄醒。

略微收拾一下後，青竹便解了外面厚重的喜服。她心裡有些埋怨，說來還是洞房花燭夜呢，他卻只顧著自己喝得痛快，她還要來伺候他！換下了喜服後，青竹披了件家常衣裳，拿了架子上的木盆就出去打水。

正好白氏剛從灶房裡出來，見了青竹便問：「少南他喝了那麼多酒，不要緊吧？」

青竹道：「我讓他先在榻上睡了，大伯娘也別去管他，他都睡沉了。」

白氏聽後也就作罷了，便去睡覺。

青竹打了熱水來，自己簡單地梳洗過，解了頭髮，拿著梳子梳了幾下，而後吹滅桌上的油燈，屋子裡頓時陷入一片漆黑。青竹放下帳子，窸窸窣窣一陣子，拉過了疊得好好的大紅被子，才要準備閉眼睡時，卻發現原來這褥子下面還藏著些別的東西，硌得青竹背疼，於是只好掀了被子，摸黑細細地摸了一遍，原來藏了些紅棗、花生、蓮子之類的。青竹有些無奈，摸了一陣，也不知還有沒有，算了，她也不想下床點燈再找。

安安靜靜地躺下來後，除了聽見榻上傳來的平穩而沈重的鼾聲以外，四周都靜極了。這就是她曾經幻想過的新婚之夜嗎？沒有溫情、沒有令人臉紅心跳的旖旎場面，只有一屋子的酒氣和各不相干。

折騰了一天，青竹也睏極了。外面起風了，能清晰地聽見樹葉嘩啦啦地作響。青竹覺得眼皮很沈重，睏意襲來，不禁裹緊被子，漸漸地進入夢鄉……

第八十一章　琴瑟

昏昏沈沈的，只覺得耳邊很吵，青竹迷糊地睜開眼，卻發現窗外泛白，心裡驀地一驚，這是什麼時辰了？一個激靈，忙披了衣裳就要準備起床，卻瞥見帳子外的榻上已經空蕩蕩的，心想少南起床了怎麼也不叫自己？還來不及穿鞋子，便聽見門哧啦一聲響，青竹抬頭一瞧，卻見少南走進來。

青竹嗔怪道：「你醒了怎麼也不叫我？」

少南現在頭還有點暈，不過精神還算不錯，含笑道：「見妳睡得都流口水了，也不好叫妳。不過妳既然醒了，就出來吧，他們還等著妳呢。」

「流口水？」青竹小聲說道，瞬間覺得臉微微地發燙，趕緊穿好鞋子，梳好了頭髮。

雖然青竹不記得七年前這個身子的本尊有沒有獻過茶，不過既然所有儀式都要挨著走一遍，那麼這一段定不會少。

匆匆梳洗過，喝了兩口白水，青竹便跟著少南一道來到永柱他們的房裡，二老正坐在椅上閒話呢，旁邊的桌上擺放著幾只茶碗和一把茶壺。

明春和明霞也跟著來了。

永柱道：「去外面的屋裡坐吧，這裡本來就小，都擠在這裡做什麼？」

少東和翠枝也過來了。

青竹一一地獻過茶，反正都熟悉，也用不著再認親了。又將蔡氏替她準備的見面禮送上，永柱夫婦和少東各是一雙鞋；給了翠枝一塊包頭；明春那一份青竹沒有特別去準備，給了她兩個荷包；明霞也是兩個荷包；豆豆和小靜婷一人一個荷包。

永柱很直接地給了一塊碎銀角；白氏見永柱給了，就給了少南兩枝筆；少東和翠枝也有見面禮；明春沒什麼準備的；明霞自己一無錢，二不會針線，所以也沒什麼好要求；至於兩個晚輩自然就省了。

一家子圍坐在一起用了早飯後，永柱便和少東商議這幾天開銷的事，還有沒結的帳、沒有退還的東西，都讓少東去跑跑，好在他的腳也早好了，又能幫些忙。

白氏說今年的青菜長得好，趁著好天氣時，要晾曬一些，好準備做醃菜。

青竹這一天也不管事，只管休息就行，她回屋將從夏家那邊帶過來的東西一一整理好。這間新房也新添了些家具，除了靠牆的一張樟木架子床，西牆有一張小方桌、兩條長凳、一把藤椅，對面的窗下有一柳條編的臥榻，南牆則放著一個斗櫥，不過還要放青竹帶來的那些東西，所以這個斗櫥是要準備移出去，再放上櫃子。

「以前我住的那間屋子就收拾出來給你做書房吧？」青竹見少南幫她將箱子搬進來。

少南道：「我已經和爹說過，他也答應了。只是我目前還沒有那麼多書來擺放，再說還得釘書架呢！」

青竹說道：「釘書架是小事，只要找好木頭，哪天有空就釘出來了。」

兩人忙著收拾整理，少南見跟前沒人，突然小聲地在青竹耳邊說道：「昨晚真是對不住，白白地浪費了那麼好的時光。都怪他們灌我酒，我酒量不好妳也是知道的，還給妳添麻煩了。不過欠妳的，我今晚一定會彌補上。」

青竹只當沒聽見，紅著臉走開了。

因為翠枝肚裡這一胎很有可能是個兒子，所以白氏對翠枝自然比以前要上心一些，這裡熬了鮮魚湯，便讓青竹送過去。

雖說是分了家，不過就只隔了一道圍牆，青竹便依言捧了缽，來到這邊的院子，卻見翠枝正吩咐豆豆洗衣裳。

青竹心想，這寒冬臘月的十分寒冷，豆豆一雙小手凍得通紅，倒有些心疼她。

青竹捧了湯給翠枝，翠枝讓青竹坐，妯娌倆在房裡說著話。

「這麼冷的天還勞妳親自跑一趟，實在有些過意不去。」

青竹笑說：「大嫂還和我客氣什麼呢？以前大嫂懷著那兩姊妹時，不是想吃什麼都和我說嗎？今兒怎麼反而客氣起來了？」

「妳是才進門的新媳婦呀，不敢十分勞動。」翠枝說到「新媳婦」三個字時，自己也忍不住笑起來。

青竹的臉上並未露出什麼新婦的羞怯，她早已習慣這裡的一切，比起夏家來，這裡才真正稱得上是養育她的地方。

她看了看翠枝厚棉襖下藏也藏不住的肚子，點頭道：「看樣子這一胎準是個兒子了。」

翠枝輕輕地撫摸著突顯的肚皮，說道：「這一個比生她們姊妹倆都要顯懷，我也盼著是個兒子，只有生了兒子才能翻身呀，不然老太婆可有什麼好臉色？幸而家裡沒什麼錢，不然只怕早就慫恿少東納二房了吧！」

青竹詫異道：「這還不至於吧？」

翠枝苦笑道：「誰說得準？所以說呀，我就是個血淋淋的教訓，妹妹要爭氣一點，努力一舉得男，堵了那些瞧不起人的嘴，我也能跟著沾點光。」

青竹想，她這會兒才成親，哪裡就說到生孩子的話來？再說生男生女又由不得她。

趁著還熱，翠枝喝著魚湯，又一面和青竹閒話，東拉西扯一陣，不知怎地又說到明春的事來。也不知何故，翠枝對明春的成見比青竹還深，或許她是看不慣明春那嬌小姐的脾氣。「剛才妳敬茶，那個明春是大姑姊，竟然一點表示也沒有，還真是摳門小氣。明霞就不說了，這個明春已經嫁了一回人，還是這樣不會做人，所以我就是看不慣她。」

青竹笑道：「我盡到了自己的禮數，她要怎麼回應我也管不了。不過要在一個屋簷下生活，還是件不好應付的事，也不知哪天能解脫。」

翠枝笑了笑，低聲和青竹道：「前些日子白婆子不是讓秀嬸給她相門親事嗎？我聽說給相了個快四十歲的老光棍，從未娶過親，據說家裡有幾畝地，人還算勤快，也不算太窮，可老婆子看不上，再加上又要忙著辦你們的事，所以也沒再提了。不是我說，就她項大小姐那條件，高不成低不就的，也難找到合適的。」

青竹想，倒也是那麼回事。

翠枝又低聲問青竹。「怎樣，老二待妳如何？」

青竹含笑道：「他是個怎樣的人，大嫂難道不清楚嗎？」

翠枝笑了笑，有些話又不好說破，便又道：「他是個讀書人，比不得妳大哥是個粗魯的人，自然會更體貼些。再說你們倆又是一起長大的，彼此脾性也都清楚，想來沒什麼抵觸，也不需要磨合，慢慢的這日子就會越來越好了。」

青竹笑道：「借大嫂吉言。」

這裡正聊著呢，明霞卻一頭走了來，站在門口說：「娘說叫妳來送湯，怎麼就不回去了？」

青竹這才意識到待得有些久了，忙和翠枝告辭。

翠枝點點頭，也不起身相送。

後來幾人合力之下，總算將青竹陪嫁過來的那個櫃子給搬進新房擺放好。只是青梅送的那架紗屏如今無處擺放，只好先收著。

少南感嘆道：「這樣好的屏風，我們這樣的人家還真是擺不出來，白放著也怪可惜的。」

青竹趕緊道：「不許你打它的主意啊，大姊可交代過我，不許拿去送人。放著就放著吧，過陣子將你的書房收拾出來了，放在那屋裡也沒什麼不行的。」

少南笑道：「這是妳的東西，隨便妳如何處置，我可不干涉。」

青竹收拾了一陣，這才得空歇歇，後來又被永柱叫去商量事情。

這次的禮單她也看見了，赫然看見賀鈞的名字在列，她有些疑惑，心想看來少南還是去請了他。她不禁想起以前的事來，如今她這個身分，若一旦相見了，怕只有尷尬吧？

這時白氏給了青竹一掛大紅色繡簾。「這個拿到你們那邊去掛吧，白收著也只有長霉。」

青竹本來想說滿屋子的紅色看得眼暈，不過見白氏一片好心，終究沒有說出口。馬上要過年了，這正月裡掛一掛就收起來吧，不過就是圖個喜慶。

永柱又和青竹道：「二十三的時候妳和少南一起回娘家吧。雖然以前也常回，不過這畢竟是正式成親後的頭一回，再說又趕上過年。」

青竹應了個是，又乘機和永柱商量要將以前那間屋子收拾出來給少南做書房，找人釘書架的事。

永柱道：「等過了年再說吧，他將要去赴秋闈，倘若之後一切順利，還回不回這個家也未知。」

白氏聽見丈夫這麼說，便緊張地道：「你這麼說，要是老二他以後考中了，就很有可能不回家了？」

「他要是做了官，還回這裡做什麼？」

白氏心想也是。她一方面希望兒子有出息，一方面又不希望兒子遠離自己身邊……

青竹回到這邊屋裡時，少南正坐在榻上翻書，青竹進門便說：「是你告訴賀鈞我們成親的事嗎？」

少南道：「我沒說，他可能是聽別人說了，特地趕來的吧。昨兒我留他在家歇一晚，今天再回城裡去，他硬不答應。以前都住平昌的時候來往那麼多，現在倒客氣起來了。」

青竹聽後也沒再說什麼。她搬了凳子來，要踩上去將簾子掛上，少南卻奪過去。

「我個子高，這些還是我來吧。」

「好呀，個子高總是有好處的。」

少南幫著把簾子掛上了，展開後青竹才發現上面繡著大朵的牡丹，紅花綠葉，花團錦簇，還真是一團俗氣，不過既然掛都掛上了，也沒有立即收下的道理。她真心希望能漸漸地看順眼，頂多掛滿正月，她就拆下來。

青竹拿著木盆出去打熱水，準備梳洗睡覺，少南卻被白氏叫去了，青竹也不理會他。洗了臉、洗了腳後，青竹拿著木梳對著銅鏡梳了幾下頭髮，見少南沒有進來，也就不等他了，脫了外面的衣裳就上床要睡覺，可畢竟是寒冬臘月，覺得被窩真涼，翻來覆去的竟然睡不好，心想昨晚怎麼就睡得那麼熟呢？

她緊緊地裹著被子，身子蜷縮成一團。雖然剛才腳泡了熱水，可身子還是不大暖和。真是的，沒有暖氣，也沒電熱毯，要不明天睡前燒個火籃子暖暖被窩吧，不然這怎麼成呢？青竹如此想著，翻來覆去了好幾次，後來聽見門響，接著是腳步聲，心想少南這是回來了嗎？不管他，繼續睡自己的吧，她已上了床，才不想再下去呢！

沒多久就聽見少南取了盆子，又出去了。

夜色深沈，桌上那盞小小的油燈發散著微弱的光芒，隔著帳子更覺得微弱。看著那微弱的光亮，似乎能催眠人一般，青竹終於閉上沈重的眼皮。

也不知過了多久，青竹感覺到有人上了床，在她旁邊躺下來。她本來就淺眠，下意識地朝裡面挪了挪，將外面的位置留給少南，繼續睡她的覺。

桌上的小油燈已經吹滅了，誰也看不見誰，屋內漆黑一片。

少南試著喚了一聲。「青竹。」

青竹迷迷糊糊地應道：「嗯？」

少南心想，青竹這是睡著了嗎？停了一會兒才道：「我冷。」

青竹模糊地記得這床裡還有一條被子，便拉了拉，扯給了少南。被少南這麼一折騰，她好不容易累積起來的睡意又清醒了不少。不過他怎麼上床來睡了？喔，不對，他本來就該睡這張床的。昨晚睡榻，那是因為他醉得人事不醒才如此。

這樣兩人同床共枕還是頭一回，青竹能預料到要發生什麼事，今晚他沒喝酒，十分清醒，不免想起白天他說的那話，突然覺得有些不安。

青竹也不發聲，就當自己已經睡熟了。

「青竹……」

寂靜的夜裡，少南這一聲呼喚，聲音透著一股沙啞。

青竹想，要不還是繼續裝睡吧？因此也不答應他。

過了一會兒，覺得裹得嚴實的被子被揭開了一條縫，有具滾熱的身子正靠近著她。青竹下意識的還要繼續往裡面挪，但已經撞到床板了，再挪的話，就只有貼上牆了。

「青竹！」少南悶聲一句，手腕扣在她的腰間，將她緊緊地抱在自己的懷裡，彼此呼吸可聞。

一下子就覺得暖意洋洋……不，貼在後面的身子是在發燙，而且有個硬物正抵著她的腿間！對這件事青竹隱隱覺得不安，畢竟是頭一回，她什麼準備也沒有。身後的人並不老實，搭在身上的手上下遊走著，最後探進了她的中衣，摸到下面滑膩的皮膚。

少南在背後親了親她的脖子，青竹嚶嚀了一聲，小聲道：「太晚了，睡吧。」

少南笑道：「原來妳醒著呢，那還裝什麼睡？」扳過她的身子，兩人面對面地躺著。不過帳子裡本就黑壓壓的，也看不清彼此的面孔，唯有呼吸可聞。

少南的手已經解開青竹中衣的衣襟，不知何時肚兜的帶子也被他拉了下來，歪歪斜斜地掛在身上。

青竹下意識地推了推他，卻反而被他摟得更緊，他呼出的氣都噴在她身上，猶如火一般的撩人。下一刻，感覺到他濕潤又滾燙的唇印上了臉，摸索了一陣，終於找到了她的嘴唇。以前他們也只到親親臉頰的地步，這樣突如其來地闖進來，頓時讓青竹腦袋一懵，不知該如何回應他？他的吻帶著幾分霸道，彷彿要嚐盡她所有的甘甜。一面吻著，手卻不老實地在她身上四處遊走，握住了胸前的柔軟，肆意地揉捏著。青竹哆嗦了一下，心想他倒像是個有經驗的人，竟一點也不生澀，莫非和什麼人實踐過了？

是呢，在外面幾年，想來也是見過世面的，怎麼會沒見識過女人呢？畢竟年輕氣盛，長得又不難看……想到這裡，青竹便要將他的手給推開。

少南只當青竹是害怕，忙柔聲安慰她。「乖，別怕。可能會疼，不過我會儘量小心。」眼前漆黑的一片，加上少南壓在她的身上，也動彈不得，論力量本就抵不過他，直到他將手伸到腿間時，青竹下意識地要合攏，卻被他給拉開了。

後來覺得腦袋暈沈沈的，那種感覺從沒體驗過，讓人有些眩暈。正當青竹覺得無所適從時，突然感覺到有個硬邦邦的東西在她下體亂戳，反覆了好幾次，都找不到位置似的。

少南有些不耐煩，低聲罵了句。「該死！」幾番下來，少南也不得其法。

感覺他的呼吸越發急促起來，似乎有些不耐煩，青竹覺得又好笑、又羞愧，只得引領著他，最後總算是找對了地方。當下體的疼痛傳來時，青竹「呀」的一聲叫了出來，在黑夜裡顯得尤為刺耳。

少南害怕得連忙停下安撫她。「對不起，還是弄疼妳了。放心，就這一回，以後就不疼了。」說完忍不住慢慢地推動著，心想這滋味他也不大好受。下面也跟著疼，都是她將自己給夾疼的，可又忍不住想要釋放自己的熱情。

青竹忍著疼痛，覺得難熬，黑暗中也看不清是什麼地方，逮住少南就輕輕地咬了一口，感覺這樣就能緩解自己的不適。

當強烈的快意襲來時，少南再也忍不住了……

終於平靜下來了。雖然短暫，可兩人都不大舒服。

青竹躺著，一動也不想動，不過旁邊的人卻將她圈在懷裡，輕輕地安慰著她。「對不起，好像沒有堅持多久，是我太敏感了，下次應該會好很多。」

青竹羞澀地埋在他的懷裡，聽著他有力的心跳。有他在身畔，她再也不覺得冷。

少南吻了吻青竹的肩頭，她的馨香、她的溫暖，讓人很快就能平定下來。

這是第一次，少南覺得有股歸宿感，他內心覺得踏實，心想不管未來怎樣，不管發生什麼事，身邊都會有這麼一個人，會一直支撐著他。就這樣擁著青竹，他覺得心裡無比暢快，滿滿的都是幸福。

少南雖然什麼話都沒說，不過他卻是滿心歡喜的，這種感覺讓人無法表達，他真想和青竹說一聲：謝謝妳，讓我能遇見妳！

第八十二章 嫌隙

隔日一早，青竹也不知睡了多久，睜眼時見帳子裡已經清晰可見，不禁暗驚，怎麼都這個時候了？

她想躺平，卻發現身後的人依舊將她牢牢地圈在懷裡。青竹慢慢地轉過身來，見他還在睡夢中，呼吸平暢，於是輕輕地將他的手從身上拉開，可這個舉動還是弄醒了少南。

「快起來，都什麼時候了。」青竹穿好裡面的衣裳，動了動，不適感依舊存在。

「再睡一會兒吧，還早呢……」少南只覺得睏，一副沒睡夠的樣子。

青竹可不管他，徑直坐起身穿衣裳。不過頭一回在他面前做這些，多少有些不大好意思，想到昨晚的情景來，不禁紅了臉，推了推少南道：「你背過身去。」

「害什麼臊？昨晚那麼黑沒看見，現在讓我看看有什麼不好的？」說著，將青竹的手腕一拉。

青竹不防，竟正正地跌到了他身上，兩人臉對臉，鼻尖碰鼻尖，她清楚地看見少南那雙黑瞳裡泛著氤氳，手扣著她的脖頸，直到雙唇吻到了一起，他的手不安分地探進了衣襟……

兩人正在甜蜜時，突然聽見門外有人喊——

「少南，你還沒醒嗎？」這是白氏的聲音。

青竹趕緊將少南推開，忙忙地穿著衣裳。

少南迷糊地應道：「醒著呢，什麼事？」

「這麼晚了，還不起來吃飯？都要冷掉了。」

「喔，馬上就來。」

青竹白了少南一眼，那眼神彷彿在說：都是你不好！又將少南給拉了起來。

早飯的時候，青竹一直低著頭不說一句話，不知為何，總覺得十分尷尬。

不過少南卻跟沒事人一樣，和往日一樣地與永柱言笑。

用了早飯後，少南回了自己的臨時書房溫書，也沒人去干涉他，青竹則跟著白氏做醃菜。

從地裡挖出新鮮大顆的青菜，去掉老掉的葉子，洗淨了，分了葉子和莖，曬在竹箅子上。等到水氣差不多乾的時候，將葉子放進盆子裡，加了食鹽、秘製的五香粉和少許黃酒，然後反覆地揉，等到味入透了，拌勻之後就能裝罈；根莖部分則要切成薄片，曬得要稍微久一些，加入的調料也差不多，拌勻後入別的罈子。來年沒什麼蔬菜的時候，就能撈這些醃菜出來當蔬菜吃。其實用作燒湯、燉肉、做蒸菜也都不錯，和江南的梅乾菜在風味上還是有很大的區別。

白氏醃的菜在飯桌上一直是很受歡迎的，她的做法沒什麼新奇，就是調料的講究，不管是五香粉還是料酒也都重新調製過，所以和別家的大不相同。

青竹跟著白氏做了這些年，也大致能單獨做了，儘管誰做的醃菜別人一口就能嚐出不同，不過兩人做的，家裡的人覺得都還不錯。

婆媳倆在簷下醃菜，明春站在門檻邊，正納著鞋底。

白氏心裡想，明春針線上的功夫一直不錯，可還從來沒給她這當娘的做過一雙鞋子穿，不過她也不開口問明春要。

自明春從馬家回來後，母女倆的隔閡便漸漸地拉深，明春在家也覺得沒有存在感，總覺得這個家，她是越來越陌生了，跟前連個說話的人也沒有。

這裡白氏和青竹忙著收拾竹箅子上晾的菜，白氏遂和明春道：「妳去幫我將兩口罈子搬出來吧。」

明春卻不想動，因此漫不經心地說道：「娘沒看見我正忙著嗎？占著手不空呢。」

「不過讓妳搬一下，怎麼就不空呢？我看妳是……」白氏嘆了聲，後面抱怨的話終究沒有說出口，她明白，若是挑揀明春的不是，明春一定又會躲回屋裡去哭，飯也不吃，只說自己命苦，被人嫌棄了。白氏搖搖頭，心想怎麼就養了這麼個女兒？以前說明霞讓人頭疼，如今明春倒比明霞還叫人頭疼。

白氏正趕著搬東西，懶得去洗手，便扭頭和青竹道：「妳去搬吧，知道是哪個罈子吧？」

青竹答應一聲就去了。可能是因為剛剛新婚的緣故，這兩天白氏都沒怎麼叫青竹幫著做家事，飯菜一般都是她和明霞在做。青竹倒還覺得清閒，雖然她也不知道這種清閒能維持多久，不過趁此也好好休息休息。

下午時，天氣驟然變冷，呼呼地颳起東北風來。

白氏想，好在上午的時候醃菜都拌好入了罈。

這已到臘月下旬了，眼見著就是年關。這一年裡的收成比之去年不足，白白可惜了那幾百隻鴨子，不過日子照舊是要過下去的，年當然也要熱熱鬧鬧的。一家子開始籌備起年貨，預備年禮。

下午的時候白顯來了，還送了份年禮來，正好永柱也在家，兩人坐在堂屋裡正聊著關於明年的事呢。

永柱道：「明年要走回老路子了，還得靠你多幫忙。」

白顯這些年跟著這邊，雖然沒賺什麼大錢，不過總算有個正經事做，一家子溫飽不成問題，而且女兒又出嫁了，一家三口，日子也還算過得。

這裡正聊著，白氏走到屋裡去和青竹道：「妳也該去給舅舅敬一回茶，畢竟是舅舅。」

「嗯。」青竹答應著，便去提茶壺找杯子，斟了大半杯茶，恭恭敬敬地捧給了白顯，並道：「舅舅請用茶。」

白顯一愣，這才明白過來，忙欠著身子，雙手接過，笑道：「我差點忘了這個新進門的外甥媳婦了！」接過了茶，摸了摸腰間的荷包，取出一塊碎銀角，給了青竹。

青竹忙道了謝，轉身要退下時，永柱卻叫住她。

「往年也大都是妳在拿主意，不妨坐著一起聊聊來年地裡的事吧。」

「喔，好。」

白顯笑道：「是呀，明年還真是關鍵的一年，少南要去參加鄉試，這魚塘和藕塘又要重新弄起來，都得加把勁。」

正說著，少南便進來了，笑著招呼了白顯。

白顯道：「我正說你呢！可要好好用功，一大家子就指望你了啊！」

少南摸摸鼻子，謙遜地笑道：「我盡全力吧，考成怎樣還不知道呢，有些人可是從少年考到頭髮都白了也沒中過，就看有沒有那個運氣了。」

白顯道：「能不能翻身如今就看你了，我本來也想送你弟弟去唸幾天學堂，不過這小子隨我，坐不住，如今大字都還不識幾個，看來不是那塊料，也只好罷了。你出息了，我這當舅舅的自然也臉上有光啊！」

青竹想，是呀，最近幾年能不能翻身，除了這些產業以外，就得看少南明年的鄉試如何了。她所認識的少南是個上進又有天分的人，希望沒看錯人，一定能夠有所出息。

當少南看見青竹那堅定的目光時，不由得一震，是呀，他可是一家子的希望，不能退縮！

大家坐在一起暢想了好一陣子，直到白顯說要回去了，這裡才散場。

後來青竹和永柱說：「大伯——」才開了個頭，卻被永柱打斷了。

「如今不一樣了，妳怎麼也不改稱呼，跟著少南叫我一聲爹呢？」

青竹這才意識過來，是呀，她該改口的，來到這個時代後，就這個稱呼還沒喊過呢！在她的腦海中，關於父親的記憶都是來自于秋和那個普通的上班族老爸，這幾年來，要說有感受到或多或少父愛的話，就是跟前這個中年人帶給她的。青竹覺得心裡有些緊張，鼓足了勇氣，試著努力了一回，終於開口叫道：「爹！」

永柱滿意地點點頭，一臉和藹地微笑著。「好，妳繼續說妳要說的話吧。」

「好。我在想，要不要做點其他的養殖？看看什麼門路好，畢竟村裡的魚塘漸漸多起來了，藕塘也有幾家，給我們家帶來的衝擊不小，還得尋一尋別的路子。」

永柱點頭道：「這個我自然知道，也在找合適的時機。」

「要不養兔子？或許等這陣子過去了，繼續養鴨、養鵝也行。」

「養兔子的話，不像鴨鵝之類的可以散養，只須每天趕出門就行，還得出去扯了青草來餵，家裡誰來養也是個問題，養多的話，只怕一個人也照料不過來。再說，這個家也還沒那麼寬的地。」

青竹想，也是那麼回事。能不能有別的門路呢？只要找對了方向，就一定可以的。來年還真是讓人憧憬呀！青竹倒是充滿信心，也不忘給少南打氣。「你一定要挺住，我們都看你的了。」

少南道：「放心吧，畢竟也經歷過幾場考試了，多多少少有些經驗，而且還有半年的時間，一定能保持自己的最佳狀態。」

青竹微微一笑，心想是呢，來年都得努力。

等到夜裡歸寢時，少南雖然是看了好一陣子的書才回房，但新婚燕爾的，初識歡愛滋味，且溫香軟玉在懷，少南又是個血氣方剛的年輕小夥子，哪裡禁受得住此等誘惑？拉著青竹就要行昨晚之事。

青竹覺得還是不大舒服，只想快點結束。

可能有了昨晚的經驗，少南的表現更加勇猛不少，兩人纏綿了半夜。

事後，少南擁著青竹說：「對不住，還是弄疼妳了。下次我一定會小心，也會更溫柔地對妳。」

青竹臉上紅暈未消，呼吸也漸漸地勻了，轉過身子疲憊地說了句。「太晚了，睡吧。」

接連幾日，新婚的兩人出入必成雙，每天都是晚起。雖然起得晚，可總是在呵欠，特別是少南溫書時，真想將那書丟掉，好好地睡一覺。

白氏是當母親的，心裡明鏡似的，有些看不下去了，後來分別找了兩人談話。

少南倒不在意，幾句話就敷衍過去了。

當白氏找到青竹時，和青竹說：「知道你們新婚燕爾的，但這些話我當娘的不得不說。少南他還得抓緊時間溫書，等著下場考試，走正途，妳不能壞了他的大事。女人還是貞靜些好，雖然年輕氣盛的，但也要知道節制。」

青竹一臉的無奈又有些委屈，白氏如今還管起這些閨房裡的私事了。被人這樣干涉還真是不爽，青竹有些許的尷尬，也不直視白氏的臉，紅著臉，卻冷冰冰地說道：「這個罪名我可擔不起。既然娘怕我帶壞了他，往後不要他進我的房不就成了？」說完便走開了。

白氏見青竹一點也沒知錯的樣子，以前是這樣的態度，現在還是這樣的態度，不免有些氣憤，握緊拳頭狠狠地砸了砸桌子。她還有一口氣在，就不許這兩人胡來，更不能讓青竹誤了少南的前程！

接下來的兩日，青竹總推說身上不好，不讓少南進新房，讓他在書房設了一榻，夜裡在那兒就寢。

轉眼到了回門之日，項家備了禮，讓少南和青竹一道回去。

從榔頭村到南溪，若是有順路車，差不多一個時辰就到了，若沒車子，全靠走路的話，則需要走上將近兩個時辰。

天寒地凍的，還真的不大適宜走路。偏偏車子又難雇，兩人冒著寒意趕了許久的路，這才到了夏家。

或許是因為著急趕路的關係，身上倒還暖和，不過臉卻凍得通紅，剛一進屋，青竹就忍不住揉臉跺腳。

蔡氏聽說女兒、女婿回來了，忙出門迎接道：「猜想你們今天會回來，沒想到還真料準了！你們沒坐上車，是走路的吧？」

青竹道：「天冷不好雇車。」

「那可真費腳程。」

蔡氏說著，招呼青蘭給他們倒茶，又端出果點來給他們吃。

青竹不見青梅在家，便問：「大姊呢？」

蔡氏道：「妳大姊、大姊夫回他們謝家去了，說是要團聚，只怕得要幾天才回來。」

青竹想，幸好青蘭和夏成也都長大了，不像前幾年，一點也離不開青梅。

這裡蔡氏母女三人正說著私房話，夏成則找到少南要討教學業上的事。

蔡氏自然更關心青竹的幸福，悄悄地問她。「怎麼樣？這圓房前和圓房後，日子過得有差別嗎？」

青竹道：「也沒多大的差別，和以前一樣。」

蔡氏笑嘻嘻地說：「如今大局已定，我也安心了，總比前些年你們總是鬧彆扭的好。接下來就該是青蘭的事了。」

青蘭紅著臉說：「不是說二姊嗎？幹麼又扯到我身上來？」

蔡氏笑道：「這是自然的，妳也不小了，得先好好地相門合適的人家。妳大姊、二姊的親事我一直覺得對不住她們，好在兩個女婿都好，現在只剩下這麼個小女兒，一定不能馬馬虎虎地就打發出去。」

青竹想，是這麼回事。她的路是自己選擇的，可青梅的確是做了很大的犧牲。

青蘭又道：「我聽說二姊夫明年要去參加鄉試，還真是了不得！要是中了的話該多好！」

青竹笑道：「哪有那麼容易的事呢？這個既要看天分，又得看運氣。妳們也都知道少南那個從小到大、姓左的哥兒們吧？他不是一直以才學自詡嗎？學堂裡的先生也頗看中他，哪知後來鄉試的時候，竟然出現舞弊案，他雖然不是主犯，卻因為和那個人連號，受了牽連，這輩子再沒了跨進考場的機會，仕途上是一輩子都不要想了。所以說，這條路哪有那麼容易的？不過見少南勢在必得的樣子，我又不好去澆他的冷水，讓他提早做兩手準備，給自己留條後路，反而還得硬著頭皮去鼓勵他。」

蔡氏道：「妳這樣的想法是對的，為了人婦，第一要緊的就是輔佐丈夫。」

青竹笑了笑，也不說什麼。

女兒回門，當母親的自然是高興的，忙和青蘭做了好酒好菜要招待女兒、女婿。閒時青竹和青蘭姊妹倆一處說話解悶，夏成則纏著少南，問他幾年來在外地求學的事，看樣子是很羨慕這個姊夫的。

「我決定了，等開春的時候就去考縣試，努力邁出第一步！」

少南看見夏成，彷彿就看到了當年的自己，因此拍拍他的肩膀給他鼓勵。「努力呀，明年我也要考，一定要得償所願。」

夏成幾乎帶著崇拜的眼光看著少南，欣羨道：「二姊夫幾次考試的名次都不錯，我還得努力學習，向你看齊呢！」

少南道：「我有一個兄弟，學業比我還強，你應該向他看齊才對。」

夏成笑道：「我又不認識他，將二姊夫當作努力的目標就好了。等成了生員後，我也要像二姊夫一樣，去外面的書院唸幾年書，見識見識！」

少南卻想，岳母就他這麼一個兒子，難道會捨得他出遠門？況且生得又瘦小，看樣子還不行呀！

正說著，蔡氏端了糕點進來，正好聽見夏成的這番話，不禁皺眉道：「你又起這樣的心思了，我們家可沒那個能力供你去外面讀書。以後能有點出息，我看還是進個縣學就好了，這樣家裡的負擔也輕一些。」

這些都在夏成的意料之中，他也知道母親目前是不會答應的，便笑道：「娘放心，我和二姊夫說著玩呢！再說了，我連童試都沒過，還早著哩！」

蔡氏不理會兒子的辯解，只看向少南。「你也教導教導他，別讓他跟著胡來。」

「喔。」少南答應著，不過想的卻是：如果這輩子都無法走出去，見不了世面的話，學問做得再好又有什麼用呢？

心思一轉，又想到最近青竹總是避著他，不讓他進房睡，後來連話也不大和他說了，就是回夏家也一樣，一路上兩人也沒什麼交流。少南不明就裡，心想青竹這是怎麼了呢？莫非什麼地方得罪了她不成？還是母親跟她說了什麼令她不開心的話？他帶著種種疑惑，心想一定要好好地找個機會問問青竹。

這邊青竹和青蘭坐在裡屋內正在烤紅薯，兩人圍著爐子而坐，屋子裡頓時十分暖和。過不了多久，就聞見紅薯被烤熟散發出的香氣了，青蘭忙取了根鐵鈎撥弄那炭火，嚷嚷道：「要是烤糊就不好了！」

看她的猴急樣，青竹不免想起青蘭小時候和夏成圍在爐子邊等烤紅薯的事了，現在回想起來，總還覺得就像是昨天發生的事，回頭來看，沒想到都已經長大了。

青蘭刨出了紅薯，可又怕燙，不敢去拿。

青竹見還冒著煙呢，從色澤上來看，烤得正好，便讓青蘭將鐵鈎給她，叉著紅薯就取了出來。熱呼呼的，上面還蒙著一層灰，兩人趕著處理。

這時蔡氏進來了，見了她們沒說什麼，自顧自地坐下來，大大地嘆了口氣。

青竹忙回頭看了蔡氏一眼，問道：「娘，妳怎麼了？」

「唉，這個成哥兒還真是讓人不省心，我看他年紀還不大，沒想到心卻大著，如今就想著往外面跑了，正和女婿在那裡聊要去外面讀書的事呢！我們家哪裡負擔得起？雖然有你們大姊支撐著，可他們也是一個家庭，也有兩個兒子要撫養、要餬口，哪有那麼容易？」

青蘭道：「娘擔心什麼，成哥兒他還是個小屁孩，不過鬧著玩的。」

「我倒寧願他是鬧著玩。」蔡氏不禁又回憶起當年的事。「妳們爹也是個有才學的人，可也只是個童生，連秀才都沒中過。成哥兒的天分比不得女婿，我倒不看好他。要是妳們爹還在的話，也能多個管教他的人，我也不用這麼辛苦了。」

青竹想，只怕蔡氏更多的是捨不得兒子離家。

昨兒晚上，蔡氏讓少南和夏成睡一屋，青竹和青蘭作伴。

少南不免有些失意，以為到了晚上能和青竹好好地說話，沒想到竟然落空了。直到這會兒，少南才找到時機，將青竹拉到院子裡，小聲地問她。「喂，這幾天妳怎麼了，幹麼都不理我？」

「我有嗎？」

「還說沒有，這眼神就是了。我什麼地方做錯了，妳告訴我呀！這才成親幾天呀，又要到年底了，難道新婚兩口子還鬧彆扭不成？」

青竹只聳聳肩。「你想多了，你沒什麼地方做錯，我也不是不理你，我倒覺得這樣很好。好好努力，你可是一家子的希望呀，雖然還有幾個月，但是得從現在開始努力呀！」

少南眼也不眨地看著青竹，心想這就是她要說的話嗎？

青竹說完這句話，扭頭就要走。

少南卻拉住了她，一字一頓地說：「妳放心，我從來不打無把握的仗，認準的事就會一直做到底。不用替我擔心，我會憑自己的實力，努力混出個名堂來給妳看看。」

青竹回頭微微一笑。「好呀，我等著！」

少南見青竹笑了，心裡立刻就安定下來。他和青竹在一起生活不是只有幾天，都有幾年了，雖然有一段時間的空白，但兩人是一起長大的，他們之間也會漸漸有默契和信賴。

遲早有一天，他會長成一個能讓青竹依靠的人！

第八十三章 忙碌

這一年，在繁鬧喧囂裡過完了。新的一年到來，無限憧憬的一年。

項少南志在必得，正月裡就開始一頭紮進書堆裡，兩耳不聞窗外事。

等到過完了正月，家裡的事情就漸漸多了起來。先是建的那個鴨場因為大風吹毀了不少，永柱本來想的是現在養不了那麼多的鴨、鵝，先暫時放著不管也沒關係，不過少東和青竹的意思卻是還得重新修好，因為這裡魚塘、藕塘要開了，需要人守著的話，還是得有個住所才好。

於是新的一年，就以重新翻修鴨場作為開始。不過三、四間大的屋子，蓋的也不是青瓦，而是稻草，要翻修的話還得重新立柱子、鋪稻草，破損的牆體當然也得修補。忙碌了五、六天，總算是翻修好了，還算不是很費事。

翻修好鴨場，後面的事也緊接著出來了，要去買魚苗、母藕、蝦苗等，平昌是湊不齊這些的，必須往縣城裡來回跑幾趟。

這些事原本是交給少東打理的，畢竟他也做過幾年了，門路熟悉，家裡人是極放心的。本來都已經準備好要進城買種苗的，可中途卻發生了一件大事打亂了少東的計劃……

天氣正好，院子裡栽種的樹木也已經開始發芽抽葉了，翠枝洗了衣服正晾曬著，突然見娘家兄弟來了，不禁一喜。她好些日子沒回去了，因為路遠，再加上如今懷著孩子，也不大方便。

「大姊，大事不好了！」娘家兄弟一走進院子，就下跪給翠枝磕頭。

翠枝手裡的盆子頓時就落到了地上，胸口怦怦亂跳，隱隱預感到有什麼大凶的事即將發生，身子有些站不穩，只好扶住旁邊的一棵小樹。

「大姊，娘歿了……」

翠枝只覺得腦袋嗡嗡作響，嘴唇微微顫抖著，喉頭一時哽咽，感覺亂糟糟的，不知要說什麼話才好。兩個女兒出來喊著舅舅，翠枝只是抹眼淚，可那眼淚總覺得抹不乾。

家裡正忙著呢，可眼見出了這樣的事，作女婿的項少東哪裡有不管的道理？與永柱商量後，隔日便帶了女兒和翠枝回林家去奔喪。

少東這一走，永柱可是發愁了。那些種苗都還沒買回來呢，等到少東忙完林家的事，不知要等到哪一天，因此只好與家人商量道：「我看明兒一早我還是去城裡一趟吧？」

白氏卻不答應。「你腿腳不便，前些日子又受了涼，說頭痛，才好一些，怎麼又要跑那麼遠的路？讓別人去吧。」

「還能讓誰去？」

青竹聽見了，心想此時她倒不能推託，遂起身道：「要不我去吧？關於這些我至少也是知道一點的。而且大哥也說了在什麼地方最好買，到時候只要找人打聽一下就行。」

永柱搖頭道：「那我更不放心了，怎麼好讓妳一人去？又是這麼遠的路。」

白氏卻想，如今除了讓青竹去以外，好像找別人都不合適，因此也贊同，便道：「讓少南和妳一塊兒吧，耽擱兩天想來也沒什麼。」

永柱心想，眼前或許只能這樣了，便將少南也一併叫來，吩咐了兩人。「少南陪青竹一塊兒去也好，家裡養了兩、三年的魚，青竹也有些經驗了。既然知道地方，明天到縣城再找人去問路就成。」

青竹應了一句是。

少南卻一頭霧水，茫然地看著跟前的人，疑惑道：「去哪裡？」

「明兒一早，你和青竹上城裡去。」白氏道。

少南心想，怎麼這麼突然？他可是一點兒也沒聽誰提起過，看來是讀書讀暈了。

青竹微笑著和少南道：「出去走走也好，我看你成天都待在書房，當心憋壞了腦子。」

少南撇嘴笑了，又撓了撓頭說：「好像是沒以前那麼靈光了。」

這是青竹第二次上縣城，少了那股新鮮感，一路上都在盤算著要買的東西，心想還得打聽地方呢！

兩人本來說要去雇車，卻正好遇上了一輛順路的，兩人便擠了上去。馬車上早就坐了五、六個人，如今再加上他們兩個，已經是超載，速度自然談不上有多快。不過少南還算是個貼心的人，始終將青竹護在身邊，不讓她被擠到。

「不如我們今晚就去賀兄他們家投宿吧？」

「賀家？」青竹瞪大了眼，少南這是要去看望賀鈞嗎？是呢，上次去城裡也沒去過他們家，這次去總得去看望看望才是，畢竟以前賀鈞幫過不少忙，兩家來往也多，再加上成親的時候賀家也送了禮，賀鈞還親自來了。

青竹心想，賀鈞也不知過得怎樣了，上次雖恍惚看見了他，卻沒說上一句話。腦中突然浮現出賀家要從平昌搬走前，賀鈞對她說的那番話來，如今想來，倒有些物是人非了。

好不容易才趕到縣城，已經是未時時分了。對於第二次來縣城的青竹來說，還是一頭霧水，不大能辨方向，好在少南能識一二。上次賀鈞來家時，告訴了他們家的住址，少南尋了一人打聽，便回來拉著青竹走。

青竹偏著腦袋問：「我們是直接去賀家嗎？」

少南道：「是呀！」

「可是空著手也不大好吧？我看還是得帶點見面禮才像樣。」

少南這才明白過來，微微一笑。「看我也糊塗了！走吧，去買點什麼登門拜訪的禮。」

兩人轉了一圈，買了兩斤素點心，少南還給賀鈞買了一匣好墨，這才去登門拜訪。

然而，兩人兜兜轉轉，來回繞了好幾個圈子，青竹心想，少南這是迷路了嗎？遂喘著氣問他。「你不會是迷路了吧？」

少南有些茫然，心想不會吧？他自認還是有些方向感的，可是感覺他們一直在兜圈子，怎麼找也沒找到剛才那人告訴他的地方，於是只好又去找人問路。

青竹站在一旁偷笑：死要面子，還真是個路癡！

當他們趕到賀家時，已經是一個時辰以後的事了。

青竹被少南拉著走街串巷的，走了那麼多的路，也感到有些疲倦。

當朴氏開門，見是這兩人時，驚了一跳。「是項家的哥兒！你們怎麼來了呢？」

少南含笑著，恭恭敬敬地打招呼。「嬸嬸，我和青竹來看望您老人家了。」

青竹也忙上前招呼著。

朴氏來回地看了一眼，笑著點頭道：「真是的，怎麼也不讓人帶句話呢？鈞哥兒他不在家，還沒下學呢！快進來坐吧！」

朴氏完全是在意料之外，沒想到項家人會突然上門，又見是這兩人一起來的，如今看來還真是兩口子。她不免想起兒子的事來，心裡不由得嘆口氣，心想兒子的心思為何就一直放在這個女人的身上呢？當然不是說青竹不好，要是她沒和項家有牽連就好了。

青竹欠身捧過了朴氏端來的茶，客氣地說著謝謝。

朴氏坐下來陪客，又笑問少南。「項哥兒來找我們鈞哥兒有事嗎？」

少南道：「因為陪青竹來買東西，所以順路過來看望嬸嬸和賀兄。」

朴氏微微頷首。「原來如此。只是他還有一陣子才下學呢，要回平昌的話今天只怕是不行了，今晚不如就住下吧？」

少南忙道：「那麼我們就打擾了。」

朴氏道：「哪裡的話。以前還多虧你們家幫襯著，不然我們母子哪裡有今天？」朴氏心想，來了客人的話，也得去買點東西招呼他們，便讓他們幫著看家，這裡提了籃子就出門了。

青竹和少南隔桌坐著。青竹一手捧著杯子，兩眼忍不住打量起這屋子。住在深巷裡，難怪不大好找。光線有些昏暗，門板已經用木條歪歪斜斜地釘補過好幾次，可還是露出指頭大的縫隙來。也沒什麼像樣的家具，一切都是那麼樸素。

少南和青竹道：「待會兒等賀兄回來，我問問他明天有沒有空，讓他帶我們去買吧。」

青竹心想，賀鈞在縣城住了這麼久，自然比他們都熟悉，便道：「想法是不錯，不過不知會不會打攪到他？他現在在縣學裡，又和你有一樣的決定，秋天是要參加鄉試的。」

「是呢，我還得和他交流交流。」

青竹由衷道：「他比你更不容易，母子相依為命，還得為生計發愁。這一步跨出去就好了。」

少南道：「還真是轉折的一年，能不能成功就在此一舉了。要是不行的話，又得等三年。」

青竹苦笑了一下。兩人相談著，一直等賀家人回來。

也不知過了多久，突然聽見門外有人喊——

「娘，我回來了！」

少南聞聲，連忙站起來，趕上前去，還沒跨出門檻呢，就見賀鈞已向這邊走來。「賀兄！」少南揚了揚手。

賀鈞頓時愣在那裡，他沒有看錯吧，項少南怎麼在他家？揉揉眼，只見果然是他，忙大步走去，欣喜道：「呀，項老弟怎麼來了？」

「來城裡辦點事。」

兩人互相作揖問安。

賀鈞一抬頭，卻見青竹站在少南的身後，兩人打了個照面。賀鈞雙眼微瞇，心想她也來了，心裡頓時五味雜陳，也說不出到底是怎樣的一種心情，只微笑著點頭道：「夏姑娘……」才開口，就意識到自己說錯了話，連忙糾正道：「弟妹也來了。」

少南臉上帶著笑意，拉著賀鈞說：「上次你來的時候給我說了這個地名，正好我們來城裡辦點事，所以順路過來看看。賀兄可安好？」

賀鈞彬彬有禮地答道：「還好。沒想到項兄弟突然來訪，還真是有些意外。」賀鈞進到屋裡放下東西，也不換家常衣裳，就和少南坐著說話。

少南便將來城裡買東西的事和賀鈞說了。

賀鈞聽後點頭道：「倒不是什麼為難的事，耽擱一天也不算什麼，我會陪你們去買的。不過還得請二位在家等等，我先去學裡找先生告個假。」

少南忙道：「那麼有勞了。」

賀鈞微微一笑，也不在意，匆匆瞥了一眼坐在那邊一言不發的青竹，便起身出去了。

到了第二日，賀鈞陪同少南和青竹去東市買魚苗和母藕，因為買的數量比較多，不得不雇了兩輛板車幫著拉。青竹多少是有經驗了，所以挑選的事主要是她在負責，議價也是她在負責，她的精明幹練給少南和賀鈞都留下了深刻的印象。

後來賀鈞本來說要送他們回平昌，但少南婉拒了，說不敢再耽擱賀鈞。

兩人好不容易雇了車子，將買的這些東西拉回了平昌。

接下來的事情也多了起來，由於少東不在家，雖然有時候可以讓少南幫著跑腿，可他畢竟沒有管理魚塘和藕塘的經驗。事情一多，青竹顯得有些脫不開身。

天才朦朦亮，青竹就得起身，雖然這些天忙碌，但早飯的事她是不用管了，都是白氏和明霞在做。

吃過早飯後，青竹和永柱商議，該去請人來幫忙種藕的事。

永柱道：「好在請來幫忙的人都通知遍了，只是少東不在家，只有辛苦妳了。」

「這沒什麼。種了藕，還要收麥子呢。」

永柱心想，是呀，這些活兒都趕著來了，夠忙上一個月了。

清理溝渠、填整藕塘、放魚苗、種藕，一連串的事，可一樣都馬虎不得。女人們管家做飯，青竹和永柱這幾日一直在東奔西走。雖然少南有時候也能幫下忙，不過家裡人都說溫書更要緊，因此也不讓他天天耽擱。

林家那邊的事還沒完，少東中途回來過一次，見諸事有條不紊，因此便又放心去幫林家的忙。林家那邊如今不只是有人去世那麼簡單的事，老人故去，兒女們為爭家產，幾房鬧得不可開交。雖然翠枝是嫁出去的女兒，但免不了有牽扯，少東一時也忙不過來。

因為林母去世，兄弟姊妹們又不和睦，翠枝竟然動了胎氣，後來連孩子也沒有保住，產下了個死胎。事情輪番打擊，翠枝就躺下了，什麼事也不過問了。

藕塘的事倒是三、四天就做完了，接下來又到了收小麥的時節。收麥子這等事不大好請人幫忙，因為各家都在忙。

項家如今有四畝多的小麥地，一家子都去收割的話，也要忙個十來天。

家裡留下少南看家順便溫書，其餘的人都去地裡了。伙食上的事，少南也無法一人做出一家子的飯菜來，白氏和青竹便備了些餑餑之類的乾糧，還備了些水，所以白天兩頓飯基本上是在地裡解決的。

白氏也是個幹練的農婦，體力活做了這麼多年，雖然已是五十幾歲的婦人了，不過幹起重體力活仍是一點也不馬虎，將一捆捆的麥子往家裡擔，很是俐落。

青竹的身子單薄，雖然做了幾年的農活了，不過卻沒有多大的力氣，更多時候還是和明霞一道幫著割麥子。

天氣漸漸地熱起來了，特別是這幾日天天陽光普照，在地裡忙活一圈，總是汗流浹背。兩日下來，青竹足足曬黑了一圈。

半月來青竹一直在忙碌，少南看著也心疼，便和她說道：「妳也忙了這麼久，我看要不先歇歇吧？」

青竹苦笑道：「哪裡還有空歇呢？忙完麥子，又得插秧了。」

少南道：「雖然這麼說，但妳天天這樣辛苦也不是辦法。我看明天我出去幫著割麥子，妳在家看守吧？」

青竹見他一臉的真誠，眼裡還流露出些許的憐惜，不禁微微一笑。「時間這麼緊了，你也不能放鬆，還背負著全家人的希望呢！割麥子這活兒雖然費力些，但還不算太辛苦，再堅持幾天就好了。倒是你，更應該努力呀！」

青竹雖然也想休息，可是想到少南如今正是用功的關鍵時刻，萬不能因為這些家事牽絆而誤了他的仕途。要是考得不錯，前途將是光明一片啊！

勞累了一天，難免會腰痠背疼，青竹躺在床上就不想動了。

少南體貼地給她捶背揉肩，又在耳邊溫柔地說道：「大哥不在家的這些日子，還真是辛苦妳了，不管什麼事妳都在忙。」

「每年總有那麼幾個月特別忙，要是真心疼我的話，不妨努力一回，讓我以後當個官太太，也學著別人享受一回。」

少南笑嘻嘻地說道：「妳受的苦我都知道呢，一定會讓妳過上好日子的！」

第八十四章　小產

接連割了四天的麥子，還有兩畝多點的地，明春、明霞、青竹三人明顯是有些扛不住了。好在永柱的耐力好，重體力活雖然做不了，但是像割麥子之類的事還是很在行。

明霞一點也不淑女，就勢坐在麥田裡，望著這一大片的麥浪，沒有絲毫收穫的喜悅，心想早點收割完就能解脫了，可是這活兒幹起來像是無邊無際似的。她擦著臉上的汗水，感覺手臂痠疼得似乎已經使不上任何力量了。

明春忙碌了一陣子，也坐了下來，嘆道：「真不知要幹到什麼時候？真想回去好好地睡一覺，今天出來得那麼早，我都還沒睡醒呢！」明春仰頭看看湛藍的天空，真想放鬆放鬆。

永柱見兩個女兒都鬆懈下來，連忙催促道：「再加把勁吧，不然只會越來越熱、越來越累！做事怎麼一點耐力也沒呢？」

明春抱怨道：「休息一下有什麼關係呢？不行呀，這樣下去腰都要斷了。」

永柱看了一眼在前面蹲著割麥子的青竹，對明春道：「妳還長幾歲呢，怎麼做事一點耐心也沒有，連青竹也比不上。」

明春卻不以為然地道：「她本來就該做這些。」

永柱被大女兒的話給惹火了，瞪眼看向她。「妳別以為現在還是馬家的二少奶奶，有人服侍，什麼都不用管！妳們都給我去忙，不許偷懶，不然這三分地只怕今天還收不完！」

明春被父親一訓斥，心裡極不舒服，本來和馬家的那些羈絆已經夠讓她覺得窩火委屈了，如今見父親又提出來，更是渾身不舒服，騰地站了起來，將手中的鐮刀一扔，雖然不敢對父親發火，不過卻也態度強硬地說道：「當初和離也是爹的主意，都過去幾年了，還提啥狗屁的馬家！」而後氣呼呼地轉身就走開了。

青竹回頭看見這一幕，心想明春和馬家的故事，只怕是明春心裡永遠的疤痕。雖然比自己要長幾歲，可明春的性情卻沒什麼變化，還是那麼的不著調。

明霞見大姊走了，也想偷偷溜走，卻被永柱斥責住。

「沒用的東西！妳不許跟著走了，不然我可是要訓人的！」

明霞膽怯，只好乖乖地繼續割麥子。「真是的，幹麼發這麼大的火？我又沒走……」

青竹安慰道：「再堅持一會兒吧。」

明霞心想，青竹的耐力果然不錯。也是，當初青竹來他們家的時候可是什麼事都要做的，或許早就習慣了吧。

等白氏回來擔麥子時，沒有看見明春在地裡，明霞便跑去告明春的狀。

白氏皺眉對永柱道：「真是的，看來這個女兒不打發出去是不行了。」母女之間的嫌隙越來越深，再留下去也不是辦法了。再說都二十好幾了，再不給明春找個人家的話，只怕真的要在家裡待一輩子了。「她成天在眼前晃來晃去，都煩了，還是給找戶可靠的人家吧，再不處理掉，只怕真的留成仇人了。」

永柱彎腰勞作，也沒說什麼。

白氏便當他是默許了，心想忙完這一陣子，該去找人問問看。

青竹又幹了一會兒後也覺著累得不行，口渴得厲害，便回頭喝了幾口水，坐在田埂上略歇了歇。才歇下一會兒，就覺得腹部以下有些隱隱作痛，額頭上的汗也跟著往外冒，身上越發的痠軟。

白氏正將一捆捆的麥子往竹筐裡裝，見青竹歇著，便叫她。「青竹，妳也過來幫我裝一下。」

「喔，好。」青竹擦擦汗，站起身來走了兩步，結果差點跌倒。身上的疼痛感已經讓她直不起身了嗎？青竹也顧不得那麼多了，抱了一捆麥子就裝著。

白氏突然看見青竹的臉色不大好，心想她這是怎麼了？莫非是太累的關係嗎？她的身體還不至於這麼差吧？這些活兒往年不是照常做的嗎？「妳沒什麼事吧？」白氏忙問。

青竹只覺得一點力氣也沒有，連回答白氏問話的力氣似乎也沒了。她很想直起腰來，卻覺得天旋地轉，好像連站也站不穩了……

下一刻，地裡的人都驚叫起來，三人連忙圍上去，只見青竹已倒在田裡！

白氏見狀，也顧不得麥子了，趕緊搖了搖青竹，喚道：「妳怎麼了？快醒醒，這裡可不是睡覺的地方啊！」

永柱見青竹昏迷不醒，皺眉道：「莫非是中暑了不成？這還沒到夏天呀！」

白氏只好揹著青竹往家裡趕，又忙讓明霞去請大夫。

明霞當下也慌了，連忙一路往村口跑去。

少南本在書房裡看書看得好好的，突然見母親揹著昏迷的青竹快步走來，甚是震驚地衝上前問道：「她是怎麼了？」

白氏將青竹放到床上，見她還未清醒過來，心想她怎麼就昏過去了？身體不至於差成這樣吧？便急急地和少南道：「我讓明霞去找大夫了，你好好地守著她，我去熬點糖水！」

「喔，好。」少南顯得有些驚慌失措。他看了眼躺在床上、沒什麼反應的青竹，胸口越跳越快，心想不會出什麼事吧？一定不會的！他的許諾都還沒達到呢，不會失去青竹的，不會！

少南試了試青竹的呼吸，有些微弱，忙給她掐人中，口裡焦急地喊道：「青竹，妳醒過來呀，醒過來呀！」

掐了好幾下，直到出現明顯的印痕，才見青竹的眉頭皺了皺，手指也屈伸了。

青竹緩緩地睜開眼，心想怎麼躺在床上呢？不是還在地裡幹活嗎？她迷迷糊糊地看了眼跟前的少南，嘴唇微微地動了動。

少南見她總算睜開眼，這才大大地鬆口氣，急迫地問道：「妳是怎麼了？好端端的，怎麼會人事不省？」

青竹還是覺得下腹隱隱作痛，身上一點力氣也沒有。她大口地喘了兩口氣，汗珠也跟著下來了，手心卻是冰涼的。她拉拉少南的衣袖，緩緩說道：「疼呀，下面疼……」

少南疑惑地看著青竹捂著小腹，有些不明就裡，莫非是拉肚子不成？見她難受成這樣，他卻沒辦法代替她，只好安慰道：「娘讓明霞去找大夫了，妳再忍忍吧，讓大夫來瞧瞧就好了。」

過了一陣子，白氏沖了糖水端來，見青竹清醒過來，總算鬆了口氣。「剛才差點把人給嚇死！怎麼妳的身體越來越差了？家裡正需要人，妳這樣躺下算怎麼回事呢？」

青竹看了看白氏的臉，雖然她沒說什麼關心體貼的話，不過可以看見她臉上緊張的、像是終於鬆了口氣的表情。青竹虛弱地笑了笑，道：「對不起，讓你們擔心了。」

少南給青竹餵了糖水，想讓她慢慢地緩和下來，可是下腹的疼痛感還沒有消失，甚至越來越嚴重了，青竹這才記起一件要緊的事，忙問少南。「今天是幾號？」

「什麼幾號？」

「我問你今天初幾呢？」

少南道：「哪裡是初幾，今天已經十九了。」

「十九？」青竹驚出一身冷汗，心想不會吧，這些日子以來的忙碌，已經讓她忘記了時間嗎？這種疼痛感，她似乎明白是怎麼回事了，遂微笑道：「沒什麼，應該是痛經吧，休息半天就好了。」

白氏這才鬆了一口氣，心想好在不是什麼大毛病，不然家裡少了青竹的話，那怎麼行呢。

少南卻有些疑惑，青竹這模樣以前可是從來沒有過呀！大夫怎麼還不來呢？必須給她仔細瞧瞧才好。他起身道：「妳安心地睡會兒吧。」又扭頭和白氏說：「我看後面的活兒就別讓青竹幹了，乘機休養一下。」

白氏撇嘴道：「你大哥又不在家，人手已經不夠了。前些時候要種藕，已經耽擱了些日子，如今再不趕緊的話，只怕要灌水了。」

少南道：「那有什麼要緊的，下午我也去地裡吧！」

白氏看了兒子一眼，又見青竹臉色煞白，心想莫非真是勞累過度，再加上痛經嗎？

腹部的疼痛讓青竹左右不是，心煩得緊，她實在不想再躺在床上，可剛剛坐起身來，卻突然感覺到下體有一陣熟悉的潮濕感湧來，到後來越湧越多，還伴隨著一陣陣的疼痛，這是她從來沒有過的狀況，她驀地慌了。

「少南！」青竹幾乎是用盡全力地嘶喊，接著往後一倒，蜷縮著身子，瑟瑟地發著抖。

少南這會兒正和白氏在外面的屋簷下說著話，突然聽見青竹喊他，連忙進屋去，赫然發現青竹的下身流出觸目的鮮血，眼睛也直了，忙上前關切道：「妳這是怎麼了？」

「不好了……」青竹緊緊地拉著少南的衣裳，渾身都在顫抖。

少南將她抱在懷裡，心想青竹以前可從來沒出過這樣的狀況啊！

白氏也進來了，看見這一幕時有了不好的預感，忙喝斥道：「少南你走開！別污穢了身子，不吉利！」而後趕緊湊上前去詢問青竹的身體狀況。

青竹的嘴唇開始發白，臉上一點血色也沒有，虛弱地說道：「娘，這不是痛經，可能是小產了……」

「什麼?!」白氏瞪大眼，心想青竹怎麼這麼糊塗，連自己有了身孕也不知道嗎？不過看這光景倒是有幾分相似。

少南更是愣在那裡，青竹的痛楚，他不能分擔絲毫，情急之下只好說道：「娘，妳先守著，我去看大夫來了沒！」

「去吧！」白氏也沒個主意，又詢問青竹。「妳有孕幾個月了？怎麼從來沒聽妳說過？」

「可能還不到兩個月，我還以為是經期延遲了，所以當是痛經，可……好像……」後面的話，青竹一點力氣也沒有，無法說完了。

白氏焦急地想著，還真是個糊塗的人呀！可能是這陣子太忙了，讓青竹忘記了身上的事，沒有留意吧。再加上最近幾天實在是太勞累了，所以才造成流產，白氏不免有些後悔。

過了好一陣子也不見大夫來，少南便說要揹青竹上醫館去。

白氏卻道：「先不要移動她，不然這血只怕止不住。既然明霞去叫了，應該會來的。」

少南只好暗自祈禱青竹不要有什麼事，能平安地度過此劫。

後來永柱回來，聽說了此事，也嚇了一跳，心想怎麼就惹出這麼大的事呢？都是這孩子太老實了，既然有身孕為何不告訴他們？真是一點也不知道保養。

這時明霞終於將醫館裡的大夫請來了，細細地給青竹診治過，最後得出結論。「是小產了，孩子沒有留住，真是可惜。」

少南現在關心的不是才失去的那個孩子，而是青竹的身體，因此急切地追問道：「那麼我媳婦要不要緊？」

大夫說：「要好好地靜養至少一個月，身體太虛弱了，需要調養。」
眾人聽到這裡才算是鬆了一口氣。
大夫又寫了一張藥方，交代做些滋補的食物。

明春是天色漸晚時才回到家，家裡已經沒人去管她上了哪裡。一家子愁雲慘霧的，她有些茫然，不知發生了什麼事。
而青竹整整躺了一下午，直到掌燈時才緩緩地睜開眼。小腹依舊隱隱作疼，她知道是怎麼回事，可身上一點力氣也沒有。見少南坐在桌前，一臉的焦急，心想到底又讓他操心了，心裡有些歉意，輕聲地喊了句。「少南……」
少南聞聲，連忙來到床前，俯下身子瞧了瞧她，緊張地問道：「妳現在感覺有沒有好些？」
青竹未語淚先流，伸手握住他的手，歉然道：「對不起，我竟這樣疏忽，連我們的孩子也沒保住，對不起！」
「別說了，妳壓力那麼大，是我的疏忽才對。如果這段時間我能幫妳分擔一些，能多留意一下妳的事，也不至於……」少南覺得喉頭哽咽，又不願意青竹看見他傷心落淚的樣子，只好扭過頭去控制自己的情緒。
青竹哭道：「我從來沒想過這麼快就要當娘了，一點準備也沒有，我實在不是個合格的母親……」

少南搖頭道：「現在說這些都沒用了，妳安心養身子吧，別的事都不要想，大夫說妳至少得好好地靜養一個月呢。以後我們還會再有孩子的，妳放心。」

知道自己懷孕，然後又小產，對青竹來說實在是太突然了，突然得讓她都還來不及接受這兩個天大的事實，當她明白時，一切都已經是過去式了。

白氏做好了晚飯，讓明霞來叫他們吃飯，明霞進來卻見這小倆口正對著抹眼淚，這番情形將她嚇了一跳，只好又折回去了。

明春幫著擺好碗筷，見明霞一臉沈默地回來，不免白了她一眼，冷言冷語地道：「怎麼不叫他們？」

「我不去，妳去吧。」

「我才不樂意呢！」明春突然想起以前的事。她也小產過，不過卻是因為馬元那個不成器的臭男人害的。失去孩子的滋味她體驗過，不過這件事發生在青竹身上，卻未激起明春的一點同情，她顯得極為冷漠，這一切都與她無關。

白氏不禁念叨著。「今年到底是觸了什麼霉頭？莫非是流年不利？翠枝才產了一個死胎不久，現在二媳婦竟然也出了這樣的事，難道是老天要亡我們項家！」

永柱蹲在門檻邊，一言不發。是呀，今年到底是怎麼了？以為今年是大有前途、盼頭的一年，沒想到從開年到現在都是在倒楣，究竟何時才能轉運呢？

第八十五章　嬌養

正趕上農忙時節，大多數村民們都在地裡熱火朝天地忙碌。青竹有些孤獨地躺在床上，跟前一個人也沒有。少南他也下地裡去了，青竹頓時覺得這個家冷清得可怕。

躺久了，身子也痠疼，真想起來做點什麼，即便不做什麼，走動一下也好。

隨手取了件外衫披上，穿上鞋子，緩緩地走到窗下，一手想要拉開窗屜子，可是好像使不上力似的，只好又添了隻手，用力地拉開了，外面的陽光頓時射進屋裡，變得光亮起來。

青竹站在窗下，張望著外面的風景。其實小小的院落並無風景可言，牆角種的瓜果已經搭上架子，竹竿上還晾著未收的衣裳，軲轆邊放著只木桶，場地裡擺放著還沒脫粒的麥子，垛子上停了幾隻麻雀正在啄食。

青竹倚窗看了一會兒，最近情緒總是很低沈，突發的事件給她的打擊太大了，不管是身體還是心情都還沒平復過來。

正當她要轉頭時，卻瞥見明春從她的房裡出來了，青竹想，她怎麼沒去地裡幫忙？那些活兒還有得幹，怎麼會窩在家裡？青竹不知明春留在家裡做什麼，反正兩人也說不上什麼話。站了一會兒，又覺得身子一點力氣也沒有。

榻上堆積著好些髒衣服，這些天也沒那閒工夫去洗。

不想再睡了，青竹便走出房門，想去外面透透氣。站在屋簷下，她深深地吸了一口氣，空氣裡還瀰漫著棗花香，她不由得伸了伸胳膊。

明春就站在自己房門口，見青竹出來了，也沒打招呼，只冷冷地看了兩眼便又回屋去了。青竹也不理會，徑直去了書房。

這間屋子青竹住了一、兩年，現在的格局完全改變了，靠牆的位置釘了兩排書架，架子上擺放著少南這些年攢下的書，沒人來整理，放得有些隨意和凌亂。

窗下的長木桌成了少南的書桌，硯臺裡的墨已經乾涸掉了，還沒來得及清洗。青竹隨意整理了一下，將那些毛筆都收拾好，插到筆筒裡。

寫廢了的紙張、隨手丟的書，青竹也一一整理了。隨意勞動了一會兒，青竹就感覺到額上正大滴大滴地冒著汗珠，不過手腳卻仍是冰涼。她扶著椅子大大地喘了幾口氣，心想怎麼病了一場，連這麼點力氣也沒了？以後還要幹農活的，這可怎麼辦？

肚子突然餓起來，青竹想，也不知他們要不要回來吃飯，要不還是先把飯煮上吧？拿定主意，她便去了灶房。筲箕裡有一把還沒清理出來、都快蔫掉的韭菜，以及還沒去皮的紅薯。這個季節的蔬菜正是青黃不接的時候，瓜果豆類的蔬菜剛種下，綠葉蔬菜更少之又少。

青竹便端了筲箕，坐在門檻上開始理韭菜、削紅薯皮。對面的明春倚在門板邊嗑著瓜子，根本沒有要過來幫青竹的忙。

理好菜，打算做飯了，卻發現水缸裡沒多少水，只好提了水桶去井邊。正好聽見院門外有人喚她，青竹一聽是韓露，忙高聲應了，趕緊去開門，果見韓露站在門外。

韓露笑嘻嘻地說道：「我聽說姊姊身體不好，過來看看。家裡做了些綠豆麵餑餑，帶些給姊姊嚐嚐。」

青竹連忙道謝，又請韓露進院子來坐。

韓露跨進院門，一眼就看見了明春，便笑咪咪地和她打招呼。「項大姊好！」

明春從鼻子裡哼了一聲，算是示意了。

韓露見青竹正要打水，忙過來幫忙。「姊姊，我來幫妳提水吧！」

青竹忙說：「不用妳幫忙，我自己就能行。」

韓露小聲地和青竹道：「妳的事我聽阿母說過了，正是安心養身子的時候，幹麼又做這麼勞累的事？快歇著！」說著，挽了衣袖當真走到井邊將水桶纏好繩子，放進井裡，不一會兒就提了滿滿的一桶水上來，又麻利地替青竹將水提到灶房，倒進水缸。本來還要再繼續替她打水的，青竹卻阻止了。

「這一桶水也夠了，坐著我們說會兒話吧。」

韓露擺手道：「不了，家裡還有事，空了再來找姊姊聊。」又壓低聲音和青竹道：「你們家這個大姑姊還真是讓人無語，妳才小產了，怎麼也不幫著做點事？打水這類的事也要妳來，這才幾天呢，也太不近人情了吧？」

青竹苦笑了一聲。「我能說什麼呢？」她從未指望明春能幫上什麼忙。

青竹一人慢慢地煮了飯，就等外面勞作的人回來。

過了將近一個時辰，項家的人才回來，個個都累得連腰也直不起來。

白氏赫然見青竹在做飯，詫異地問道：「妳還沒好索利，怎麼起來做飯了？」

青竹淡淡地道：「不做飯肚子餓呀。」

白氏嘀咕道：「這個明春也真是的，留她在家幫忙做點家事，還說讓她照顧妳，竟一點用也沒有！」

青竹聽到這裡才知道明春為何在家。不過都無所謂了，她早已經習慣那人的嬌小姐脾氣，求人還不如求己。

白氏讓青竹去床上躺著，不讓她勞累，青竹不願意，白氏臉上沒什麼好臉色。「靜養好了，以後才好坐胎，要是留下什麼病根如何是好？我還指望著抱孫子呢！老大媳婦養不出來，妳總得給我爭點氣。」

青竹聽到這裡不禁倒吸了一口涼氣，心想以前對翠枝的念叨，這麼快就轉移到自己身上了嗎？生兒子……要是生的是女兒怎麼辦？青竹不免想起以後的生活。翠枝就是個活生生的例子，就因為沒有養兒子，才被白氏各種瞧不起、嫌棄，莫非她也要步翠枝的後塵了？

回到房裡，青竹依舊悶悶不樂，呆坐在榻上，聽見院子裡永柱和少南在說話。

過不多時，少南進來了，瞥見青竹愁眉苦臉的樣子，便在她跟前坐下，安慰道：「妳怎麼了？身上還是不好嗎？」

青竹搖搖頭，也不吱聲。

「要是還不舒服，我陪妳一道去醫館看看？」

「不用了。」

少南含笑道：「這些日子苦了妳了，我又不能幫上什麼忙。安心養著吧，別的都不用妳想。娘讓大姊在家照顧妳，妳想要什麼、想吃什麼，儘管和她說。」

「讓她照顧我？」青竹覺得好笑，諸事不管也叫照顧嗎？要不是韓露來串門子，只怕那桶水明春也不會幫著打。

「妳放寬心，好好地養身子，有什麼不如意的地方儘管告訴我。」

青竹咬咬牙，心想還是算了，便別過臉去。

少南還想和青竹說幾句話，卻聽見父親在叫他，連忙答應著出去了。

這裡白氏正和明春念叨著。「讓妳在家幫著做點家事，怎麼什麼都不管呢？妳也是過來人，要是留下什麼病根那還得了！」

明春撇撇嘴道：「娘現在偏心起外人來了！她有什麼好的？小產就了不起嗎？一家子都得圍著她轉，像伺候公主似的伺候著，我可做不來！」

白氏親耳聽見明春這番話，頓時氣不打一處來。「就為了這麼點事，妳也說我偏心？再說，難道不應該嗎？要不是之前一直奔波辛勞，好好的孩子會流掉嗎？妳也二十幾的人了，怎麼還和小孩子一樣的脾氣？讓妳去地裡幹活，妳就喊累，回來照顧病人吧，又什麼都不動，還能指望妳辦什麼事啊？」

明春垂眉道：「娘現在也嫌棄我了，嫌棄我在家吃白飯，不幹活。外面將我傳成個什麼樣，我也顧不得了，只當在家有父母庇佑，什麼都不用管，現在看來，待在這個家還有什麼意思呢？還不如離了你們的眼皮，另謀生路好了。」

白氏氣得咬牙道：「我不過說了幾句，就惹出妳這番話來，還這麼理直氣壯，看來是不把我氣死妳不甘心！」

明春當場便落下淚來，舉起衣袖抹了抹就出去了，結果正好遇見青竹從房裡出來，兩人打了個照面，明春立即咬牙切齒地埋怨道：「這下妳高興了？如意了？哪天將項字改成夏，我就說妳真正有本事！」

青竹一頭霧水，心想這個女人到底哪根神經搭錯了？只冷冰冰地說道：「找我出氣就算有本事了？」

明春心想，自己要鬥嘴的話必定是鬥不過她的，如今全家都向著青竹，只好忍氣吞聲，裝作什麼都沒聽見地離開了。

此時明霞捉了隻蟈蟈放在小罐子裡，正找地方藏，青竹見狀，心想這兩姊妹的差異還真大，不免又想起青梅和青蘭來，看來她是注定享受不了姊妹之間的親情和友誼了。

到了下午，白氏又囑咐明春在家照顧青竹。

明春板著臉，看上去很不願意。

此刻少南說話了。「我看不如這樣吧，反正家裡的事越來越多，要不請個人來幫忙打點些家事，娘能輕鬆一些，青竹也好專心幫著管帳、謀出路。」

「說得那麼容易，這個錢誰出？」白氏是只要一涉及到錢就不大願意，再說了，有外人在家，什麼都不方便，因此不肯答應。

哪知永柱卻道：「我看也行，找找看吧，幫忙做飯、洗衣倒還好。」

榔頭村的住戶大都是些為了生計而發愁的村民，能用得上僕人的，不過是馬家、田家兩家。南口那兩家大戶不算數。

聽說項家要請人幫忙做家事，前來應徵的人有不少，從十來歲的小姑娘到四十好幾的婦人都有。不過項家沒打算長期請人，只是想臨時找個人來幫忙分擔些家務，很有可能還要幫著做些農活之類，所以第一要求就是手腳勤快、吃苦、踏實。

白氏讓青竹自己選，青竹看了一番後，挑了兩個十二、三歲的小姑娘，心想這個年紀也好，能和自己說說話，要是找了四十幾歲的婦人，還真不知能有什麼共同的語言。這兩個小姑娘，一個生得乖巧伶俐，一個少言少語，模樣都還順眼，青竹留下了那個乖巧伶俐的。

小姑娘說她今年十三歲，個子中等，但是有些面黃肌瘦，家裡很窮。父母都是一般的佃戶，連地也沒有，上面有兩個哥哥，下面還有一個妹妹、一個弟弟，在家不怎麼受重視。不過青竹覺得她頗順眼，又機靈，自然也勤快，又問她叫什麼名字。

小姑娘回答。「叫春桃。」

青竹想，還算順口，便作主正式聘用了小春桃。小春桃家離這邊還有幾里地，要是每天來往也不方便，便讓她在對面的蠶房裡住下，就像當初的青竹一樣，簡單地隔了一道簾子而已。工作內容主要是負責家裡的三頓伙食、洗衣、掃地、整理一般的家務活。每個月給二百錢，管吃住，這是項家目前能開出的待遇了。雖然低了些，不過管吃住，又有錢掙，小春桃很滿意了，一口一個「少奶奶」地稱呼青竹。

青竹笑道：「叫什麼少奶奶，這個我可當不起。」又不是買回家的丫鬟，不過是臨時請的一個幫工而已，沒有必要分得那麼清楚。

跟前有春桃幫忙打理，青竹確實省了不少心，而家裡突然添了一個人吃飯，似乎也沒什麼變化。

養了將近一個月，青竹的身體也好得差不多了。

麥子也收了回來，脫了粒，最近都在晾曬；玉米也差不多都種下了，就等著車水插秧。

林家的事早就忙完了，但最近翠枝連房門也不大出，有些悶悶不樂的樣子，每日只遣豆豆和靜婷過來問安。

夏家遣了夏成過來，送了一麻袋的芋頭，青竹留了一半，剩下的一半準備送給翠枝他們，便讓春桃提了去。

春桃去了好一陣後，回來說：「大嫂說謝謝二嫂。」

春桃跟著明霞稱呼，叫少東、少南為大哥、二哥，所以翠枝和青竹自然就成了大嫂、二嫂，這樣的稱呼對青竹來說反而更容易接受。

「喔。大嫂她還好吧？」

春桃道：「看著倒還好，別的我也說不上來。」

青竹想了想，便說：「妳好好地看家，我去看看大嫂。」

春桃答應了。

青竹出了月洞門，這邊院子裡栽種的石榴樹已經開花了。豆豆和小靜婷坐在石榴樹下，豆豆拿著針線在穿石榴花，看見了青竹，忙起身含笑著與青竹招呼。「二嬸來了。」

青竹微笑道：「妳們娘在哪兒呢？」

小靜婷回答說：「娘在屋裡。」

青竹聽說便往翠枝的房間走去，此時少東不在家，倒沒什麼好顧忌的。青竹走到窗下喚了聲。「大嫂！」

裡面的聲音回答道：「是弟妹嗎？快請進來。」

青竹進到屋內，見翠枝正臥在躺椅裡纏麻繩。

翠枝見她進來了，便抬眼說：「弟妹請隨便坐。」

青竹便坐在一張小杌子上，見翠枝身穿蔥蘭色的圓領單衫，繫著牙白色的粗布裙子，頭髮鬆鬆地綰了個髻，鬢邊簪了一朵白絨花，心想她還在熱孝裡，因此少不得要寬慰幾句。

「大嫂怎麼回來後都不大出門呢？連我們那邊也不大去。」

翠枝快快地說：「沒情沒緒的，覺得沒意思。」

「過了年以後，大嫂的事也不少，都沒什麼時間好好調養，還真是苦了妳了。」

翠枝苦笑一聲，又看了青竹一眼，繼續纏著她的麻繩，慢悠悠地說道：「我聽家裡人說妳小產了，怎麼這麼不謹慎呢？我前不久才沒了一個……」又說到痛處了，翠枝不免皺了皺眉。肚裡好端端的一個男胎竟然就這麼沒有了，以後也不知還有沒有機會再懷上？

青竹道：「我自己不小心的，也怪不得別人。那段時間是胡亂忙，竟然沒注意到有身孕這件事。」

翠枝又道：「妳還年輕，慢慢來。」

十五歲當娘，對青竹來說是有些難以接受，但在這個時代卻是最普遍的。青竹沈默一陣後才緩緩開口：「大嫂以後有什麼需要幫忙的儘管開口，我會盡自己所能。」

翠枝忙說：「將來定少不了要麻煩你們的地方。這下好了，又請了個丫鬟來幫工，妳也不用那麼勞累，安心養身體吧。」

青竹點點頭，也不知該和翠枝說些什麼。喪母、喪子之痛接連席捲而來，沒有幾人能夠招架得住，不過青竹想，至少少東會安慰她，一雙女兒會安慰她，隨著時間的沈澱，她會慢慢淡忘一切的。

這時候春桃走來，和青竹說：「二嫂，大娘叫妳過去呢。」

「有什麼事？我安靜地坐一會兒也不行嗎？」

春桃道：「說是什麼秀嬸來了。」

青竹會意，心想必定又是給那兩姊妹說親來的，便起身和翠枝道別了。

翠枝點點頭，繼續纏她的麻繩。

第八十六章　私逃

秀嬏給明春說的是隔壁村一戶熊姓人家，那男人前年死了老婆，留下一個八歲的兒子。也就是說，明春嫁過去是做填房，當繼母的。

當白氏將這些話告訴明春後，明春立即拉下臉說：「我知道這個家裡的人都嫌棄我，隨便找個理由就想將我給打發出去！我不嫁什麼人！以前受的罪還少了不成？」

「妳又說什麼喪氣話呢？聽妳秀嬏說，我倒覺得那家人還不錯，妳過去又白得一副嫁妝，有什麼不好？我會和妳爹商量，他要是同意的話，我就去那家看看，若也覺得好，就給妳定下來，妳也趁此給我收收心。」

明春緊咬著嘴唇，暗暗地恨道：就這麼迫不及待要將我給打發出去嗎？難道這世上真沒我的容身之處嗎？

等永柱回來後，白氏將秀嬏的話說了一遍給他聽。

永柱卻顯得冷靜許多，聽後也只淡淡地說道：「這事再看看吧，急不得。媒婆的嘴裡都是好話，真話沒有幾句。前車之鑑不是沒有，我找人打聽一下再決斷。」

白氏點頭道：「從我肚子裡爬出來的，我自然不會再讓她受人欺侮，定要摸清底細了才會決定。」

「既然如此，那多說無益。」永柱覺得頭有些暈，想要上床躺躺。

明春不知父母之間商量的結果是什麼，她不喜歡這種被推出去的感覺。她知道這個家裡沒有人來替她說上半句話，誰都是靠不住的！越想越氣，後來她背著同屋的明霞，簡單地收拾個包袱，包了兩件衣裳，帶上好不容易攢下的零錢，趁人不備時，偷偷地溜出了家門……

到了夜間，白氏和春桃在灶間忙碌，準備晚飯的事。

白氏和春桃道：「我看妳做完這個月，下個月就回去吧。」

春桃有些驚訝地望著白氏，忙說道：「項大娘，您是嫌我手腳笨嗎？」

白氏道：「倒不是這個，是家裡的事少了，青竹也不需要人單獨服侍了，而且妳又不是我們家買來的丫頭，當初說好了只是臨時雇用。」

春桃不想回她那個家，家裡兄弟姊妹多，少她一個也沒差，再說父母都不喜歡她，回去了說不定也是被賣掉的命……春桃低下頭，臉上有些落寞。

兩人弄好飯菜後，見青竹和永柱還在商議地裡的事，白氏遂道：「先吃飯吧，吃了飯再說。」又讓春桃去叫少南和明春姊妹。

這裡青竹趕著幫忙佈置飯桌。

過不多時，明霞和少南來了。

白氏不見明春的身影，便問：「明春呢？還鬧彆扭不成？連飯也不吃了？」

明霞聳肩道：「她不在房裡，不知上哪裡去了呢。」

白氏有些疑惑，心想明春不在房裡，可其他地方也沒看見她啊！天都黑了，她上哪裡去呢，居然還沒回來？白氏沒怎麼在意，只當是明春和家裡人賭氣，躲起來了。

飯間，永柱自然關心起少南備考的事來。

少南是有幾分把握，笑道：「我都有些迫不及待了，早考早超生，省得天天這樣提心弔膽不安寧。」

永柱道：「這會兒已經五月了，還有兩個多月的時間，你可得要好好珍惜呀！」

少南答應著，又道：「我和賀兄商議過，要一道上省城，日子也定下來了，正好可以趕上田家的車隊。」

永柱便問是什麼日子。

少南道：「七月初七。」

永柱聽後皺了皺眉，心想不是個很吉利的日子。不過既然兒子已經作了決定，他也不好再干涉。

用了晚飯後，青竹便回自己房裡去了，剩下的活兒由春桃打理。

白氏見碗都收了還是不見明春的影子，便讓春桃去少東那邊看看。

春桃答應著去了，很快又回來說：「大姊沒在那邊。」

白氏疑惑道：「家裡也沒人，她一個二十幾歲的女人能上哪裡去？」

永柱這才意識到明春不見了。「是不是要給她說親事，她不高興，所以才離了家？」

白氏有些氣憤。「那也太離譜了吧？還當自己是小孩子嗎？我又沒說要她馬上嫁過去，倒是會給我惹麻煩！這一走會上哪裡去啊？」

「她和白英交好，說不定去找白英了。等明兒一早讓少南去陳家看看吧，將她叫回來。妳也別衝她發火，她那麼大的人了，也是要臉面的。」

白氏氣呼呼地說：「你就會慣著他們，我看遲早有一天要惹出禍端來！」又忙將明霞叫過來詢問。「妳大姊什麼時候不在家的？」

明霞搖頭說：「我都是傍晚才回來的，那時候不見她在屋裡，自然不知道她什麼時候走的。」

白氏咬牙恨道：「養了個女兒，都這麼大了還是一點也不讓人省心！」一方面又想，若當真上陳家找白英去了倒好辦，可若是沒有的話，又該上哪裡去找她呢？

這一夜，白氏始終惦記著明春的事，睡得不安心，心裡暗罵：死丫頭，招呼不打一聲就走了，看妳回來我怎麼收拾妳！

那一廂，少南和青竹還在夜話。

「可惜這個家離不開妳，不然還想著帶妳一道去省城看看的。」

青竹有些訝異，沒料到少南上省城去應舉，竟然還想要帶自己一塊兒去，便說：「糊塗人，就算我能抽身去又怎樣？我若跟去了，你不是要分心嗎？你安心考自己的試吧，我們在家等著你的好消息呢！」

少南道：「真希望這條路能順坦，能夠順利參加明年的會試。」

青竹想，會試得要上京去才行，若中了會試就能放官了，是所有讀書人夢寐以求的事。她知道少南從啟蒙開始，如今也學了十來年，都在幾場考試的賭注上。腦中突然想起左森的事來，不免又祈禱，千萬不要像左森那麼倒楣，以至於受牽連，斷了以後所有的路。

青竹給他鼓勵。「你做事有毅力又有天分，一定能成的。」

少南微笑著說：「希望如此，我還向妳許諾過要給妳美好的生活，將以前受的苦都折回去。」

青竹是信賴他的。

少南躺了一會兒卻覺得越來越清醒，怎麼也睡不著，於是連忙起身。

「上哪兒去？」

「妳睡吧，我再去看會兒書。」

青竹卻拉著他不許，搖頭道：「越是到緊要關頭，越要補充好睡眠，不然大腦會缺氧，效果也不好。」

「什麼叫大腦缺氧？」少南經常從青竹嘴裡聽到些古怪的說法。

青竹趕忙解釋道：「就是頭暈腦脹，看書也看不進去，這不是白費力氣嗎？你什麼也別想，安心地睡吧，我也不和你說話了，娘不是說了明早讓你去二叔家接大姊嗎？」

「是呢，我都忘了這樁事。只是這大姊怎麼鬧起脾氣來了？一聲不吭的就走，倒讓家人都替她擔心。」

青竹有些不以為然地道：「心裡有彆扭吧，她那麼大的人了，應該知道輕重的。」

夜色越來越深沈，除了白氏，項家人都漸漸地進入了夢鄉……

第二日一早，天色還未亮，白氏就起床了，打掃院子後便叫春桃起床，她餵牛，讓春桃簡單地弄一頓早飯，這裡又趕著來叫少南。

「老二，你快起來！」白氏將門板拍得山響。

少南極不情願地睜開眼睛，見窗外天色都還沒發白，他也還沒清醒，便迷迷糊糊地說道：「娘，昨晚睡得遲，妳再讓我多睡會兒吧？」

白氏卻不依不饒地說：「我不管你睡得早還是睡得遲，快起來替我跑一趟路！昨晚迷糊間作了個噩夢，總覺得不吉利，趕緊將她給找回來我才安心！」

青竹推了推少南，低聲在他耳畔說：「起來吧。」

少南沒轍，胡亂地穿了衣裳，披散著頭髮，一副睡眼惺忪地前去開了門，只見白氏在堂屋裡兜圈子，一刻也坐不住。

見少南出來了，白氏又高聲叫春桃。

春桃聽見叫，便慌慌忙忙地跑來。

「飯好了沒有？」

「還沒。」

「有什麼能帶走在路上吃的嗎？」

春桃看了眼急不可耐的白氏，回答說：「昨晚吃剩下的幾個玉米饅頭我蒸上了。」
白氏點頭道：「老二你洗了臉、梳了頭後，帶上饅頭就去你二叔家看看。」
「喔。」少南知道母親心慌，不得不答應下來。
春桃便幫少南打水。
這裡青竹也起來了，穿好衣裳出來道：「娘只是猜測大姊去了陳家，但也不一定在那裡，怕還得去別處找找吧？」
白氏被青竹的這番話給提醒了，忙說：「二媳婦說得對！我去找少東，讓他去妳舅舅家看看！」要出門時又催促了少南一回。
白氏遣了兩個兒子去找，可不知怎地心裡卻沒底。兩個兒子出門後，她卻是一刻也安靜不下來，從這間房走到那間房，又問明霞，明春帶了什麼走？
明霞說：「好像帶了幾件衣裳，別的我就不知道了。她的東西平時都放得好好的，不讓我去翻動。」
白氏捏緊拳頭，狠狠罵道：「挨千刀的死丫頭，真是要把我氣死才甘心！」
聽著白氏的怨怒聲，青竹在自己房裡給少南縫衣裳，春桃則安安靜靜地坐在小杌子上發怔。青竹看了她一眼，問道：「妳怎麼了？」
春桃悶悶地說：「二嫂，昨晚大娘說讓我下個月就回去了。」
青竹笑道：「這不好嗎？回去和家裡人團聚啊！」

春桃跪了下來，央求著青竹。「好嫂子，我不想回去，讓我繼續做下去吧，好不好？」

青竹忙拉她起來。說老實話，春桃在家後她能省下許多事，現在竟離不開了，她也不想讓春桃走，可是當初說好了只是臨時幫一陣子的忙，再說白氏已開了這個口，她沒有必要在這些小事上去違逆白氏的意思。

春桃央求道：「二嫂，請您和大娘說說，別讓我走，好不好？」

看她這副可憐巴巴的樣子，青竹有些心軟，便拉著她說：「現在只怕不行，等大姊的事過去後我再提提看吧。」

「多謝！多謝了！」春桃雙手合十地鞠著躬。

還沒到巳時少南就回來了，不過並沒帶回白氏期待的答案。

他氣喘吁吁，搖頭說：「沒，沒人。二叔家說沒看見大姊去找過他們。」

白氏心驚地說：「那她會上哪裡去呢？」

少南忙安慰道：「娘先別急，大哥不是還沒回來嗎？說不定在舅舅家呢！」

白家住得要遠一些，等少東回來時已經是午後的事了。

明春出走的事少東本沒怎麼放在心上，也當她是去了陳家找白英。

在娘舅家也沒發現明春。當白氏聽見大兒子這麼說時，頓時氣得渾身打顫。「那她會上哪裡去呀？除了來往的這幾家親戚，她還能上哪兒？」

少東和少南見母親如此發怒，少不得安慰幾句。

少東勸道：「娘別擔心，我再去小叔叔家問問。」

白氏急道：「快去呀！」她昨天也沒說什麼重話，怎麼就刺激到明春了呢？自從和離在家住著後，哪天讓她省心？白氏口裡只反覆地念叨著。「冤孽呀，冤孽呀……」

家裡人找遍了所有能找的地方，各處也都去打聽了，還是不見明春的蹤跡。

白氏為此病倒了，嚇壞了家裡人。請大夫、抓藥，又要照顧地裡的事，大家胡亂忙了幾天。

永柱憂道：「她能上哪裡去？還有什麼地方沒找到的？」

少東實在不知還能上哪裡去問，想來想去，只好說：「還有一處還沒去問過。」

永柱忙問：「是哪兒？」

「就是馬家那邊。」

青竹在一旁聽見了，心想應該不會吧？明春也是個好臉面的人，還會灰溜溜地跑去馬家嗎？聽說那馬元已經新娶了老婆，連兒子都有了，明春這去了還有什麼意思？

永柱聽見少東這樣說，不禁皺眉。「她還不至於那麼沒志氣，又去馬家算什麼事？」

少東沈默了一陣子才又說：「如今認識、有交往的人家，就只剩馬家沒去找了。要不，只怕她是去了無法回頭的路，我們再也找不到了。」

白氏正臥在裡間的床上養病，聽見少東這麼說，真是剜心地疼，口裡直嚷嚷道：「挨千刀的，這不是活生生地要我這條老命嗎？」

永柱示意少東別再說了。雖然覺得不大可能，但也暗地裡叫少東去馬家那邊打聽一下。

白氏氣得直嚷心口疼，這可急壞了家裡人，少南忙又去請大夫來瞧。

大夫只說是急火攻心，要靜養，可是眼下明春半點音信都沒有，如何能讓白氏靜心？

青竹親自守著熬好了藥，端給白氏讓她喝，白氏卻不願意動，青竹便道：「吃了藥，養好了病，才有精力去操心和發火。」

這樣的勸說方式讓白氏覺得有些怪異，不過也聽進了青竹的話，大口大口地喝了藥。白氏歪在床上，一點力氣也沒有，怏怏地說道：「這死丫頭能上哪裡去呢？老天保佑，祖宗保佑，千萬別出什麼事，要是有個好歹，以後叫我怎麼去見項家的祖宗？」

青竹的嘴唇動了動，卻不知該如何來勸解安慰，最後只道：「娘安心養著吧，有什麼事、有什麼要吩咐的，只管開口。」

白氏沒有吱聲。

青竹便輕手輕腳地出去了，掩上了房門。

少南在這邊屋裡，見青竹來了，忙小聲問她。「娘怎麼樣？要不要緊？」

青竹道：「還有精力抱怨這、抱怨那的，既有精力操心，就應該沒多大事吧。」

少南這才稍許地放了些心。

明春遲遲沒有消息，永柱說要讓少東去報官，卻被白氏攔下來。

「得了，還嫌事情鬧得不夠大嗎？再好好地去找找吧，說不定過兩天她就回來了。要是傳出去，外面那些人又會說成什麼樣子？以後明春還怎麼嫁人？」

永柱道：「要是她不回來怎麼辦？目前是找人要緊，哪還管得了這些。」

少東也說：「事情鬧大了的確不好收場，再說去報官的話，也不一定會受理，我們還是先找找看吧。」

後來幾乎動用了所有親戚，大家各處打聽尋找，可三、四天過去了，還是一點音信也無。

白氏在病中，每天捶床大罵，又一聲聲地喚著「苦命的兒」，一點也不消停。

本以為這件事能好好地掩蓋起來，沒想到還是讓村裡人知道了，鬧得外面的人都在謠傳明春是被拐子給拐走了，或是進了尼姑庵離了紅塵，或是被歹人給害了，如此種種揣測。

好在家人並未將這些傳言風聲透露給白氏聽，白氏天天躺在病床上，一無所知。

後來永柱實在沒有辦法，只好又和少東說：「我看還是去報官吧，你弟弟是個生員，家裡姊姊走丟了，想來會受理的。」

這次少東沒有再阻攔，遲疑了下便答應下來。「好，明兒一早我就去。爹這幾天也操持過度了，還請爹多保重。」

永柱捂著臉說：「這是我前世欠的孽債，就當是在為前世還債吧……」

少東準備去報官了，就在全家人都沒希望，甚至是做出了最壞的打算時，明春卻突然出現在眾人面前！

項家人皆不大相信明春竟會自己跑回來，只見她一副狼狽的樣子，頭髮亂蓬蓬的、臉髒兮兮的，不知幾天沒洗過，身上衣服也皺巴巴的，且兩眼無神，到家後一句話也不說。

少東和少南皆不大相信明春自己回來了，少東拉著她問：「大妹，這些天妳上哪裡去了？家裡人可都急死了！我們找遍所有地方都沒見到妳，娘也急病了。」

明春只漫不經心地說道：「沒上哪兒。」

少南見她好端端地回來了，總算是鬆了一口氣。

永柱剛從裡屋出來，驚見明春好好地站在那裡，還以為看花了眼。

少南拉著永柱說：「爹，這下你可以放心了，大姊回來了，不用再去找，也不用報官了。」

明春呆滯地看了眼父親，又覺得臉上掛不住，遂垂下頭來。

永柱氣得牙癢，顧不得許多，一上來就給了明春幾耳光！

少東兄弟皆傻了眼，只見明春一個趔趄，險些沒站穩就要跌倒，好在少南及時扶住了。

少東忙勸阻道：「爹，你別打了，相信大妹也吃了些苦，長了記性，以後不會再鬧彆扭了。」接著又對明春說：「大妹，快給爹賠個不是，爹這些天可都沒睡好也沒吃好。」

明春垂著頭泫然道：「爹，你要打就打吧，我絕不退縮。」

永柱見她這樣，哪還敢再下手？只喪氣地跌坐在椅子裡，艱澀地道：「等妳娘醒來後，妳好好地去安慰幾句。要再惹出什麼事來，我可不管了！」

大夫給白氏開了靜心寧神的藥，這會兒才睡下，眾人也不敢去驚擾。

明春應了個是。

後來家裡人私底下問過明春，這幾天到底去了哪兒？晚上在什麼地方睡覺？遇見了什麼人？如此等等。不過明春卻閉口不言，問得多了，只會說「不記得了」、「我睏了，想要睡覺」。

其實，明春如何不記得到底發生過什麼事？她那天從家裡偷偷出去後，先是去了一趟馬家，不過她卻不敢踏進馬家的院門，只遙遙地望了一會子，後來看見馬元再娶的那個媳婦出來時，明春掉頭就走了。從馬家回來的這些年，明春覺得自己已經忍受夠了，好不容易才從火坑出來，她不想再嫁，可還沒過上幾天好日子呢，家裡人就開始嫌棄她，急著再次把她打發出去。

她覺得既然逃了，就不想再回去，可是自己一個獨身女子又能去哪裡呢？身上既沒多少銀錢，又不好意思去投親靠友。第一晚，她又冷又餓，在別人家的稻草堆裡過了一夜；第二天，她想著要遠離紅塵，便找了間尼姑庵要出家。那個叫妙靜的師父聽說她被丈夫家暴，家裡人又嫌棄，沒處可去，很是同情她，就讓她暫且在尼姑庵裡留下來，同時也讓她想清楚到底要不要出家，畢竟這是一條不可能回頭的路。

明春雖然是普通農夫家的女兒，可在家的時候髒活、累活有青竹去做，嫁到馬家後，馬家還有奴僕使喚，哪裡用得著她親自動手？因此活了這把年紀，還沒吃過多少苦頭。可是進了尼姑庵就不一樣了，剛開始還新鮮，不過一日就覺得枯燥乏味，又是苦修，她就有些待不住了，沒幾日，她就再也待不下去。從尼姑庵裡出來後，她再次迷惘了，身上沒幾文錢，又是一個沒見過多少世面的女子，膽子小，也不敢跑到城裡去，覺得無處可走，只好又灰溜溜地回來了。

第八十七章　兒女

等白氏醒過來時，青竹將明春回來的事告訴了她，白氏只是不信，當青竹在哄騙她。

青竹也沒轍了，只好道：「讓她自個兒來和妳說吧。」

當明春屈膝在白氏床前，白氏摸著明春已經洗得乾乾淨淨的臉，梳得整整齊齊的鬢角時，不禁眼含熱淚，嘆息道：「我兒，這不是在夢裡吧？妳當真回來了？」

明春答應著。

青竹心想，這母女倆必定有一番長談，杵在這裡不好，便悄悄地出去了，順手帶上了房門。

來到少南的書房，只見他正伏在案桌前忙著翻書，可能是因為天氣熱的關係，明顯能看見後背上的衣服汗濕了一大片。青竹微微蹙眉，找了把蒲扇替他打著扇。

少南回頭笑道：「不用給我搧，倒是把妳給累著了。」

青竹一手托腮，怔怔地看著少南忙這忙那。

少南又說：「大姊在娘房裡嗎？」

「是呀，才進去的。」

「她們說什麼，妳不聽聽？」

青竹撇嘴說：「我才沒那個好奇心呢！就是為了她們能自在地談話，這才出來的。人仰馬翻地鬧了好幾天，總算消停下來了。我想你大姊應該也長了記性吧？只怕以後再也不會離家出走了。」

「女人的心思我不大懂，可能是為了反抗娘想給她說親這件事吧。不過看她那樣，也不知在外面是否受了什麼委屈，不如妳抽空和她好好地聊聊，順便幫著開解一下吧？」

「我不去。你那麼擔心，為何不自己去？」

少南攤手道：「她是當姊姊的，我是當弟弟的，有些話只怕不好說。妳能言善辯，或許還能好好地開解。」

青竹冷笑道：「這個口我決然不能開，還想家裡安安靜靜幾天呢！她的脾性我是早就摸透了的，也不想去得罪人，為了這個你要和我翻臉、鬧彆扭也行，反正我不會答應！」

少南突然想起青竹幾年前來家，家裡人對她的言談態度種種，不禁苦笑道：「妳也消消氣，是我不好，沒有考慮到妳的感受。」

「好了，就當我什麼也沒說吧。餓不餓？渴不渴？我去給你做點吃的。」

說到吃的東西，少南便道：「倒有些想念妳熬的桑葚膏。」

「還真是會挑，這個季節可沒新鮮的桑葚了，好在以前曬了些，我去做。」

過了幾天。

永柱讓青竹抽時間去一趟醫館，昨天田老爺那裡送了張藥方來，說是治心口疼的。

青竹答應了。

白氏卻道：「我看算了吧，已經好多了，沒什麼事，何必再浪費那個錢。」

永柱不答應。「前兩天妳不是還說心口疼嗎？總得治好了。」

白氏本說要再去躺會兒的，可是秀嬸突然來了，白氏便讓春桃倒杯茶招呼著。

明春知道秀嬸的來意，因為要避嫌，就藉口走了。

永柱已經去魚塘那邊了，白氏便請秀嬸進裡屋商量。

「對了，秀大姊上次說到的那個熊家，大概是什麼情況妳和我再說說。」

秀嬸端起茶碗，淺淺地抿了一口茶，眉頭微皺，雖然嘴上不說，心裡卻想，這項家大姑娘在外面待了幾天的事早已經傳遍了，中間發生了什麼事誰都不清楚，傳言倒是挺多的，只怕熊家那邊不肯再要了，可這叫她怎麼開口呢？只好強撐著笑容和白氏說：「今天找項大姊，主要是想談談項家二姑娘的事，大姑娘的事以後再說吧。」

白氏有些納悶，之前本來談得還算愉快，怎麼到這裡就變了呢？

白氏和秀嬸在裡屋談了將近兩個時辰，末了白氏又讓春桃給秀嬸裝了十個鴨蛋，又說了好大一篇好話。

秀嬸要走的時候，這才和白氏道：「項大姊放心，妳交代的事我都記著，還等著你們家的謝媒酒呢！」

白氏想，這謝媒酒不是該男方請嗎？不過也沒怎麼在意，又親自送了秀嬸一段路。

青竹才醒，正站在窗邊梳頭，瞧見白氏一臉討好的樣子，心想這要嫁個女兒出去怎麼這麼多事？換了外出的衣裳，帶上永柱給的那張藥方，青竹展開看了一眼，只見上面寫的是什麼「細辛、華撥、甘松……」之類的藥，她對這些藥方沒什麼研究。

走出房門，見春桃正坐在草墊子上發呆，便道：「傻子，和我走一趟吧。」

春桃歡歡喜喜地答應了。「好呀，二嫂等我換件衣裳！」

兩個年輕女孩子一道向那鎮上的醫館而去，一路上春桃天性不改，這裡瞧瞧、那裡看看，又嘻嘻哈哈一陣，活脫脫一個天真爛漫的小姑娘。

「幹麼那麼高興呀？」

春桃笑說：「我最喜歡趕集了！」

青竹卻說：「這有什麼好值得高興的？今天又不逢場，再說都這時候了，街上肯定也沒什麼行人，鋪子也都快要關門了。我看妳啊，就是貪玩。」

當兩人來到街上時，果然不出青竹所料，大多數的鋪面都已經關門了，人跡罕至，有些冷清。她徑直去了常來往的郝大夫那裡，只見門虛掩著，好在還沒關門。

青竹推門進去，就見年邁的郝大夫正站在櫃檯後面撥著算盤理帳。

聽見門響，郝大夫才抬頭看了一眼，由於光線不大好，又隔著一段距離，再加上年邁眼花，因此覷了半天才說：「診脈請稍等。」

青竹走過去，含笑道：「郝大夫，您不認得我了嗎？」

當青竹走近時，郝大夫才看清原來是項家人，便笑說：「我當是誰呢，請坐。」

青竹順勢拉了拉旁邊的一張方凳就坐了，耐心地等著郝大夫算完帳。

郝大夫一面算帳，一面和青竹道：「妳家婆母好些沒有？」

青竹忙道：「就是因為還沒好全，所以要再來抓服藥回去。」

郝大夫頭也不抬地說：「到底不是年輕人了，好得沒有那麼快。如今靜心養身才是第一要緊的，別的叫她別多想。」

青竹答應著。過了一會兒見郝大夫已經整理好帳本，正要寫藥方給青竹拿藥時，青竹忙起身，從懷裡拿出那張田家人給抄的藥方，對郝大夫說：「大夫，我爹說要按著這個方子開藥。」

郝大夫接過來，對著亮光的地方仔細看了，好一陣子後才說：「果然是個好方子，配得很好。只是怕配不齊全，有幾味藥我這裡都沒有。」

「配不齊全？」青竹有些疑惑，這是平昌最大的醫館了，難道連一個藥方也湊不齊？

郝大夫點頭說：「只怕你們還得去城裡找大藥房問問看。我這裡是小本經營，好些草藥要不是自己上山採的，要不就是收來的，那稀有的東西卻少。比如這蓽撥、甘松二味，我這裡就沒有。」

青竹有些失望，心想是白跑一趟了，不過對藥材這事倒是留了個心。

郝大夫又說：「這些草藥短缺是很常見的事，山上的藥有限，挖了再長的話又得過一年半載的。我兒子經常幫忙送些藥過來，要不然只怕難以支撐。」

青竹聽著郝大夫絮絮叨叨地說了好一陣子，心想看來今天是買不了了。可白氏的身體還沒好索利，要去縣城的話也不知哪天才有工夫，思慮再三後便說：「既然如此的話，不如還請大夫給開一張以前的方子吧，回去我也好交差，總不能白跑一趟。」

郝大夫微笑道：「這樣也好，以前的方子應該能配齊全，請稍等。」郝大夫迅速地提筆寫下方子，接著便去開藥屜找藥、秤藥，又一面和青竹閒聊。「前兩天招了個夥計，沒幹兩天我就將他給攆了。」

青竹笑問：「為何呀？」

「人笨就不說了，竟然還手腳不乾淨，妳說這樣的人留著不是禍害嗎？想想我開醫館幾十年了，要說起夥計來，頭一個拔尖的就是以前那個姓賀的小子，要是他肯跟著我學，不出三、五年也能出師了，可現在他是一心赴在應舉上面了。罷了，當個醫匠是沒什麼出息，在那些權貴人的眼裡看來終不過是不入流的、下三濫的行當。」

「怎麼能這麼說呢？大夫不好嗎？要是沒有大夫，生了病就沒人醫治，只有等死的分兒了。」青竹知道醫生這個行業可不比在二十一世紀那麼吃香、受歡迎，特別是那些專家、教授級的主刀大夫，不知有多少人豔羨，收入也很可觀，不像在這個時代，是被人瞧不起的行當。

很快地，郝大夫已經包好了藥，青竹付了錢便告辭了。

到家時，青竹和白氏說了，白氏沒怎麼在意，只說道：「我已經差不多都好了，還買藥做什麼？還要專程為了這個去城裡一趟，我看不用了。」

「可是爹說的，病了就得治好，要斷根。」

白氏如今心急的可不是自己的身體，而是關於明春的親事。下午聽秀嬸的口氣，好像是不大願意再作這門媒了。即使秀嬸不說，白氏心裡也明白過來了，這都怪明春好端端的要鬧離家出走這一齣，如今外面什麼傳言都有，可沒什麼有利的話。白氏可沒打算一直將明春留在家裡，若有合適的人家就趕緊嫁過去，她也省點心。

白氏又和永柱談論起明春的事來，頗有些憤懣。「那秀大姊是誠心想氣我，今天她那態度，頗有些瞧不上我們家明春的意思！明春又不是傻子，也不是瞎子，好胳膊好手的，哪裡差了不成？原本快要談妥的熊家，我才不想再有什麼變故，再說難得明春自己也想通了。」

永柱緩緩地說道：「這也怪不得別人，是明春自己糊塗鬧出來的事。」

「罷了，只要她平平安安的，以前的事就不提了吧。這事我看得好好地計議一番，也得抽空去見見熊家的人，雖說秀大姊從中牽線，可我畢竟不敢太相信她。」

「以前不都打聽過了嗎？什麼時候妳變得這樣謹慎起來了？」

「我不謹慎點能行嗎？明春她已經錯了一次，第二次不能再錯了！」這是白氏心裡的一個結，要是明春不得安穩，只怕到死自己也不瞑目。

永柱雖然也擔心女兒的大事，可聽多了總覺得心煩，不想多管，只讓白氏作主，這邊又和她商議起要賣鵝的事來。「這裡少南要去應舉了，總得籌點錢給他，想著賣了這一輪後再養些小的，到年下也就差不多了。」

白氏聽後說道：「是呢，等著用錢的地方還有很多，幸好已經賣了一輪蠶繭，家裡也還有點營生。不過少南考試是頭等大事，明天正好趕集，我先上街去看看行情再決定。」

這廂討論的是些兒女家常，那廂一干人等也還在做各自的事。

明春和明霞還在院子裡納涼，屋子裡正用艾草熏蚊子，還得等一會兒才能進去睡覺。明霞摸黑正編著草帽辮；明春盤腿坐在蒲團上嗑瓜子；少南書房裡的火光還亮著，看來還在埋頭苦讀；青竹和春桃則在灶間燒洗澡水。

等到忙碌完後，青竹痛快地洗了個澡，出來時見少南還在用功，心想他不睡嗎？便走到門口，一手扶著門框，背倚著門板和少南道：「我看你也該睡了，明天再用功也一樣。」

「唉，我是越到這緊要關頭，越感到時間不夠用。」

青竹卻道：「不過就考那麼幾本書，再說你不是早已經背得滾瓜爛熟了嗎？心態放平和些，快來睡覺吧，我還有事要和你商量。」

少南聽見青竹這樣說，便收拾書本，整理了一下書架，準備回房去了。

等到了屋內，見青竹正拿著梳子對著鏡子梳頭，少南便走過去，從身後抱住她的肩膀，溫柔地說道：「妳有什麼事要和我說？」

青竹回頭微微一笑。「你安靜地坐著吧。」她望著鏡子裡那個有些模糊的影像，緩緩地和少南道：「今天去了醫館一趟，倒是激發了我一個念頭，所以想找你問問，看可不可行？」

「到底什麼事，妳快說，不用兜圈子了。」

「我才沒兜圈子。」說著又扭頭去看少南，和他道：「現在家裡養魚、種藕、養蝦，按理說還是不錯的，不過這兩年跟風的人多，價格也拉下來了。本來說要好好地搞養殖的，可去年的事讓二老覺得有些挫敗，所以我一直在想，要不要尋個別的路子？正好今天郝大夫的一席話提醒了我，我想著過完秋天，收了藕後，再去買兩塊好一點的地，我們來種藥材，怎樣？」

「要種藥？」他好像沒見誰弄過這個。

「是呀，以後可以賣到各大藥房裡去。當然，平昌的這兩家我是沒看上眼，要賣就賣到城裡去。」

少南心想，青竹的主意的確不少，這也算是條路子，便輕笑著說：「只怕妳和我說沒用，我又不當家，妳該去和老爹、大哥他們商量。」

「現在還只是個念頭而已，要是以後做成氣候了，沒準兒還是條好路子。你書讀得多，想的自然也多，算是個妥當的人，所以我想先問問你的意見。」

少南忙說道：「我沒什麼意見，這些事妳拿主意就成，反正不管怎樣，我都支持妳。」

青竹聞言，笑了笑。

第八十八章 出發

轉眼間已經到了六月底，還有一個多月的時間就要舉行鄉試了，鄉試和之前的考試都不同，要去省城裡考，而且更為嚴厲，《四書五經》中的任何一個句子都有可能作為考題。

少南該準備的都準備了，心想不管怎樣都得去拚搏一回，得盡力，不要留下遺憾。

原本定在七月七日出發，但白氏總說日子沒選好，又怕中途耽擱趕不上考期，所以還是提前出發比較穩妥，這一路上畢竟是要耽擱一個月的，因此最後就定在六月二十八出行。

眼見日子一天天臨近了，全家人都有些心神不寧，這種情緒還要一直持續到放榜之後。

到了六月以後，在青竹的建議下，少南已經不大成天關在屋子裡看書了，溫習和休息更要協調好，她還一直開導他，儘量讓少南減輕心理負擔。

少南深深覺得青竹真是個能幹的女人，除了有膽識、有眼光之外，還心思靈巧，又能體貼人，幸虧有她在身旁。

賣了鵝、賣了蠶繭，總共也有一、二十兩銀子的收入，是準備給少南去參加鄉試所用。

永林向來疼愛這個姪兒，又送了八兩銀子過來，說是給少南的資助。

白氏本說要辦兩桌酒給少南送行，卻被永柱攔下了。「我看還是等放了榜，他中了再請也不遲，錢得省著點花。」

白氏聽說，也就作罷了。

少南路上要用的東西都是青竹準備的。為了少南遠行，青竹幾次往返醫館，配了幾種可能用得上的丸藥，也備了天涼時要增添的衣物，收拾出一個箱子，整整齊齊都裝好了。

「好了，你這一去必定是要蟾宮折桂。」

少南也謙虛。「還不忘打趣我，到底怎樣還得看老天爺的安排呢！」

青竹突然想起八歲那年和母親上廟裡求的那支上上籤來，雖然不知靈不靈驗，不過她卻找了出來，一併裝到少南的箱子裡，讓他帶上。

青竹的這個舉動讓少南有些疑惑，忙問道：「這個有什麼用呢？」

「或許沒什麼用處，就當是護身符好了，說不定真能保佑你得償所願，我等著你的好消息。」

少南拉著青竹的手，很想抱抱她。自從成親以後，還是頭一回要分別這麼久，他心裡存了許多不捨。攬著青竹的肩頭正要親吻她時，突然聽見門「吱呀」一聲響——

白氏探出腦袋來，大聲叫了句。「少南你過來，我有話要問你！」

青竹連忙退了一步，別過身子去，覺得很是尷尬難堪。

少南這才訕訕地應著白氏的話。

春桃一人在灶下忙碌，準備午飯的事，青竹連忙過去幫忙。

春桃便和青竹閒聊起來。「項家二哥自從考了府試後，名聲早就在榔頭村傳開了，後來又中了秀才，更是一件了不得的事，沒想到眼看就要去參加鄉試了，真是好能幹！」

青竹聽著春桃的誇讚，暗中卻想，要是女子也能參加考試，考題範圍不就那麼幾本書，只要學會了如何按照八股的模式來作答，說不定她也能考個不錯的名次呢！想當年她準備考試時，可比項少南辛苦多了。

春桃還在絮絮叨叨地說著。「二嫂，說不定二哥這次能考一個不錯的名次，就可以等著放官了！」

青竹卻說：「每次中了那麼多的舉人，又有幾人真正等到做官呢？不過也算是功名之身，能免徭役賦稅。鄉試只是個開端，若走過這一步，最要緊的還是明年的春闈。」

春桃一驚，會試嗎？榔頭村近百年來，還沒有哪個讀書人考進過會試，就是中過舉的也寥寥可數，更別說中過進士了。她不免想到自家的那些兄弟們，個個都是幹苦活的命，大字不識幾個，更別說光宗耀祖了。要是自己能有這麼一個出色的哥哥，說不定她就不用來給人家做幫工了。

午後，少南說再看一會兒書，青竹卻催他午睡休息一會兒，養好精神，明天好趕路，畢竟還要去縣城裡與賀鈞一道會合再出發。

少南躺在床上，青竹坐在窗下的榻上，拿著針線正趕著做鞋子。炎熱煩悶的午後，才做了幾針就覺得眼睛有些乾澀，後背上的衣服濕答答的，加上裡外都靜悄悄的，只有樹梢上的一陣陣蟬鳴，拉著長長的又有些刺耳的聲音，不多久，睏意襲來，感覺有些睜不開眼，瞟了眼躺在床上的少南，似乎睡得很香。青竹無法再做下去，隨身一躺，便沈沈地睡下了……

耳邊似乎有什麼嘈雜的聲音，鞭炮、嗩吶齊鳴，還聽見有人在叫她。

「二姊，妳快出來看看！」

青竹提了衣裙忙走出去瞧，卻見是一大群吹打的樂手，個個都披紅掛綠的，在前面引著路，簇擁著一個騎著白馬、身穿紅緞、戴帽簪纓的美少年，她細眼一看，竟然是項少南！

青竹一時間還有些弄不清情況。

青蘭拉著青竹的衣裳，笑道：「二姊，二姊夫中了狀元回來，真是可喜可賀，現在二姊就是狀元夫人了呢！看來二姊夫不久後就會被派去做官，二姊自然也會跟著去的，以後可別忘了將我接去玩玩啊！」

中了狀元？青竹很驚訝，少南他有這樣的本領，還真是天大的奇蹟。

只見項少南彎身下了馬，緩緩走到青竹跟前，向她微微鞠躬說：「青竹，我總算沒有辜負妳的期望，妳看，我許諾的都辦到了。」

青竹含笑凝望著他。「真不容易呀，沒想到真能看見這麼一天！快去拜見爹娘吧，他們已經等了多時了。」

少南轉身要走，突然又回頭來和青竹說：「都是妳那支好籤帶來的運氣，謝謝。」

果真有那麼靈驗嗎？因為那支籤的作用，所以才中了狀元？青竹很疑惑。

迷迷糊糊中，有誰推了她一下，青竹睜眼一看，才知道原來是一場夢。見是少南站在跟前，青竹便揉揉眼說：「你怎麼不睡呢？」

「也不知是不是緊張的關係，有些睡不著。」

青竹連忙起身，見他眼裡還有血絲，不免笑說：「還要一個多月才考試，你那麼興奮幹什麼？剛才我作了一個夢，夢見你中了狀元回來，看來是個好兆頭。」

其實青竹這麼一說，無形間，少南覺得自己的壓力似乎更大了一些。或許在青竹的意識裡是希望自己能取得不錯的名次，最好是中個解元回來，且明年春闈必定要考個狀元才能對得起她的期望。

少南沈默地道：「我這就去看書。」

青竹是個心思靈透的人，突然瞧見少南臉上沈重的表情，便知道必定是剛才的那個夢給了他負擔，連忙寬慰道：「你也不用有太重的負擔，放寬心去考，不管結局怎樣都沒有人責怪你。雖然我對你的期望不低，但是看見你認認真真地做一件事，並一直堅持到底，我就覺得是件很榮幸的事了，這也是你的優點呀！你有天分，又下了苦功夫，總會有回報的，不用太擔心了。」

聽見青竹這樣說，少南覺得眼睛一熱，驀地拉著她的手道：「我這麼點心思自然瞞不過妳，妳如此聰慧，當真什麼都藏不住。妳放心，我絕對不會讓妳失望，我也絕對不能輸！」

青竹心想，他有這樣的心性自然不錯，至少得有不服輸的氣勢。

夜裡，少南拉著青竹恣意溫存了一回，青竹怕耽擱明日的行程，因此不大肯由著他。枕畔，兩人說著臨別依依的話。

青竹道：「你去考試，我也得行動了。該去說服老爹他們，準備種藥的事，也不知他們會不會反對？」

少南撫摸著她玲瓏的曲線，說道：「要不我先替妳去說說？」

「算了吧，你哪裡還有時間呢？忙你的事要緊，這些本該我來操心的，就不用你了。」

第二日天還沒亮，青竹便起來了，叫了春桃，兩人在灶間忙碌著，要做些乾糧讓少南帶在身邊。前些天沒有準備，因為天氣太熱，怕放不住。

忙活了好一陣子，備了食物，備了水，又細細地想了一遍，好像沒有遺落下的。

少南用過飯後，正與家人道別，連豆豆姊妹倆都來和少南送行。

少南拉著青竹的手說：「等我的好消息。」

青竹頷首微笑道：「放心去吧，家裡有我。」

這裡少東要進城一趟，便和少南同往。

白氏眼巴巴地看著兒子又遠行了，心裡有些傷感，很快地別過身去，往屋裡走。

永柱倒不怎麼在意，趕著去魚塘那邊了。

明霞和明春說：「二哥這一去用不了多久就回來了，要是成功了該多好！」不免暢想著未來安穩富貴的日子。

明春的臉上卻是淡淡的表情，心想自己算什麼呢？以後少南為官做宦的，又和自己有多大的關係？自己終究不過是個令人厭惡的棄婦而已，哪還有什麼未來可言？

青竹目送著兄弟倆漸行漸遠，暗想道：一定能成功的，我從沒像現在這一刻般相信一個人的能力。你是項少南，就一定會做到，因為你知道，你不會讓我失望，永遠也不會。

自從少南去省城應舉以來，白氏在家天天擔心，早晚兩炷香，又在菩薩跟前發願，只為求得少南平安如意。這些還不夠，白氏又帶著青竹去廟裡上香發願，並和青竹說「妳也該求一求，明年我還等著抱孫子呢」。

青竹不吱聲，心想看來還真是件麻煩事。她可不想落得和翠枝一樣遭人白眼和冷漠對待，不過關於子嗣上的事，還真不是目前要考慮的，再說少南去了省城，她就算是想得子也得不來啊！藕塘裡的荷花陸陸續續都開過了，漸漸地冒出蓮蓬來。大姊夫那邊經常能供應些蚯蚓來，塘裡的魚也還算長得快，不過就算是要捕魚也得等到明年。

這邊永柱將鴨子趕進棚子裡關好，準備回家去吃飯。拴在門口的兩隻狗一個勁兒地朝他搖尾巴，永柱彎腰拍拍牠們的腦袋說：「一會兒就來餵你們，好好地守著。」

永柱往家的方向而去，還沒走過藕塘，迎頭卻見左森走來。

左森和他打招呼。「項大叔！」

永柱微笑著點點頭。

左森忙問：「少南他已經上省城了嗎？」

「走了有三、四天了，我還以為你會來送送他呢。」

左森面有愧色地說：「我是想送他來著，只是學堂那邊事多，有些脫不開身。再說，我也不想將霉運帶給他……真希望他這一次能出人頭地，讓我們榔頭村也風光風光。」

永柱嘆道：「要是你當年沒有發生那件事，說不定現在也放官，是另一番天地了，只可惜運氣不好。少南他也不知能走到哪一步。」

左森想起當年的事，現在也還覺得心悸，不過好在他已經從陰影裡走出來，那都是過去的事了。一輩子走不出榔頭村，對他來說也不是什麼大不了的事了，更何況他現在有了新的寄託，所有的期望都在兒子身上。

兩人又站著談論了幾句話後，永柱便回家去了。

第八十九章 中藥

這裡青竹正坐在白氏屋裡和她說起自己的打算，白氏聽青竹說想要種藥，立刻皺眉說：「這個只怕不好伺候吧？種菜、種果樹的不少，種藥的卻不多，畢竟那些去山上都能挖，何必再種？」

青竹說道：「野生的雖然好，但畢竟有限。我想多門營生，就多一條出路。看樣子今年的藕價是提不上去了，原本打算明年再種一年就不再種這個了。每年挖藕要耽擱多少事，請多少人，花銷又大。」

白氏沒多大主意。

這裡婆媳倆正說著時，只見永柱回來了，青竹忙起身來。

永柱進門就說：「剛聽妳們商量著要種什麼？」

白氏不等青竹開口就道：「二媳婦說要買地種藥，可現在我們家哪還有閒錢？還有兩個女兒的婚事還沒處理呢！」

永柱說道：「目前是買不了地，不過我覺得種藥也是條出路。」

青竹聽永柱這樣說，知道此事有下文，忙道：「是呀，我也覺得是條出路。外面那些醫館藥房不也經常缺藥嗎？我們試著先栽種些，然後再賣給那些藥房，不愁出路。」

永柱點頭說：「地先不用買，再說暫時也買不起，我看不如拿出一畝地來先種看看吧，有了收成再說下一步的事。對了，妳打算種什麼藥？」

「這些天我都在翻書，也會去找郝大夫問問，正打聽著呢，還沒決定下來。」

永柱便沒多問了，又和白氏說起剛才路遇左森的事，夫妻倆閒聊著。

青竹便出去了，走到外面一看，只見明霞正在摘架子上的南瓜花，莫非她又想吃雙花煎蛋了？

用了飯後，青竹便去書房裡找以前買的一些關於草藥方面的書，記得以前買過一本，上面有各種草藥的藥性和生長環境的介紹，說不定可以參考一二。

青竹找了好一陣子，總算翻到了那本書，坐在桌前就翻弄查閱起來。

她一面查閱一面想，就算是找到了適合栽種的藥材，可要怎麼引種呢？要是扡插之類的或許還能尋到，若要播種的話，只怕不好找種子。看來決定好種什麼以後，還得去醫館那邊問問，看有沒有什麼出路。

正當她仔細查閱時，春桃端著個小茶盤進來了。

青竹看了她一眼，正好有些口渴，便說了聲謝謝。

春桃叮嚀道：「有些燙，二嫂當心。」

青竹揭開蓋子晾著熱茶，只見茶碗裡泡的是槐花、荷葉和夏枯草，倒還對自己的口味。

「二嫂看什麼書呢？」

「關於草藥的。」

「二嫂真了不起，讀書、識字，樣樣都會。」

青竹淡然道：「這也沒什麼。」她想起上午永柱送回來的兩條鯽魚，午飯時沒見春桃做出來，便隨口問道：「兩條魚還養著嗎？」

「嗯，剛才有些忙不過來，準備晚飯時再吃。只是鯽魚刺多，不知怎麼處理起來好吃，怕弄不好。」

青竹想了想，便說：「這個倒容易，菜園邊不是有長得好好的藿香嗎？妳摘些嫩葉來，晚上做藿香鯽魚吧，很方便，他們也愛吃。」

「好，只是怕手藝不好，糟蹋了東西。」

「妳還真是一點自信也沒有呀！放心吧，這個我來做。」青竹說畢，又繼續埋頭看書。隨手翻了大半本，圈出一些可以栽種的藥材後，便讓春桃幫著研墨，順手記下幾個名目。

春桃低頭見青竹的字也寫得端端正正的，真是佩服得緊。

青竹將書放回原處，才寫下的那張紙條摺好放進荷包裡，打算一會兒等太陽沒這麼熾烈時再去找郝大夫問問。

要出書房時，卻見春桃還站在那裡，青竹便回頭看了她一眼，說道：「怎麼了？妳有什麼事要和我說嗎？」

春桃看了眼青竹，一副欲言又止的樣子，見青竹問了，不得不回答。「……我想告個假。」

「喔，請幾天？」

「可能要耽擱個三、四天，不知行不行？」

青竹笑道：「這有什麼？反正這段時間也不算太忙，而且妳也有段日子沒有回家去看看了，想來也是想家了吧？好，我答應妳。妳是明天一早走，還是一會兒就走？」

「我還是明天一早再回去吧，還沒和大娘說呢。」

青竹點點頭，便要出去了，不料春桃又喚了她一聲，青竹忙問：「還有事嗎？」

春桃其實想要提前支領月錢，心想得買點東西回去，可又不大好開口，因此憋紅著臉，支支吾吾的。

青竹料著了幾分，含笑道：「我知道妳想的是什麼，放心吧，一會兒我找娘說去。」

「多謝二嫂，多謝了！」

「這也是應該的，平時妳替我分擔了不少事，我還得感激妳呢！」

等天氣涼快一些後，青竹便趕到醫館裡找郝大夫商議。

郝大夫突然聽青竹說要種藥，有些詫異。「不種糧食要種藥？虧妳想得出來。不過有人專門種這些的話，缺口也就沒那麼大了，也是條路子。」

青竹謙遜地說：「只是有許多地方不大懂，還得要請教郝大夫。還有，關於種苗上的事是頭個難題，不知該如何解決。」

郝大夫想了想，是那麼回事，又道：「要是妳能培育出來，我就可以向你們家訂些需要的貨，還知道城裡的幾家大藥房，也可以介紹給妳。」

「那真是太感謝了！」青竹本來也不愁路子，不過有人願意幫忙牽線，那是再好不過的事。

郝大夫後來給青竹一個小紙包，裡面裝的是金銀花種，又跟她講解了一番。「這個給妳去種，要好好地伺候，收花的時候別忘了賣些給我。」

青竹萬分感激地答應了，心想總算沒有白來一趟。

回到家後，青竹便和永柱商議播種育苗的事。

永柱說道：「這條路從來沒有走過，只好試看看了。」

「是呢，我也很忐忑。郝大夫給我講解了好些這金銀花的生長習性，第一步就從這裡開始吧，要是以後成氣候了，我看也不用再栽藕，養些魚蝦就夠了，爹也不用那麼操心了。」

永柱嘆道：「這個身子不好，也不知還能撐幾年，倘若少南出息了，想必他是不會回來繼承這些產業的，而老大還是惦記著生意上的事，掙的這些以後要留給誰呀？」

青竹忙開解道：「這些都是營生，難道還有丟掉的道理？我還想著以後有錢了，得多置些田產和其他產業呢，那些才是實在的東西。」

永柱想，青竹還真是個有遠見的人，這個家有青竹幫忙撐著，他是極放心的。

這裡正聊著，春桃過來請青竹幫忙處理鯽魚。

青竹答應著，又和永柱道：「一步步地來，只要有智慧、有幹勁，不愁沒有好日子。」

不過現在還不是播種的季節，只好等到明年開春的時候再好好地謀劃。青竹將金銀花種好好地收起來了。

永柱讚許道：「妳說得是。」

白氏從裡屋出來，見青竹已經去灶間了，這才說：「看來又要折騰一陣子了。」

永柱白了白氏一眼，心想媳婦這也是為了這個家好，能多條出路呀！要過日子，要想過好日子，哪有不折騰的道理？她也活了五十幾歲，怎麼連這個也不明白？

鄉試每三年舉行一次，日期定在八月初九、十二、十五三天。不過從初八入號舍後就得一直待在裡面，吃喝都在裡面解決，得到十五這日考完才能出來。這些事青竹以前聽少南提起過，算著日子也一天天臨近了，一家子都很忐忑不安，以至於中秋也沒心情去過。

項家不準備過節，不過夏家卻來了人要接青竹回去團圓，老倆口也沒說什麼。永柱讓她帶了些新鮮蓮子、四斤黃鱔、四斤泥鰍，少東院子裡的石榴也成熟了，摘了有十幾個，讓青竹一併帶回去，七七八八的，加起來也有十幾斤重。

春桃已回去過節了，白氏原本說家裡現在用不上她，要辭了她的，好在青竹一陣好說歹說，再加上活兒也漸漸多了起來，白氏只好暫且答應留下春桃。

青竹帶上自家產的這些作物，便回夏家去了。

八月十四是蔡氏的生日，以前家裡事多，走不開時，青竹會讓人捎些東西過來，若是遇上該忙的事都忙完了，也會來家看看，給蔡氏賀壽。

到夏家時，就見青蘭拉著小平安，正站在籬笆牆外翹首盼望著青竹回來。

「二姊！」青蘭喚了一聲。

小平安則跌跌撞撞地跑到青竹跟前，拉著青竹的裙子，揚著稚嫩的笑臉，奶聲奶氣地喊：「二姨！」

「真乖！」青竹忍不住彎腰摸了摸小平安的臉。

青蘭趕緊幫青竹提東西，一起進到院子裡，只見小吉祥拿著根木棍正有模有樣地揮舞著，夏成還在學堂裡沒回來。

蔡氏聽說青竹回來了，連忙從裡屋走出來。

青竹趕緊迎上去喚了聲。「娘！」

蔡氏溫和地笑著。「青竹回來了，正好，都等著妳呢！」又見青竹是一人來的，便又問：「女婿呢？怎麼沒和妳同路？」

青竹趕緊說：「他去省城參加鄉試了。」

蔡氏這才拍了拍腦門說：「瞧我這記性，當真不好！」

青竹將帶的東西拿出來，蔡氏忙讓青蘭去將小木桶提來，將黃鱔和泥鰍倒出來，又和青竹說起項家這一年的產量。

「我看應該還行，畢竟隔了兩年沒有種，土也肥了不少。去年沒有賺到多少錢，今年應該還行吧。」

蔡氏聽後點點頭，和青竹進屋去了。

等青蘭將黃鱔和泥鰍都倒出來後，原本在院子裡舞著棍子玩的小吉祥立刻跑來，小平安也圍著瞧，兩顆黑乎乎的腦袋聚在一起。

小吉祥畢竟要大幾歲，也很淘氣，伸手就去捉桶裡的黃鱔，可是黃鱔滑溜溜的，又不好捉，小手在裡面攪來攪去半天，最後總算捉起了一條要給小平安看，不料小平安卻突然嚇得哇哇大哭起來。

蔡氏正在房裡和青竹說話呢，聽見小平安哭，便探出腦袋問：「青蘭，怎麼回事？妳也不管管他們？」

青蘭笑答：「沒事的，娘。」

小吉祥見弟弟哭了，連忙嘲笑他。「小傻瓜，這又不是真的蛇，你怕什麼呢？來摸摸牠，一點也不會咬人的。」

小平安嚇得連忙躲在青蘭身後。

青蘭覺得好笑，拉著小吉祥說：「他還小，你捉弄他幹什麼？快放進去，我要提走了，養到明日好殺了做菜給你吃。」

小吉祥平時就很聽他小姨的話，連忙將手裡的黃鱔放回桶裡。

青蘭提著有些笨重的木桶放進灶房，怕野貓來偷吃，又拿了罩子罩上後，便讓小吉祥帶著弟弟玩，她則進屋和二姊說話去。

這廂青竹正坐在床沿，蔡氏坐在藤椅裡，旁邊的桌上堆放著十幾個石榴，青竹問起青梅的去向。

蔡氏說：「妳大姊他們去謝家送東西了，可能要晚些時候才回來。」

青蘭走進來，坐在桌前的長凳上，見那些石榴又大又紅，笑問道：「二姊買的石榴應該比較貴吧？」

青竹說：「是我大嫂院子裡種的，味道不怎麼樣，不過她肯給也是她的一片心意，正是應景的水果。」

蔡氏想了想才問青竹。「好端端的，怎麼連肚裡有了孩子也不知道？這第一個就這麼流了，以後要是再有什麼病根可就是天大的事了。」

說起這事來，青竹幾乎都要忘了，不過蔡氏重新提起，青竹心裡自然又是一陣心傷，但怕母親多心，便輕描淡寫地說：「都是過去的事，娘還提它做什麼？權當沒有過吧，我身子好好的，沒什麼問題。」

蔡氏又道：「項家大媳婦生了兩個女兒，要是妳能一舉得男，就再好不過了。別的不說，就是妳婆婆也會對妳好幾分，我看呀——」

話還未說完就被青竹生生打斷。「娘也和我說這些，快別再提了。生兒生女的事我現在還沒那個心思去想，再說三妹在這裡呢，妳也不怕她笑話。」

青蘭忙擺手說：「我沒事！」

蔡氏嘆道：「好了，我多說兩句妳又嫌煩。總歸還是為妳好，也希望妳以後能多個依靠。要是女婿考中就好了，一大家子也能跟著歡喜歡喜。」

「後天還有最後一天，也不知考得如何，不過我想他一定會盡全力的。對了，成哥兒學得怎樣？上次來不是聽他說要去參加縣試嗎？」

蔡氏搖搖頭。「他說明年再去考。當初你們爹也只是個童生，連秀才都沒中過，到了他這裡還不知怎樣呢。」

青蘭的親事、成哥兒的學業，都是蔡氏眼下最擔憂的事。青蘭也到了適婚的年紀，上門提親的人是絡繹不絕，不過入得了蔡氏眼中的卻沒幾個，心想再讓她在家待兩年也沒什麼。

青竹勸慰道：「仕途這條路畢竟只是其中一個方向而已，要是這條路走不通，也還有別的路子。」

蔡氏忙道：「這話在我們面前說說還行，可千萬別在成哥兒跟前提半句。他最是心高氣傲的，自恃有天分、有才能，以前還在我跟前誇下海口，說將來要給我掙個封誥呢！妳聽聽，這口氣還真大。」

青竹笑道：「有志氣也是件好事，倘若成哥兒爭氣，說不定娘還真有享福的時候呢！」

蔡氏無奈地搖搖頭。

青蘭也跟著笑了。「到底是男孩子，說出的話就是不一樣，我聽了也覺得好笑。」

快黃昏時青梅才和謝通一道回來，吉祥、平安兄弟倆連忙依偎過去。

青梅彎腰將小平安抱在懷裡，小吉祥見狀也要抱，青梅便笑說：「我抱了弟弟，哪裡還能再抱你？」

小吉祥便有些不依，撒嬌地又去拉扯謝通的衣袖。

謝通便彎腰，一把將他抱住了。
青竹聽見青梅說話的聲音，連忙走出來。
「大姊、大姊夫！」
青梅笑著答應。「回來了！」
謝通只點點頭，便抱了兒子去那邊屋裡了。
青梅有兩、三個月沒有看見青竹了，一併和她進屋說話。
蔡氏見她總算回來了，便問：「怎麼去了這麼老半天？」
青梅笑道：「還幫著割了半天的稻子。」
「他們謝家人口多，還要妳下地去幫忙？」
「我沒去田裡，謝通倒是忙了半天。」
小平安見桌上堆放著石榴，便伸長手要拿，青竹趕緊拿了一個塞給他，結果小平安雙手抱著石榴就往嘴裡塞！
青梅連忙阻止了。「哪有直接咬的？拿著玩吧！」
「二妹家裡不忙吧？」
「還好，稻穀也都收回家了，只管晾曬。藕塘還得等上兩個來月，到時候只怕還要請大姊夫過去幫忙。」
青梅笑道：「二妹也太客氣了，都是自家人，還這樣說。」
「今年的蟲線養得如何？」

「還行，賣了有四、五次，得了有二、三十兩銀子。再加上其他的收入，日子勉強能過。」

「這就好。」青竹笑了笑。

一會兒後，蔡氏叫上青蘭出去幫忙做飯。

夏成正好回來了，青蘭見了他便說：「你今天回來得有些晚。」

夏成說道：「有事耽擱了一下。」說著就要進自己房裡。

蔡氏叫住了他。「你二姊回來了，去招呼一聲吧！」

「二姊呀？好，我放下東西就去！」

青梅和青竹正說著話，夏成一頭跑了進來。

夏成一張紅撲撲的臉，微微地喘息著，熱情地招呼道：「二姊！」

青竹點點頭，心想兩、三個月沒見，倒長高了不少。他正在變聲期，所以聲音顯得有些喑啞。

青梅在旁邊和青竹笑說：「別看他個子長高不少，卻還是小孩子的脾性，前幾天還和小吉祥爭搶東西呢！」

夏成聽見大姊揭他的短，便有些不好意思，微微地垂了頭。

青梅又接著說：「不過倒越來越像爹了，這臉的輪廓實在是像極了！二妹妳看是不是呀？」

青竹的腦海中完全沒有關於夏臨的半點印象，當然也無法描繪出他的模樣來，不過聽見青梅問，只好訕笑道：「是啊！」

夏成迫不及待地向青竹打聽起少南的事來，一說起考試的事，他兩眼都在放光。

青梅笑道：「我看你是將所有精力都放在這上面了，我等著你出人頭地呢！」

夏成拍著胸脯說：「大姊放心，我一定能成！」

口氣果然不小。不過青竹卻沒開口說什麼，她不想打擊夏成的信心。

第九十章　定下

中秋節這天晚上下起了小雨，賞月是根本不可能了。

少東一家四口在永柱這邊團聚，倒滿滿當當地坐了一大桌人，不過因為都在擔心少南考試的事，席間也沒什麼談笑，最後冷冷清清地收了場。

臨睡時，白氏和永柱商議起明春的親事來。

「今天一大早，那熊家就送了月餅和石榴來，我給回了兩條燻魚。你大半天都在外面忙，也不知道情況，所以我想和你說說，你看要不要約個日子，我們一道上熊家看看去？」

永柱沈吟了半晌，原本不想管這些事的，可畢竟關係到女兒的終身，既然已經錯了一次，就不能再馬虎輕率。而且當初馬家的事，說來他也有一部分責任，因此考慮再三才說：「塘裡的事也快出來了，後面是越來越忙，要去的話，得提早定下來，什麼日子合適，妳來選吧。」

白氏見永柱答應了，立即就說：「好勒，我就等你這句話！」

第二日，白氏找上青竹商量。「我和妳爹說了要去熊家看看，妳也跟著一道去。再有，幫忙備份見面禮。」

青竹有些納悶。「我跟著去做什麼？怕是也幫不上什麼忙吧？」

白氏說道：「這是現今家裡的頭等大事，妳也是項家的一分子，哪有不出面的道理？況且，多一個人也多一分參考。這件事不解決的話，我始終難以心安。」

白氏給了青竹二兩銀子，讓青竹斟酌著辦理。

這對青竹來說真是件棘手的事，明春雖然和她生活在同一個屋簷下，不過兩人相處得並不好，對於明春的未來如何，青竹是一點也不感興趣，更不想關心啊！

青竹拿著錢，斟酌了一回，上街買了些東西，便同白氏、永柱一道去了熊家所在的秀水村。

熊貴三十好幾，個子不高，背還有些駝，與馬元一比簡直是天差地別，明春配他的話簡直就是一朵鮮花插在牛糞上。

永柱倒覺得熊貴是個老實人，家裡雖然窮了點，還養了個八歲的兒子，但是熊貴老實呀，人也還算勤快，到時候項家再幫一把也是可以的。過日子嘛，不就講個實在？再說，因為那些流言蜚語對明春確實造成了不小的影響，又是和離過的人，不可能再找一個和馬家差不多的人家了。

白氏見熊家一窮二白的，心裡就涼了半截，生怕明春過來受委屈。再加上熊貴還有一個已經出嫁的妹妹，冷眼看去，熊家就是那妹妹在當家作主。雖然熊家沒有老母親了，但這熊氏不和婆婆一樣難磨嗎？心中對熊家就有些看不上了。

事後，白氏把熊家的情況告訴明春，明春沈默了一會子才仰面說：「娘認為我還能像以前那樣任意選擇嗎？上天已經沒有給我這樣的機會了。」

白氏茫然地看了眼女兒，詫異地問道：「難道妳就甘心到他們家去挨餓受窮？」

明春依舊仰著面說：「我還有什麼挑的呢？這事是你們在作主，我本來也沒有說話的分兒。」

白氏心想，明春的態度讓她覺得有些意外。

明春心裡想的是：反正留在這個家裡會被各樣的人看不起、嫌棄，那還不如正正經經地嫁人去，既可少了那些白眼，自己有一個小家，也能自由自在地過日子。

過了兩天，熊貴上門來拜訪。

白氏不甘心和瞧不上眼，因此總是言語淡淡，也沒什麼好臉色。

但永柱持的是另一番態度，認為熊家雖然窮了些，不過只要手腳勤快、能有本錢，日子還是可以改善的，因此頗有些中意，還叫來少東，爺兒倆陪坐了半天，言談甚歡。

熊貴看過明春幾眼，印象很深刻，他也是三十幾的人了，想要給孩子找個娘，除卻那些傳言外，他對明春的印象不算太糟，便和永柱說：「老丈人若是願意，晚輩看不如將婚期定下來如何？」

永柱心想，早些定下來也好，省得白氏成天嘮叨，也省得明春在家惹事。他還沒來得及開口呢，只見白氏板著臉，從裡間走出來。

白氏一來便說：「這八字都還沒合呢，怎麼就說到定婚期的事？哪有這麼馬虎的？你們家那樣，想讓我們明春過去喝西北風不成？」

熊貴面有愧色，頓時啞口無言。

當下氣氛很尷尬，永柱輕咳了一聲，示意白氏不要多嘴。

少東在旁邊忙打圓場說：「合八字是件大事，馬虎不得，還請熊兄留個八字，老爹也好找人算算！」

白氏在旁邊撇撇嘴，心想當初和馬元合八字的時候還說是良配呢，可最終卻和良配扯不上半點關係，可見這算命先生的話不能全信！

永柱知道白氏不滿熊家，有了前車之鑑，且畢竟關係到明春的將來，不得不謹慎，因此又將明春叫來問話。

「人妳也看見了，他們家的一些情況想必妳母親也已經和妳說過。妳自己是怎麼想的？要是實在不願意，我也不勉強妳。」

明春沈默了一下才道：「爹爹，我沒有退路了。既然是爹爹看好的人，我自然沒什麼意見。」

「傻子，我怎麼看那是我的想法，我只想問問妳是怎麼想的？」

明春忖度半晌，方下定了決心。「嫁吧，不管怎樣都是要嫁的。」

永柱看得出女兒多少有些賭氣，不過她既然答應了，那麼事情就好辦。這裡又叫青竹來寫了八字，明天就去找人幫著合算。
白氏見永柱一直堅持自己的想法，明春又是一副柔順沈默的樣子，心想莫非就真的決定下來了嗎？她總有些不甘心呀！
明春的事算是定下來一半了，到後來白氏也不大開口，因為只要一開口必定要和永柱爭論一番，索性就跟著村裡的婦人每日吃齋唸佛，不管這些煩心事了。
除了明春的事外，家裡最關心、最惦記的自然還是少南的應試。
自從少南六月底走了以後，一直是杳無音信，也不好找人打聽。一家子的脖子全望長了，都在等著少南能夠帶個好消息回來。
轉眼已經到了要挖藕的時節，陳家那邊來了三、四個壯勞力，再加上謝通，又請了章谷雨，有六個人，差不多要做六、七天左右。後來熊貴也上門來幫忙，別看他乾癟，又有些駝背，沒想到做起事來一點也不馬虎。據說遇上農忙時，家裡的糧食全是他一人收回去的，從不請人幫忙，當真勤快能幹。
挖出來的新藕，還沾了不少淤泥，家裡的女人們出動洗了幾天才洗乾淨。
這裡早已經聯絡好買家，拉了有二十幾輛板車來等著裝貨。青竹就在旁邊幫著算帳、議價，永柱和白氏則幫著過秤。
今年的價格比不得前兩年，每斤要便宜三文錢，但好在收成好，竟然一共挖了有六千多斤，可能是因為隔了一年沒有種的關係，土也變肥了吧，賣藕就得了將近六十兩的收入。

拿著沈甸甸的錢，白氏大致估算一下，明春的親事是一筆花銷，還得給明霞置辦嫁妝，少南要是考中了，必得設酒宴款待親友，這些都是要用錢的地方。

「今年收成不錯，看來放一年再種果真要好一些。就和種花生一個道理，不能年年都選那塊地種，今年種花生，明年種玉米，後面再換回來，產量也要多上好幾分。」賺了錢，永柱心裡自然是歡喜的。

青竹說道：「就是不知那些蝦、泥鰍和黃鱔今年長勢如何了？」

永柱點頭道：「這個先不急，等到凍土前再挖都來得及。藕我讓少東留了有七、八十斤，蝦、黃鱔、泥鰍三樣也得留個幾十斤，今年事多，得先預備著。」

青竹知道何故，也不多言。

「明年開春妳就打算開始種藥嗎？」

青竹笑了笑，說道：「是有這個打算，郝大夫不是答應了要幫忙嗎？還給了金銀花種呢！我還想著種點別的，所以前些天問了田老爺，看他有沒有路子，爹猜田老爺怎麼說？」

「莫不是敷衍過去了吧？」

青竹笑道：「這倒沒有，他答應幫我打聽一下。我打算種黃連，就是不知怎麼引種，所以是個難題。」

「這個好，好些藥方裡都用得上，據說價格也可觀，只是怕沒有合適的地來種。」

「爹放心，我都問明白了，正好我們山上還有片核桃地，也不用再重新找地了，將那邊的土挖鬆了，種在樹林裡就成，本來黃連這東西便是不禁曬，需要遮蔭的。」

這個永柱就不知道了，畢竟他也沒這方面的經驗。

青竹對未來很憧憬，也很想大幹一番，最好是能漸漸地形成一個莊園就好了。

永柱心裡的顧慮卻有不少，思量了一會兒才說：「妳的這些想法、點子固然很好，這村裡還沒什麼人能想到妳這一步，只是我年紀也大了，腿也不中用，重體力活是做不了，只怕屆時形成氣候了，妳卻跟著少南去了外地赴任，那麼家裡的這個攤子誰來收拾？辛辛苦苦掙下的這份家業不能說不要吧？」

青竹瞬間遲疑了下，這些事雖然她也考慮過，不過就算以後少南能夠出去做官了，自己就一定要跟著去嗎？

「還沒到那一步呢，少南能不能成功也還不知道。不過若真有那麼一天，這份產業也不能丟。爹放心，您老人家只管享清福，我一定會找到合適的人來幫忙打點這一切的。我作夢都想擁有一處自己的莊園，開滿鮮花、結滿果子、養著牛羊。就算當了官又怎樣呢？每月領的俸祿有限，掙的這些家業存著，以後子孫也才有個依傍。」

永柱聽見青竹說到莊園來，才知道青竹的野心原來這麼大，這些都是他連夢也沒夢見過的東西！莫非項家真的能在青竹的手上走出一條讓所有人都羨慕的道路來？

這兩人正在堂屋裡興致勃勃地交談時，白氏進來打斷了他們的談話。

「老頭子，說今年要曬藕粉，什麼時候弄呀？」

永柱想了下，便道：「下午開始做吧，晾曬出來了，我還打算拿些去送人。」

青竹問道：「今年怎麼想著要自己曬藕粉？聽說怪麻煩的。」

白氏這才說道：「我選了些老藕出來，天天炒藕吃會膩，這麼多也不容易存放，所以我去問過秦家，他們也是前年才跟著種藕的，據說每年底都要曬個二、三十斤的藕粉，說這個很滋養人，一舉多得。」

「我看很好，下午就開始動手吧！」

永柱要去守魚塘、放養水鴨，這些活兒自然就交給白氏她們去辦。

說做就做，用了午飯後，天氣很涼爽，白氏和明春便將挑選好的那些老藕全部抱出來，堆放在院子裡的大簸箕上。

明霞拿著菜刀，將老藕去掉藕節，稍微切成長段。

青竹和春桃倆已經將石臼清洗好了，切好長段的藕節放進石臼，接著便是搗碎的環節，這裡最需體力，就和春米一樣，要反覆地搗，直到將藕搗碎，出漿為止。青竹搗了一會兒就覺得雙手都磨出了水泡，手臂也有些抬不起來，春桃忙過來替了她，兩人輪流著做。

搗好的碎藕就存放在木桶裡，白氏和明春已經洗好石磨，白氏讓明春舀藕添水，她趕著將這些碎藕研磨出漿。

磨出來的藕漿裝入乾淨的布袋後，再把布袋放在大木盆裡，要反覆地揉搓，將藕漿裡的澱粉給洗出來。

一系列的工序正有條不紊地進行著，很是辛苦麻煩，看來要吃上美滋滋的藕粉還真是不容易，青竹也是第一次知道藕粉是如何製出來的。

不過，今天下午能不能將這些藕全搗出來、研磨成漿，還是個問題。

青竹和春桃輪換著舂；明霞很快就將那些藕給切出來了，畢竟不大費事。

這邊正熱火朝天地幹活時，豆豆和靜婷也過來湊熱鬧了。

白氏便問靜婷。「妳們娘呢？」

靜婷回答道：「娘去街上買東西了，讓我們看家。」

白氏不禁唸道：「都這時候了有什麼好買的？真是的，明明知道我要弄這個，也不過來幫一下忙。」白氏心裡很不滿。

幾個女人從午後一直忙碌到掌燈時分，才總算將所有的藕都磨出來，白氏還得趕著將藕漿洗出來，洗出來的這些漿還要在木盆裡沈澱一、兩天，其間尚需要攪動、瀝藕渣等等。

吃飯的時候明霞問道：「都快十月了，按理說二哥應該回來了吧，怎麼一點消息也沒有？會不會出了什麼事？」

座上的人聞言皆一愣。

白氏忙道：「休得胡說！他好好的，能出什麼事？又不是沒出過遠門。」

青竹心裡不免也擔心起來了。「是呀，按理說也該回來了，怎麼還沒動靜呢？」

經過四、五天不懈地努力，總算曬出了藕粉，雖然不是特別的純白勻淨，不過卻是純天然、無添加、無污染的正宗藕粉。

明霞調了一碗來嚐，還加了半匙的桂花糖，攪成半透明狀，又微微帶著些粉紅，口感滑膩醇厚，真是不錯。

「才出來妳就吃上了，還真是饞嘴！」白氏拿這個女兒沒辦法。

明霞得意洋洋地仰臉笑說：「我先幫大家嚐嚐口感，看看還有什麼地方需要改進的啊！不過這味道很不錯，妳們卻是不好調的！」

總共曬了有十四斤的藕粉，自己留下五、六斤左右，其餘的各處送了些。

項家與熊家的親事大致算是定了下來，就等著選個好日子了。

永柱讓白氏拿了十兩銀子出來給熊貴，讓他將房子稍微翻修一下，至於要開磨坊一事永柱也答應贊助，不過得等到明春過了門、手裡寬裕些再說。

熊貴感激涕零，又鄭重許諾一定會善待明春。

只要熊貴是個知恩圖報、寬厚的人，永柱也不大在意熊家的家境究竟如何了。

眼看著又到了種麥子的時節，永柱便說要先忙完地裡這些活兒，再來說黃鱔的事。

第九十一章　蟾宮折桂

已是十月初十了，項家人不免等得有些心慌，八月十五就考完了試，怎麼這時候都還沒回來？少南身上沒帶多少錢，省城那邊又沒親友可以投靠啊！這樣耽擱著不是辦法，永柱不免也擔心起來，忙差了少東去賀家打聽一下。賀鈞和少南是一道走的，看看他回來沒有。

少東匆匆地用了點早飯就往縣城的賀家趕去，等到天色快黑時才回來。

白氏一臉的擔憂，忙問：「怎麼樣？見著賀家小子沒？」

少東說道：「賀兄弟倒是回來了，聽說是九月十幾的時候就回來了。」

白氏一驚。「那少南他會上哪裡去？家裡事這麼多，他也不知道回來幫一下忙……莫非真的出了什麼意外？」她可禁受不住這樣大的打擊啊！

「娘別急，我話還沒說完呢！」少東喝了一口水，緩了一下，才接著說道：「我聽賀兄弟說，考場上都很平安。賀兄弟考完後，八月十六就上路回來了，據說二弟他要等到放了榜、知道結果了再回來，所以就沒和賀兄弟一起了。」

永柱聽說後便放了些心，只是又顧慮道：「他身上的銀兩有限，在那裡多待一、兩個月該怎麼生活呢？」

青竹忙寬慰道：「爹擔心他做甚？好手好腳的，腦袋又不笨。既然他有這個打算，那麼一定能想辦法解決吃飯住宿的問題。這樣不是也好嗎？知道了結果再回來，省得回來後天天坐立不安。

「但願他能有法子解決這些事。」被青竹這麼一寬慰，永柱果然放心不少。不過白氏依舊在念叨著。「他也是由著性子來，不知家裡人的眼睛天天都要望乾了，還真是一點也不顧家，一點也不孝順……」

等青竹一人回房休息時，在枕上不免想到：他會帶回來好消息吧？這天氣漸漸轉涼了，也不知帶的衣裳夠不夠？算算，離家也有三個多月了，他會如何在省城安身呢？據少東說，九月的時候就放榜，那麼也應該有結果了，也就是說要回家了，對不對？

夜安靜得可怕，聽得外面夜風吹得樹葉沙沙作響，連窗戶紙也跟著響。青竹下意識地裹緊了被子，輾轉著身子，試著入睡。

一家人都在翹首盼望，等了又等，鬧得人心不安。

直到十月十八這一日，午後。

韓露突然跑來和青竹說：「夏姊姊快出來看！村口那裡早就鬧翻了，出大事了！」

青竹疑惑道：「怎樣鬧和我又沒多大的關係，我跑去湊什麼熱鬧呀？」

韓露一面將青竹往外拉，一面說：「怎麼不關姊姊的事？據說是項家相公中了舉人回來了！那排場好氣派，不少人都跑去湊熱鬧了，姊姊怎能不去呢？」

青竹一驚，她可是半點消息也沒得到！家裡人都出去了，就她在家，怎麼突然就傳來這個消息？她連忙追問：「妳是怎麼知道的？」

韓露笑道：「是谷雨跑回來告訴我，讓我和姊姊說一聲的。姊姊快去吧！」

青竹道：「我去看看！」也來不及換外出的衣裳，隨手關上房門，便與韓露一路小跑著離了家。

才跑出家沒多久，沿路遇見些村民，紛紛和青竹道喜——

「項家這下長了臉面，可是真威風了！出了個舉人老爺，可真了不起啊！」

「呀，這下可得恭喜項二媳婦了，以後就是官太太的命了，真是好福氣呢！」

這樣恭維、羨慕、誇耀的言詞不絕於口，青竹只是出於禮貌地笑笑，來不及多回應。和韓露跑了好長一段路，終於來到村口，只見黑壓壓地圍了幾層人，議論紛紛，交談不絕於耳。除了這些圍觀的村民，青竹恍惚還看見了村裡小學堂的那些蒙童們，只是沒看見左森，心想這樣的場合只怕他也不好意思出面吧。

人群中有人發現了青竹，喊了一句。「舉人太太來了，快讓路！」

果然眾人紛紛回頭來看青竹，倒弄得青竹很不好意思。人群裡已經讓出一條路，青竹穿過人群走過去，卻不見少南的影子，那麼這些人圍在這裡做什麼？

下一刻，青竹就看見了項家的族長正和永柱熱情地交談著。這個族長青竹大約認得，除了每年春分時的公祭外，基本上沒什麼來往。除了永柱，青竹還在人群裡發現了明春姊妹，不多時，少東聞聲也趕來了。

青竹走上前先和那族長施了一禮，接著又問永柱。「爹，這是真的嗎？怎麼不見少南？」

永柱激動萬分地說道：「是真的，是真的！這孩子終於成功了！」
人群中有人和青竹說，少南要去會官老爺，是衙門裡的人跑來報喜的，一會兒就來了。
青竹聽了便和眾人一起盼望著，焦急地等待少南出現。
也不知過了多久，只聽見一陣鑼鼓聲，接著又是鞭炮聲，然後有人說「回來了」。
眾人都扭著脖子看去，果然見幾個衙役一路吹打著走來，行在中間的高頭大馬上坐著一人，青竹定睛看去，果真是少南。眾人紛紛湧上去道賀，青竹被人一擠，給擠到路旁，心想這些人怎麼比她還激動呢？
青竹舉目看去，心想不枉少南埋頭苦讀了十幾年，總算是出人頭地了！有些人考了一輩子也不見得能中舉，沒想到他竟然輕而易舉就辦到了。她還是有些眼光的，沒有看錯人。想著這一切，青竹覺得眼眶有些微熱，心想這是項少南他這一生最榮耀的時刻吧？
項少南一身簇新的緋紅圓領直裰，簪纓披紅，好不愜意。剛到村口就見湧了這麼多鄉親來迎接他，他心裡很激動，又看見項氏族長和老爹，連忙翻身下馬來。
「爹，兒子回來了！」少南幾步走到永柱跟前，雙手握住永柱那雙蒼老又枯瘦的手。
永柱老淚縱橫，哽咽地點頭道：「好孩子！好孩子！」
少東也上來和少南道賀。「二弟真能幹，好本事！當大哥的也不得不折服！」
少南笑笑地抱了抱少東的肩。
明春姊妹也過來和少南說話。
少南看了一圈卻不見青竹，微微有些失望。

大家簇擁著少南，往家的方向行去。

青竹這才跟著人群一起走。

永柱有些疑惑地說：「剛才還見青竹來著，怎麼錯眼就不見了呢？」

少東也跟著看了一圈，最後才發現青竹已經被人群擠了出去，忙向她招招手。「弟妹，這邊！」

村民們紛紛看去，一時間所有的目光都落在青竹的身上，自動為她讓出一條路來。

少南猛然回頭看去，一和青竹的目光交接，立即轉身走了幾步過去，兩人面對面地站著，含笑和青竹說：「不負妳的期望，我都辦到了。」

青竹點頭不迭。「是呀，謝謝你。」

鄉親們一路簇擁著少南回到項家，可惜項家的院子太小，湧不進這麼多人。

永柱只好出面說：「二十四那日家裡擺酒，還請各位鄉親再來賞個臉，討杯酒喝！」

那起看熱鬧的人這才漸漸地散去了。

永柱忙迎了族長進堂屋坐，又說要給衙役們賞錢，可白氏不在家，便讓青竹去封銀子。

衙役們忙說：「不用麻煩老太爺了，這是我們老爺交辦的任務，這就要回去了。」說著就要告辭。

永柱說怎麼著也該留下來喝點茶水，於是青竹又趕著去燒水，由少東和少南先作陪著。

忙活了半天，才總算清靜了下來。

白氏回了娘家一趟，傍晚方回，才進村就聽見那些人和她說起少南高中回來的事，她只是不信，直到回家親眼看見少南，這才歡喜地道：「我兒長本事了，老娘也為你高興！」

少南這才規規矩矩地和永柱、白氏二老磕了幾個頭。

永柱忙去扶他，並說：「好孩子，快起來！如今你是有功名的人了，不能隨便磕頭。」

一家子都歡歡喜喜地聚在這邊的堂屋裡。

翠枝低聲和青竹說：「如何，當初我怎麼說來著？妹妹總算是盼到頭，以後是苦盡甘來了！」

青竹只抿嘴一笑，心想少南他真是不易呀！

永柱和白氏說：「我已經放出話來，說二十四那日擺酒給少南慶賀。今天十八，還能有幾天準備，只怕這次來的人會有些多。」

白氏點頭道：「這個我們早就有預料了，正好賣了藕，還有一筆錢可以周轉。不過就是要請人幫忙，還得買不少東西。」

少南忙說道：「我還得了二十兩的賞銀，一併拿去做酒席吧，大家熱鬧熱鬧也好。」

弟弟中了舉，當兄長的自然也很歡喜，便和少南討論。「二弟下一步打算做什麼呢？」

「還有三個多月，準備下春闈，不過春闈的底氣卻沒這麼足了。賀兄鄉試考了第二名，我第十七名，和他說好了一同進春闈的。」

聽說賀鈞中了第二名，屋裡人都很驚訝，白氏尤為不信。「那小子還真是厲害，沒想到一個寡婦也能教出如此能幹的兒子，真是了不得！」

少南說道：「賀兄的資質本來就比我高，春闈我沒多少把握，不過我想他應該是沒多大問題。」

永柱沈吟道：「我看應該備份賀禮，抽空讓少東和少南一起去道賀一下。畢竟兩家也有來往，如今雖然住得遠了，但聯繫不能斷，說不定以後我們家還要指望賀家幫忙呢！」

白氏同意道：「也是這個道理。不過以後再說吧，還是先商量一下二十四的正事！」

青竹和春桃入內收拾了屋子，青竹又重新裝了條被子，畢竟天氣越來越冷了，外間依舊在七嘴八舌地談論著。

春桃和青竹說：「沒想到二哥竟然那麼厲害，一次就考中了！」

青竹笑說：「是有些本事，但還算不上厲害，比起賀鈞還是差了一截。」

春桃自然不大清楚他們口中說的賀鈞指的是誰。

晚上，白氏和永柱睡在床上還在商量著。白氏從剛才就一直有個想法縈繞在腦海裡，只是沒找到時機說出來，此時沒人打擾，她便坐起身子，一本正經地和永柱說：「喂，老伴，我倒是有個主意，你幫我琢磨琢磨，看行不行？」

永柱有些睏了，只含糊地說：「什麼事妳說吧。」

「以前我不知道姓賀的那小子原來這麼有出息，本事這麼大，還真是看低了他。他們賀家和我們項家也有些交情，我在想，要不然將明霞說給他，你覺得如何？可還配得上？」

「什麼？明霞？」永柱的睏意頓時去了一半。

「兩人都認識，也都是知根知底的，我看很好，總比秀大姊和我說的那戶姓黃的人家好——」

永柱打斷她的話。「妳以前不是頗有些瞧不上賀鈞嗎？怎麼聽見他鄉試中了第二名就想著要將女兒許給他？這也太勢利了吧！」

「勢利？我勢利？」白氏被永柱這番話嗆得不知說什麼好，急忙辯解道：「你當我是為誰？我是為了明霞她好啊！明春的事就不說了，你拿的主意，她自己也願意，便給了他們熊家。剩下這麼一個明霞，難道我還不能好好地替她謀劃一下嗎？」

「這事以後再說，睡吧。」永柱顯得有些煩躁。

白氏見永柱不肯附和她，心裡憋著一口悶氣，心想這門親事要是說成了倒也好辦。要不明天和青竹商量一下，尋個對策吧？

少南痛快地洗了個澡，剛剛穿好衣裳就覺得有些冷，匆忙幾步跑回屋裡，只見青竹正開了妝奩，拿著梳子在梳頭，他上前去，從青竹手裡取過梳子，一下下地替她梳理起來。

青竹忙道：「好了，不敢勞你幫忙，又不是白天，梳那麼仔細做什麼？」又從少南手裡將梳子拿回去，裝回盒子裡，在銅鏡上搭上一塊手絹，回頭和少南道：「這個天氣洗澡有些冷吧？當心點，可別受了涼，如今你可是我們家的頂梁柱了。」

「說什麼頂梁柱，我可不敢當。」少南笑嘻嘻地說著，從背後摟著青竹，腦袋就搭在她的肩上，溫柔地說道：「分別了這麼久，怪想妳的。妳想我沒？」

青竹只盯著那盞小油燈看，見燈花爆了又結，她眼波流轉，笑著將少南推開，說：「別這樣，怪癢的。」

少南便放開青竹，脫了外套，上床鑽進被子裡。

青竹站起身來，看了少南一眼，只見少南也正看著她，青竹含笑說：「對你來說，現在就是你最榮耀的時刻吧？」

少南想了想才回答說：「不，現在應該還稱不上，這才邁出第一步而已，後面還有好長的路要走。應該是將來的某一天，等到我能給妳幸福，那才是最榮耀的時候。」

「現在我也覺得挺幸福的。」青竹要吹滅油燈準備睡覺了，少南卻突然開口阻止她。

「別吹燈，上來吧，我和妳說說話。」

青竹脫了外衣，只著單衣，頓時覺得涼颼颼的，少南伸出手來將她一拉，青竹便半個身子跌到了他的身上。

「快進來，這被窩裡已經有些暖和了。」

青竹鑽進被子裡，少南立刻將她擁在懷裡，當真是暖洋洋的。還沒等青竹緩過神來，少南便吻住了她白嫩的耳珠，青竹嚶嚀了一聲，抗議道：「癢呀，別！」

少南當真就住了口，攬著她的身子，和她說著久別重逢的話。

青竹有個疑惑一直想問他。「你走的時候身上沒帶多少錢，這幾個月來，在省城是怎麼過的？」

「這還不簡單？我去了一趟雲中書院，反正山長也認識我，幫著做幾個月的雜活，吃飯、睡覺便有著落了。我這麼大的一個人，肯定會有出路，不會將自己給餓死的。」

「我相信你有這個能力，不過你沒回來之前，你爹娘可都是日夜擔心著你。」

少南突然翻了個身，將青竹壓在身下，伸手要去解她的衣襟，一面又笑嘻嘻地問她。「那妳呢？妳有沒有擔心我、想我？」

青竹不回答。

少南將她的兜衣掀了上去，一手撫上了一朵殷紅的茱萸，肆意把玩著，那紅果漸漸在他手指裡挺立起來。

青竹輕聲細碎地哼了兩聲，因為油燈還亮著，青竹這才明白剛才少南為何不讓她吹燈，原來是打這個主意。

少南撫摸著青竹光滑玲瓏的曲線，說道：「妳還是太瘦了些，放心，以後我一定會把妳養得白白胖胖的。」

青竹嬌嗔了一句。「我才不要白白胖胖的，一點也不好看，又不是發酵的饅頭！」

「可這樣我抱著才舒服啊，冬天還能取暖，還是胖些才好。」嘴上說著，手卻並不閒著，一隻手已經探向肚臍以下，剛剛接觸到，便覺得有一股暖意，他有些驚喜，忍不住戲謔了一句。「果然還是妳的身體比較誠實，這下省了那麼多麻煩。」說著除了自己身上僅有的可以蔽體的中衣，分開青竹的腿，徑直就闖了進去。

青竹咬著牙，哼了句疼。

少南連忙含住青竹在昏黃的光亮下依舊顯得紅潤光澤的唇瓣。

可能是分別久了，青竹覺得身體沒有像剛新婚的時候那麼排斥這件事，漸漸地也有了舒服的感覺，直到雙腿圈上了他的腰。

見青竹主動回應，少南有些狂喜，肆意妄為了一回……

雲收雨散後，兩人摟作一處喘息著。

青竹有些暈沈沈地和少南道：「這次你在家待幾個月就又要遠行了對不對？」

「是呀，得上京城去。雖前途未卜，我倒願意搏一搏，不想留下什麼遺憾。」對項少南來說，就是得一鼓作氣地勇往直前，趁著他還有滿腔的熱情時。

「你放心去考吧，家裡的這些事都交給我。爹也答應我種藥了，只等開了春，天氣暖和些，就能動土了。我想好好地規劃一處莊園，慢慢的該有個雛形了。」

少南驚呼道：「莊園？這個要形成一定的氣候至少也得花上五、六年吧？」

「是呀，也還需要一筆錢來周轉，只好一步步地走了。前幾天爹還和我說，要是你赴任去了，我也跟去的話，家裡這些事要交給誰打理？說來還真是件麻煩事。趁著我還有這份心力時，多掙點田產，以後也多條出路，你說呢？」

「要真到了那一天，不管我在哪兒，都會想辦法將妳帶在身邊照顧我的起居的。再說，我也不忍和妳長期分別、聚少離多，那樣的話，哪裡還像兩口子？」

「接班人我會慢慢找的，再說還沒到那一步呢。大哥也還能幫著些，只是大哥想做買賣的念頭沒有斷，只怕在家幫著打理這些也不是長久之計。爹也上年紀了，是該好好地歇歇，養息身體。」

「以後的事以後再說吧。」少南拉著青竹的手往自己的腿間放去。

青竹接觸到一根滾燙又堅硬的東西，身子顫了一下，手立即縮了回來，忙說：「別鬧了！快睡吧，時辰不早了。」

少南卻像小孩子般地撒嬌著，纏著青竹道：「明天又沒什麼事，晚些起來應該也不要緊吧？他們應該也能理解，畢竟是小別勝新婚。我可忍了這麼久，妳得好好地服侍我！」

青竹笑罵了一句。

少南扳過她的身子，緊緊地和她熨貼在一起，糾纏了她半宿……

第九十二章　聯姻

田老爺派了家僕來送禮，封了十二兩銀子作為賀禮，倒也很直接，永柱忙要請家僕進屋喝茶。

家僕卻說：「不了，還要去回老爺的話呢，項老爺不必多留。」

到下午時，又有幾家鄉紳聽說項少南中了舉，也紛紛送禮來道賀，好些都不大熟悉。永柱和少東負責接待這些前來致賀的人，少南偶爾陪在跟前說幾句話，大多數情況都讓父兄去應酬。

青竹忍不住要取笑他。「我看你也快成了平昌鎮的名人了！」

「不過是中了個舉而已，這也太興師動眾了吧？」

青竹笑道：「不好嗎？今年平昌就你考中了吧？要是再中了進士，更是不得了。」

少南攤手說：「只怕連縣太爺都要驚動了，我可擔不起。」

青竹倒希望少南以後的路都是一片坦途，不要出現什麼大的波折。

晚飯後，白氏叫住了青竹和少南。「你們倆等一等，我有話和你們說。」

永柱知道白氏要說什麼事，便進屋睡覺去了。

等青竹和少南都坐在長條凳上，白氏才緩緩開口道：「你們爹已經作主要將明春許給熊家，她也答應了。」

「熊家？哪個熊家？」少南想了想，好像來往的人家裡根本沒有姓熊的。

白氏道：「他們家住在秀水村。我原本是不同意的，他們家要和我們家聯姻是高攀了，那熊家要說人才沒人才，要說錢財也沒錢財，我都不知道你們爹圖個什麼？罷了，既然說定了，不提也罷。」

青竹心想，白氏要說的一定不是明春，也不是關於熊家的事。她一直沒開口，靜等白氏到底要說什麼。

白氏接著又道：「她姊姊的終身也就這樣了，現在只剩明霞這個還未許過人家的女兒，雖然淘氣頑劣了些，但也算是嬌寵著，好不容易長了這麼大，我不得不好好地替她謀劃一下。正好姓賀的那小子也考中了，兩家都熟悉，我看他們是挺登對的，你們說呢？」

青竹驚訝地張了嘴，不知說什麼好，心想這怎麼就登對了呢？她突然想起賀鈞曾經和她說過的那些話，要當真和明霞做了親，這以後該有多尷尬啊！她忙要說反對的話，卻突然聽見少南開口了。

「娘怎麼會將這兩人想到一處呢？」

白氏笑道：「你覺得怎樣？」

少南拍著大腿說：「我看甚好！這下賀、項兩家結了姻親，就是一家人了，以後來往更是方便。只是娘，當年賀家還住在平昌的時候，妳怎麼沒提起呢？」

白氏不大好當著兒子的面說，當初她瞧不上賀家的窮酸樣。她哪知道如今他會鹹魚翻身？實在是看不出來賀鈞還有此等本事啊！見少南也看好這門親事，白氏便更加歡喜起來，興沖沖地說道：「老二也覺得很好吧？那麼就先留意著。」

這會兒青竹才插嘴道：「娘這裡一頭熱，但不知道賀家那邊有沒有給賀兄定下什麼人家，要是定了人的話，也不好再……」

白氏這才一拍腦門說：「看我激動的，還是青竹的話提醒了我！再說我們是女方，這太主動了也不大好。這樣吧，過了二十四，你們倆進城一趟，去賀家那邊打聽打聽，不用說得太明白，只透個意思就好，看他們的意思如何，要是成的話就定下來。」

少南連忙說好。

青竹卻是渾身不自在，這叫她如何開口？她要如何去面對那個人呢？但見這母子倆如此地興致勃勃，她也實在不好澆他們冷水。

夜裡歸寢時，青竹在枕邊和少南道：「你也覺得娘這個提議好嗎？」

少南真心誠意地道：「賀兄雖然年長了幾歲，但也是一表人才，知根知底的，和我們家來往又密切，我巴不得促成。」

青竹卻道：「你們都這麼看好，我卻不這麼認為。」

「為何？」少南想聽聽青竹的意思。

青竹想了想，方說：「他們賀家人口單薄，賀兄就只這麼一個寡母，再無兄弟姊妹，可你妹妹是從小嬌養慣的，又有些男孩子脾性，只怕以後婆媳關係不好處。」

少南覺得青竹說得似乎有些道理，不過他卻真的想要兩家相互有親，因此笑嘻嘻地說道：「這是以後的話了，走到那一步再說吧。再說賀兄是個有情義的人，定不會虧待我們項家的人。」

青竹知道少南和白氏一樣，如今是滿心鑽進這件事裡去了，不管自己說什麼，他們未必能聽進去，因此微微嘆息了一聲，便轉過身去閉眼睡覺。

要籌備二十四日的酒席，也有些忙碌。

給明霞說親的事，到第二天就傳到她耳朵裡，明霞知道後很驚訝，心想老天，這是什麼跟什麼啊？她才不要嫁給什麼姓賀的人呢！再說了，當年姓賀的和自家來往密切又不是衝著她來的，明霞心裡很明白，賀鈞眼裡看中的是青竹，如今為何要將她也牽扯進去？要是真成了，以後過的將是什麼日子啊？明霞才不願意受這個委屈，不管說什麼她也不答應！

明霞天性灑脫，才不顧什麼女兒家的嬌羞與矜持，徑直走到母親房裡，張口就說：「什麼姓賀的，我才不稀罕，娘也別白費力氣了！」

白氏一怔，忙罵道：「妳都十幾歲的人了，張口說出的是什麼話？也不注意一下！」

「我注意什麼？天生就這樣啊！我只想告訴娘一句，別亂牽什麼紅線！」

白氏喝斥了一句。「胡來！這事還輪不到妳來發話，有我呢！」

母女倆正對峙時，少南和青竹兩人走了來。

明霞氣呼呼地看了眼青竹，想說什麼卻又說不出口。她不再是以前那個口無遮攔的毛丫頭了，知道有些話要真說出口，一定又會帶來一場風波，因此只和白氏道：「反正我討厭那個姓賀的，娘別將我和他扯上什麼關係！」說完這句，扭頭就出去了。

白氏氣得牙癢。「都要說婆家的人了，還是一點教養都沒有，對父母也敢這樣大眼瞪小眼、大聲嚷嚷，像什麼話！」

青竹心想，看來明霞自己不願意，那麼這事迴旋的餘地就還很大。正這樣想的時候，白氏卻突然對她說——

「青竹，妳是做嫂子的，抽空勸勸明霞，真是越發不知好歹了！妳們年齡相近，說話也容易。」

青竹瞠目結舌了半天，心想這要她如何開口啊？她有些無所適從，只好推卸道：「娘明明知道我說話沒分量，小姑她又不會聽，再讓我去勸說，這不是白費力氣嗎？」

白氏道：「妳是她嫂子，說幾句又怎麼了？反正妳們年齡也差不多，那些女兒家的心思都明白，也比較容易溝通。」

青竹這才知道自己置於尷尬的境地，此刻要求少南幫忙說話，好像也不大能開口。

這幾天家裡都在忙著採買和請人來做廚，瑣事不斷。

二十二這天，青竹和少南一道回了夏家，告訴他們這個喜訊，夏家的人無不歡喜，蔡氏直念叨著「好孩子，妳是熬出頭了，以後記得拉妳兄弟一把」。

夏成那時還在學裡沒有回來，蔡氏忙招呼青梅做幾道好菜給少南慶賀。

在夏家待了大半天，他們就回來了。

由於回來的路上沒有趕上車，累得青竹腿肚子痠疼。

才到家沒多久，白氏就叫青竹去幫忙記一下禮單，青竹仰躺在床上，一動也不想動。

少南體貼地說：「妳歇著吧，我去也一樣。」

「那好，煩勞你了……」青竹迷迷糊糊地躺了一會兒，心想緩緩勁也好。

這邊永柱和少南說：「那楊孝廉是什麼人？我們都不認識，但見他也送了禮來。」

少南想了想，也理不出個頭緒，在他的記憶裡好像沒有這麼一號人。

永柱又道：「對了，今天你們才出門時，左家老三就來找你說話，我見他好像有些低落的樣子。」

「他心情複雜也是正常的，回來的這幾天我也不好去拜訪他。要是沒有發生那件事，說不定他也中了，如今是怎樣的天地誰也未可知，不過是運氣差點而已。他還在學堂裡當先生吧？」

「是呢，教一群年紀小的學生，日子過得比較清苦。你們倆是一塊兒長大的，當初被陶老先生一同看好，沒想到如今會這樣。」

父親的話讓少南想起以前的那些事，半天都沒有開口。

「田家說要送戲班來，我給推辭了。」

少南笑道：「這樣就好，太鬧騰了也難受。再說排場擺得太大，我心理負擔也更重，還得計劃春闈的事。」

永柱知道兒子的志向並不滿足於現況，他是一百個支援的，低調些也好。

白氏將這些禮錢來回地數了一遍後，心滿意足地說：「看來本都有了，不過只怕來的人會比預計的要多些，還得多預備幾桌。對了，宋婆子那邊你打過招呼了吧？」

永柱道：「我讓少東過去說了，她也答應明天下午就過來幫忙。」

白氏點頭道：「那好。」白氏現在擔憂的不僅是後日的事，還有明霞的事。

這幾天明霞好像不大對勁，也不怎麼和人說話，但白氏問了也是白問。養的這些兒女叫她偏心誰呢？手心手背都是肉啊！

「前些年我做壽時，你在省城買了疋綢子回來，這些年都沒用，白放著也可惜了，不如過幾天你們去賀家時帶上它吧。我見這些送來的東西中，還有一盒上等的筆，你也帶去給賀家小子。」

少南滿口答應了白氏。

永柱在旁邊道：「妳是真的想促成這門親事嗎？」

白氏點頭道：「現在也不算晚，而且我看也合適。」

「可是明霞似乎不怎麼願意。」

「所以我才要讓青竹過去說服她啊！錯過這個村就沒這個店了，等到以後再後悔就來不及。」

永柱卻想：可是至少也得顧及一下女兒的心思吧？硬要將她塞給一個反感的人，只怕這樣彆扭地過一輩子也不是辦法。

在白氏的再三催促下，青竹不得不主動找明霞談話。

她走到姊妹倆的房門口，見明春和明霞坐在床沿，兩姊妹正翻著花繩。外面都忙亂了，這兩人倒是有閒情逸致，諸事不管。

青竹也不正眼看明春，就徑直和明霞說：「明霞，妳過來一下，我有話要和妳說。」

這好像還是青竹頭一回主動找她說話，明霞覺得有些詫異，看了眼她大姊後，忙起身道：「喔，有什麼話就在這裡說吧！」

青竹想，當著明春的面到底不方便，因此又道：「是娘吩咐的。」

明春滴溜溜地將兩人看了幾眼，冷笑一聲。「什麼好話也不讓我知道。」說著又用胳膊碰了碰明霞。「去吧，叫妳呢！」

明霞只得跟著青竹去了小書房。

青竹關上房門，挪了張椅子讓明霞坐。

明霞暗忖：看這架勢倒有些摸不著頭腦，不過想來應該沒什麼好事。

青竹在開口前先盯著壁上的一幅字畫看了半晌，在腦中整理好了話語，才緩緩地說道：「娘的意思，讓我來勸勸妳。」

明霞倒不覺得意外，忙道：「勸我做什麼？我又沒做什麼錯事！再說，我幹麼要聽妳的說教？」

青竹被明霞這句話嗆得，索性直截了當地道：「別說妳，我也覺得尷尬。雖然在這個屋簷下共同生活了這些年，但妳心裡想什麼我完全捉摸不透，論理我是沒資格來對妳說教的，但既然娘吩咐了，我也不得不開這個口。關於賀家那邊，妳是真不願意嗎？」

明霞凝視著青竹的臉半晌後，忽而冷笑道：「我的嫂子，妳是真糊塗還是假糊塗？別人我不知道，不過我的眼睛可是雪亮的，什麼都瞞不過我。當年大姊一心想要拿住妳和那賀鈞的把柄，雖然最後成了一場笑話，但我卻早就看出來了，那姓賀的之所以往我們家跑那麼勤，不是為了二哥，而是為了妳！別把我當成猴子一般地耍，我也不想蹚這渾水，有什麼意思呢。」

驚奇的人換成了青竹，她呆怔了片刻，頓時覺得啞口無言。原來明霞早就瞧出端倪，所以前些天才會那麼斬釘截鐵地拒絕白氏的心意。

明霞見青竹漸漸地紅了臉，便取笑道：「如何，我沒說錯吧？雖然我不知道嫂子妳是怎樣的心思，不過那姓賀的我卻是早就看明白了。別說我，大嫂恐怕也看出來了。如今又回過頭來想要將我塞給他，這算什麼意思？」

青竹漸漸地垂了頭，她從來不知原來明霞這般口舌伶俐。她一臉的窘態，原本準備了好些話，這下叫她如何繼續呢？

「過去的事就別再提了，賀兄也搬出了平昌，大家還要過幾天清靜日子，我不想鬧得烏煙瘴氣，所以請妳——」

青竹的話語未完，明霞立即打斷了。「我知道妳的意思，儘管放心，這事我絕不會和二哥說的，再說，我也不是那起愛搬弄是非的人。娘那邊一直堅持要促成此事，不如我請嫂子幫我說幾句話，讓娘打消這個念頭吧？」

青竹遲疑地點點頭。「我也不知能說上什麼，不過妳既然拿定了主意，自然也不好讓妳跟著犯難，不用將妳也牽扯進來。」

明霞笑道：「嫂子是個明白人。我的將來都在妳手上，那麼就拜託了！」她站起身來，欠了身就準備告辭。

青竹佇立在窗下，心想這還真是件麻煩事，她沒有任何的底氣和理由能夠說服明霞，這件事倒將她置於兩難的境地。

明霞開了門，一隻腳都已經邁出了門檻，青竹突然開口叫住她，明霞於是回頭來問：「還有什麼話？」

青竹停頓了一下才開口。「即便心裡不願意，也不用大張旗鼓地叫板，做父母的也是要臉面的。妳若是能心平氣和地將自己的苦惱都說出來，說不定她老人家還能聽進去一二。」

明霞笑道：「妳又不是不知道，我從小就是這脾氣，一時半會兒的也改不了！」

都說本性難移，青竹倒能體會。

後來青竹去回白氏的話，將明霞的意思轉達給了白氏，又添了幾句。「看樣子這門親事撮合不了，還是讓秀嬸給她另覓良緣吧。」

「她是小孩子脾性，妳卻是個明白人，怎麼也被她牽著鼻子走？這事先這麼辦，我已經備好了東西，二十六妳和少南一塊兒進城去拜訪一下，不用說得太露骨，先打探一下他們家的口風，我再作下一步的決定。」

青竹杵在中間，覺得這算什麼事呢？白氏如此興沖沖，明霞又是一百個不願意，甚至將賀鈞中意她的話也給搬了出來，這叫青竹如何是好？偏偏這事又不好和少南商量，只好祈禱朴氏已經給賀鈞定下了親事，這樣的話就省了許多麻煩。

少南回到房裡時，只見青竹呆坐在燈下出神，他忙上前摟著她的肩膀，柔聲問她。「妳怎麼了？還不睡覺嗎？」

青竹擺手說：「別碰我，真是煩死了。」

少南蹙了下眉頭，又問：「有什麼煩惱和我說說，我幫妳想主意。」

青竹看了眼少南，心想這叫她如何開口？遂搖頭道：「算了，我真是作孽，幹麼要攤上這檔子事！」

少南猜到了青竹為何事煩惱，忙開解道：「其實我倒覺得這是件好事，妳也不妨想開些。」

「你也這麼說？難道你就不顧及一下你妹妹的心思？」

少南笑道：「她能有什麼心思？不過傻丫頭一個！」在少南的心中，這個妹妹永遠還是小時候的樣子，慣有些男兒習氣。

青竹咬咬牙，想著：算了，我和你也沒什麼好計較的！

第九十三章　拒親

終於到了十月二十四這一日。

雞啼第二遍時，項家人大部分都起床了。

院子裡還架著大蒸籠，籠裡的粗陶碗蒸著各式鄉野間待客最普通的大碗菜。

雖然請了五、六個人來幫忙做廚，可眼下的事卻不少。這天在青竹的建議下，讓少南穿了身簇新的茄灰色繭綢斜襟直裰，倒襯得有幾分溫潤儒雅、不沾世事的樣子，可當來客一多，他就被硬生生地拉去應酬了。

這邊白氏和翠枝、青竹也要應酬來的一些客人。

昏天暗地的忙亂了大半天，直到來客紛紛散去，青竹才得以坐下來喝口茶，歇息一下。

春桃捧了碟杏仁酥來請青竹吃。

青竹看了眼，問：「這個誰送來的？」

春桃笑道：「二嫂不知道嗎？是二嫂娘家帶來的。大伯娘吩咐要給二嫂留一些，不然只怕早就被二姊她們給吃了！」

青竹只覺得暈頭轉向的，青梅和夏成來的時候她也打過招呼，不過沒顧上說什麼話，這會兒他們又回去了，心想也不能自在地和姊弟話話家常。

熱鬧了大半天，等賓客走得差不多時，又剩下一堆事還等著處理。

小書房裡，少南正和左森說話，沒人前去打擾。

青竹在白氏的房裡正幫著算帳，算來算去都多了一筆五兩的銀子，卻不知這筆銀子到底是哪裡冒出來的，白氏也半點印象都沒，後來也不多想了，便將那五兩銀子給了青竹，說是給她和少南進城的開銷。

青竹接過來，沒說什麼。白氏將準備送賀家的禮包好了，一併給了青竹，青竹卻覺得那疋紅綢不大合適，忙推讓道：「娘送這個只怕不大妥當。」

白氏忙問：「哪裡不妥當？還嫌這布料差了不成？」

青竹趕忙解釋道：「不是這個意思，這是上等的潞綢，哪會差呢？只是他們賀家又沒別的人，這布料給賀伯母只怕不大恰當。當初他們家要搬走時，還給我了一塊杏紅的夏布，說是穿不了。這塊的顏色太正了些，賀伯母是寡婦，平時本就低調，哪裡還……」

白氏這才笑道：「到底是妳心思比別人都靈透。那麼這個我還是留著吧，畢竟是老二買來送我的，放了這些年也一直捨不得裁它做衣裳，再留些日子算了。我倒是收著幾疋藍色的細棉布，雖然差了幾等，不過用處卻多，我折一疋，妳拿去送吧。」

青竹這才沒說什麼。

二十六這天，青竹和少南用了早飯，白氏便催促著他們該走了。

永柱說要去送送他們，順便上街買點東西。

等離了家一陣子後，永柱才悄悄和青竹說：「我也不知妳娘教了些什麼話給妳，好孩子，我知道妳是個明白人，這事妳不用太摻和。明霞她是當真不願意，我也不想她以後落得和她姊姊一樣的收場。」

青竹笑道：「爹放心，我知道該怎麼做。」

永柱點頭道：「這樣我就放心了。去吧，不然少南又得折回來找妳了，路上小心。」

「欸！爹慢走。」青竹看了眼走在前面的少南，已經落下不少距離，連忙大步跟上去。

少南走了一段路才發現青竹沒有跟上來，便停下腳步等她。

等到青竹與他一道同行了，少南卻沒看見他爹的身影，忙問道：「老爹不是說要上街去買東西嗎？怎麼不和我們一道呢？」

青竹笑道：「這時候只怕好些店鋪都還沒開門呢，能買著什麼？快走吧，還得去看有沒有合適的車子。」

兩人一前一後地走著，走了段路，少南又回頭和青竹道：「剛才爹和妳說什麼來著？」

「什麼呀？」

少南笑道：「妳連我也要隱瞞嗎？」

「還不是為了你妹妹的事嗎？快別說了，最近我都要愁死了！你賀兄真的還沒定人家嗎？」

「之前我問他時好像還沒，現在就不知道了，畢竟已經兩個多月沒有見過他。」

兩人一路說著到了街上。天氣不大好，霧沈沈的，還有些冷，青竹不由得抱了抱手臂。

少南趕著去街口雇車的地方，沒馬車，也沒有騾車，只有一抬馱轎，好在能坐下兩人。好不容易上了轎，放下簾子，青竹才覺得暖和了些。

「妳冷壞了吧？」剛出門沒多久就發現青竹說話有些哆嗦。「要出門妳也不多穿點兒！」少南心疼地拉過她的手，覺得一片冰涼，連忙放進自己的衣襟裡給她捂著。不僅是手，她連臉也凍紅了。

「今天倒有些像冬天了，今年不會冷得這麼早吧？」

「算算都過了小雪，也應該冷了吧？這過了年我就得上京去了，聽說那邊更冷。」

「是呀，所以娘還讓我幫著給你趕兩套棉衣。」

少南笑道：「我長這麼大，去過最遠的地方就是省城，沒想到還能上京，真是期待。」

「你總算去過更遠的地方，我呢，最遠就是進城。以後想著也要出去走走看看，見一下世面，成天窩在家裡，忙的全是地裡的那些事，也有些厭煩了。」

少南笑著許諾。「妳放心，以後一定會讓妳出去走走，要是能在京城落腳就更好了。」不過青竹卻不這麼想，天子腳下雖然繁榮，但生存壓力也大，再說離家更遠，她夢想要建立的莊園也不能半途而廢。

捂了一會兒後，少南關切地問道：「還冷嗎？」

「好些了。」

「妳坐過來一些吧。」少南伸出手臂來，將青竹緊緊地圈在懷裡。

青竹卻推開了。「還是規規矩矩地坐著吧，讓人看見了不大好。」

少南笑道：「怕什麼呢？」

青竹沒說什麼，目光已經轉到外面那些漸漸閃過的風景。霧茫茫的一片，樹葉也都落得差不多了，只剩下光禿禿的枝椏。她心想，等到來年開春，她也得好好規劃奮鬥了，種藥這事希望一切都順利才好。明年對項家、對青竹來說，更是至關重要的一年。想著想著，不免想起賀鈞來，他現在應該過得不錯吧？頭頂著鄉試第二的光環，應該比少南更榮耀才對。

「想什麼呢？」

少南拉了拉青竹的衣裳。

青竹回頭來淡然一笑，搖頭說：「沒什麼，只希望能行得快一些。」

少南聞言，便撩起簾子催促起趕驢子的人。

項少南和夏青竹一路風塵僕僕的，總算趕到了縣城。

付了車錢，青竹懷抱著一個小小的包袱，裡面包了件準備添加的衣物，還有送賀家的禮。

來過一次，大致的方向還記得，然而青竹跟在少南的身後走街串巷，兜兜轉轉半晌後不禁看了他一眼，嘟囔道：「你不會是又迷路了吧？」

少南有些不好意思地摸摸鼻子，訕笑道：「這一帶地形複雜，好多路口都差不多，每次都有些弄不清。妳等等，我去找人問路。」

「喂，我記得他們家不遠處好像有一棵歪脖子的香樟樹，你仔細找找看。別每次都去問路，結果到後來你還是一點也沒記住，真是個路癡呢！」

「歪脖子的香樟樹？」經青竹這麼一說，少南似乎有些印象了。他看了看四周，憑著自己的感覺選了條巷子進去，第一次錯了。第二次穿進一條巷子後，依舊不對。不過當少南做出第三次選擇時，一眼就看見了那棵歪脖子的香樟樹。

青竹笑道：「這下你應該不會忘了吧？」

對少南來說，記路是不大擅長，不過下次來應該能找對才是，畢竟他也來過好幾次了。

兩人從香樟樹下經過，雖然已是冬天了，樹梢上卻還掛著綠葉，不過這綠色比夏天時來得更深沈一些。

少南走到門口，只見房門虛掩著，他上前敲了敲門環，過了好一陣子才見朴氏來開門。

「誰呀？」當朴氏將門縫拉開一些，見是少南小倆口時，很是詫異驚奇，又忙笑著讓他們進屋坐。「我還以為是隔壁的人呢，哪知是你們倆！才從平昌趕來嗎？」朴氏一面笑問著，一面給他們搬凳子請他們坐。

少南道：「是呀，才下了車，特意來向賀兄道喜的。可是嬸嬸，賀兄好像不在家？」

朴氏笑道：「一大早的，那主簿家就讓人下了帖子來請他去坐坐，好像說有什麼酒席，大清早的就出了門，也不知什麼時候才能回來。」

青竹想，這賀鈞還真是成了名人了，當真了不得。又見這個臨時居住的、有些逼仄的屋子和以前沒什麼兩樣，心想好在他們賀家人不多，也足夠住了。

少南忙說沒關係，他們可以多等等。

朴氏趕著去燒水沏茶，心想爐子裡的火應該還沒有熄滅。

這邊青竹和少南商議道：「晚上住哪兒呢？今天還要趕回去的話，似乎有些不大可能了。」

「一會兒隨處找間客棧旅店什麼的都行。」

青竹心想也只好如此了。

朴氏本來要燒了開水給兩位來客沏茶，哪知照顧不周，爐火竟熄了，不得不重新生火。

青竹見朴氏一人忙碌，也不好乾坐著，便說要去幫忙。

朴氏幾乎是趴在地上，拿了根鐵鈎掏著爐子裡的灰，結果被灰塵一嗆，猛地咳了幾聲。

青竹有些看不過去了，忙上前道：「嬸嬸，我來幫妳生火吧！」

朴氏笑道：「這哪行呢？妳是客人，安靜地坐著就行，這點小事就不用麻煩妳了。」

「哪裡麻煩了？」青竹湊上前，將地上的一些刨花揉了揉，找到火摺子，幫著引火。

朴氏彎著身子說：「每次來都幫我忙，還真是有些說不過去。夏……」朴氏意識到稱呼錯了，又忙改口說：「項家小媳婦還真是勤快！」

青竹笑道：「嬸嬸不用客氣，喚我青竹就行。其實我們沒打聲招呼就貿然來了，真是給嬸嬸添了麻煩。」

朴氏忙說道：「這說的是哪門子話呢？對了，妳夫婿也中了舉，還沒向你們道賀呢！」

「他和賀兄一比，就什麼也不是了，虧他還在外面的書院上了幾年學呢，到頭來還不如賀兄天資高，所以這人和人呀，還真不能比。說來，這次來主要是向賀兄道喜來著的。」

「同喜同喜！自從知道自己的成績後，這幾日來他沒在家安穩地待過一天，這城裡好些不認識的官商都請他去吃飯喝酒。我看他都有些應酬不過來了，每天回家倒頭就睡，今天也不知什麼時候才能到家呢！」

青竹附和道：「賀兄也成了名人了，來趨炎附勢的人自然就多了起來，真真是前程似錦，不可限量呀！」

朴氏微笑道：「妳也別讚他，將來還不知怎樣呢！可憐他爹去得早，我又只養了這麼一個。他也老大不小了，明年開春還說要上京去參加春闈，這一走就得幾個月，我孤零零地在家看守，心裡卻放不下他，平時說話連個伴也沒有……」

青竹聽見朴氏這樣說，不免想起白氏交代的那些話來，此刻竟有些說不出口。

爐子裡的火總算生起來了，朴氏趕著將加了水的茶壺放在爐上開始燒水。

青竹幫忙照看火勢，旁邊還有些碎小的玉米芯，撒一些在爐子裡，火就能燒得更旺。

朴氏嘆道：「以前在雙龍的時候，山上的樹葉枯枝、地裡那些不要的玉米茬，隨便就能撿一大筐，如今到這城裡，不管是刨花還是玉米芯都要用錢買，特別是冬天，柴價還格外的貴。」

青竹聽說後，略想了想便道：「這個極容易，下次來的時候雇輛板車，給嬸嬸拉一車的柴來。」

朴氏忙說道：「不，我不是這個意思……」

青竹笑道：「這有什麼？家裡的地很寬，柴也燒不完。」

燒好了水後，朴氏洗出兩個杯子來，給青竹和少南沏了茶，朴氏直向少南誇讚青竹能幹又勤快。

少南心想，這時候賀鈞還沒有回來，不如先和嬸嬸說一下也行，略思量了下便道：「賀兄這裡高中，我們家都很替賀兄高興，我娘也誇讚賀兄能幹、天分高。這不，兩家也有些交情，我又敬重賀兄的才能，所以我娘的意思，是想讓兩家結為秦晉之好，嬸嬸覺得呢？您也見過我那妹子的，意下如何？」

青竹驚異地看了眼少南，心想既然他已經開了這個口，自己就裝作不知道吧，於是端了杯子，坐在那裡慢慢地喝著水。

朴氏的詫異更甚，心想怎麼突然說到賀鈞的親事來了？少南的妹妹她見過幾次面，略有些印象。當初她還在想，項家不管是青竹還是明霞，能說來一個配給賀鈞都是求之不得的事，沒想到如今還真應驗了。只可惜賀鈞的心事她不是不清楚，瞥了眼青竹後，這才笑說：「項哥兒這話倒讓老身有些受寵若驚呢！你們項家的兩個女孩子我看著都不錯，只是我們賀家人單力薄，一沒錢，二沒產業，又沒根基，只怕耽誤了你妹妹。再說……」朴氏又看了眼青竹，心想若青竹是少南的親妹妹該多好，那麼真的可以說來配給賀鈞，只可惜事與願違。

項少南是個聰明人，聽到這裡已明白朴氏的意思，才要開口，又聽得朴氏繼續說道——

「再說，鈞哥兒我已經給他相中了一門親事，是東大街當鋪的掌櫃作的媒，那家人姓趙，家裡是做茶葉買賣的。」

青竹想，買賣茶葉可是一門大油水的買賣，能娶到一戶商家女兒確實不錯，家境應該也很好，至少比項家強。

少南訕笑道：「我倒沒聽賀兄提起過，還真可惜，原本以為項、賀兩家可以聯姻，以後來往就更親密了，哪知卻沒這個福分。」

朴氏也道：「世間的緣分就是如此，誰也說不清楚，我也覺得可惜呢……」

青竹靜靜地聽著他們談話，自己完全像個局外人一般。她本來就不想插手此事，既然賀鈞已經定了人家，那麼事情就好辦得多，明霞那邊她也能交差了。

坐了好一陣子也不見賀鈞回來，朴氏便說要出門去主簿家問問看，可又不知主簿家在哪一方？

這裡青竹忙起身道：「外面冷，嬸嬸不用麻煩了，我們明兒一早再來拜訪吧！」

「再等等興許他就回來了。而且家裡雖然窄了些，但要住下也不是問題，你們再坐坐吧，我去買菜。」

少南和青竹忙說不用。

青竹說她還要四處逛逛，隨便哪裡歇腳都行，明天再來拜訪。

朴氏見他們一再堅持，也只好由著他們去了。

於是兩人便作別了朴氏，一路出了這窄窄的巷子。

少南說先找住處，等安定下來再去逛街，青竹自然說好。

又轉過兩個街口，尋著了一家普通的客棧，少南要了一間房。

隨身的兩件衣物青竹留在店裡，這就隨著少南四處閒逛起來。

上次來因為有事，這次倒能悠閒自在地四處走走看看。

青竹說道：「對了，我們去藥房問問看。」

「妳要買藥嗎？」

「不，只是打聽一下，得挑大藥房，一看就有本錢的那種。」既然決定要種藥，就得找人打聽一下什麼藥有價錢？什麼藥能種？

少南不知何故，只好跟著青竹一起尋找。

轉了大半圈，終於找到一家很氣派的藥房。青竹抬頭看了眼那燙金字的招牌，只見上書「百草堂」，便拉著少南一起進去了。

還真是家大藥房，來往看病抓藥的人、坐診的大夫、店裡的夥計，以及靠牆立著的那一排排藥櫃，一切看來都是那麼的有條不紊。

青竹來回看了幾圈，直到有夥計上來問話。

「請問你們是問診還是抓藥？」

青竹含笑道：「都不是。你們掌櫃在嗎？我有事請教。」

夥計一愣，聽說是找掌櫃的，也不知這兩人是什麼來歷，又不敢懈怠，上下打量了一番後，忙道：「二位請稍等。」

這便趕緊讓人傳話去了。

——未完，待續，請看文創風438《爺兒休不掉》4（完結篇）

流浪貓狗介紹所

為流浪貓狗加油 和貓寶貝 狗寶貝

廝守終生(一定要終生喔！)的幸福機會

對人來說，貓寶貝狗寶貝只是生活的一部分，但妳（你）對牠們來說，卻是生活的全部，領養前請一定要考慮清楚——

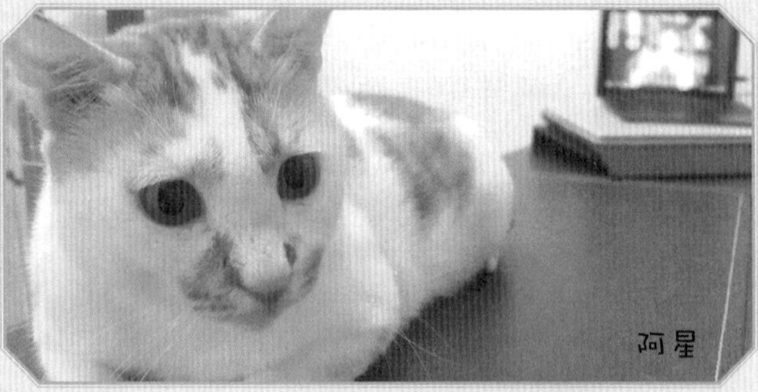
阿星

咩咩

▲ 親人又愛撒嬌的咩咩&阿星

性　　別：咩咩是女生、阿星是男生
品　　種：咩咩是三花米克斯、阿星是橘白米克斯
年　　紀：都是3歲
個　　性：都很親人，喜歡被撫摸和梳毛。
咩咩愛撒嬌、愛磨蹭人；阿星是貪吃鬼。
健康狀況：均已結紮、均已打狂犬疫苗
目前住所：新北市板橋區

本期資料來源：台灣認養地圖

『咩咩&阿星』的故事：

自從去年冬天開始，咩咩與阿星就時常來我家陽台蹭飯。我家養的老胖貓也是在這裡吃飯，可能是老胖貓的叫聲吸引了牠們，也可能因為陽台是開放式的緣故。第一次遇見牠們時，看到牠們可愛會放電的眼神，就忍不住拿了老胖貓的飯餵牠們，久了以後，就時常看到牠們會在固定時段跑來我家吃飯，平常也會在陽台躲雨、避寒。

某天，咩咩與阿星突然帶著傷出現，咩咩的尾巴幾乎斷掉，骨頭還穿了出來！而阿星脖子有一大片傷口潰爛需要清創，當下立刻和家人一起將牠們緊急送醫，花了很多時間心力才把牠們醫治好、結了紮，也打了狂犬疫苗。

我家附近有個小型的菜市場，常常有狗狗成群出沒，對於咩咩與阿星來說實在是太危險，牠們這次可能就是跟狗群起衝突才受傷的……經過這件事後，我不願意再讓牠們回街上當浪浪，於是簡單將倉庫稍作整理，暫時當起中途幫咩咩與阿星找好人家領養。

咩咩很喜歡撒嬌，尤其喜歡用頭磨蹭人、用舌頭舔我的手，非常可愛。而且適應力很強，很快就習慣在我家的生活了。咩咩的習慣也很好，平常不會胡亂喵喵叫，只有想要玩耍、吃飯時才會叫一下。阿星也很親人，跟咩咩一樣也會主動磨蹭人，但牠有一個特殊的喜好，那就是——被拍屁屁！貪吃的阿星演技很好，常常裝成一副你不給牠飯吃就很可惡的可憐模樣。目前牠們兩隻都已被我訓練會乖乖在貓砂裡大小便了。

咩咩與阿星對人十分信任，希望牠們能成為你／妳的家人，為你／妳帶來歡樂～～
歡迎電洽0922-284-220或是來信prayforcat@gmail.com (Lu小姐)，主旨註明「我想認養咩咩／阿星」。

認養資格：

1. 認養者須年滿20歲，有獨立經濟能力，並獲得家人、另一半、同住室友或房東的同意；
 若未滿20歲則須由家長出面，並承諾會負擔養貓生活費。
2. 須同意簽認養寵物切結書。
3. 同意送養人日後之追蹤探訪，對待咩咩與阿星不離不棄。

來信請說明：

a. 個人基本資料：姓名、性別、年齡、家庭狀況、職業與經濟來源等。
b. 想認養咩咩或阿星的理由。
c. 過去養寵物的經驗，及簡介一下您的飼養環境。
d. 若未來有當兵、結婚、懷孕、畢業、出國或搬家等計劃，將如何安置咩咩或阿星？

文創風 437

爺兒休不掉 3

國家圖書館出版品預行編目資料

爺兒休不掉 / 容箏著. --
初版. -- 臺北市 : 狗屋, 2016.08
冊 ; 公分. --（文創風）
ISBN 978-986-328-622-6（第3冊：平裝）. --

857.7　　105010482

著作者　容箏
編輯　黃淑珍
校對　黃薇霓　周貝桂
發行所　狗屋出版社有限公司
地址　台北市104中山區龍江路71巷15號1樓
電話　02-2776-5889～0
發行字號　局版台業字845號
法律顧問　蕭雄淋律師
總經銷　知遠文化事業有限公司
電話　02-2664-8800
初版　2016年8月
國際書碼　ISBN-13　978-986-328-622-6
原著書名　**《良田秀舍》**

定價250元
狗屋劃撥帳號：19001626
網址：love.doghouse.com.tw　E-mail：love@doghouse.com.tw